琥珀色の騎士は聖女の左手に愛を誓う

笹井風琉

角川文庫
24505

目次

序章　巡礼の終わり —— 7

第一章　革紐の誓約 —— 11

第二章　ラングバートの赤目 —— 51

第三章　婚約者たるもの —— 90

第四章　幸福で残酷な夢の終わり —— 140

第五章　騎士、クウィル・ラングバート —— 229

終章　左手に誓いを —— 299

イラスト／壱子みるく亭

おもな登場人物

クウィル・ラングバート

伯爵家の次男。亡国ベツィラフトの血を引いており、珍しい黒髪赤目の青年。25歳。家族や仲間思いだが、色恋ごとにはかなり疎い。黒騎士団の第二隊長で、氷魔術を得意とする。

リネッタ・セリエス

今代の聖女に選ばれた銀髪青瞳の美しい少女。18歳。聖剣の加護の行使の代償として、全ての感情を失っている。芯が強く行動力があるが、時に少々天然な言動をすることも。

♛ レオナルト
王太子。クウィルの兄と幼少期から懇意で、クウィルにも気安く接する。

♛ ユリアーナ
王太子妃。リネッタとは旧知の仲で、姉のように慕われている。

ラルス
クウィルの兄。穏和な性格で、王立図書館に勤めている。

アデーレ
クウィルの歳の離れた妹。愛くるしく素直な少女だが、時に大人顔負けの発言をする。

ニコラ
ラングバート家の元気で明るいハウスメイド。少々口うるさい面も。

ギイス・キルステン
豪放磊落な黒騎士団の団長。クウィルの騎士としての師であり親代わりも自称している。風魔術が得意。

ザシャ・バルヒェット
黒騎士団の第一隊長。クウィルの陽気な同僚で気の置けない友人。炎魔術の使い手。

マリウス・クラッセン
侯爵家の長子。白騎士団の第一隊長を務める美男子で、リネッタの巡礼の護衛隊長だった。なにかとクウィルに絡んでくる。

〈おもな国と地名〉

アイクラント王国
聖剣の加護と聖女によって魔獣の脅威から守られている国。旧名アイクレーゼン王国。

ベツィラフト
かつて存在した小国。この国の民は古代魔術によって魔獣を使役したといわれ、今も忌み嫌われている。

リングデル
アイクレーゼン王国と争っていた大国。王は百にも及ぶ魔獣を一人で使役したと伝えられている。

ノクスィラ山脈
アイクラント王国の北東にひろがる魔獣たちの巣窟。

序章　巡礼の終わり

・聖女リネッタ・セリエスが王太子妃ユリアーナの訪問を受けたのは、最後の巡礼地である南部神殿でのことだった。

神殿内に用意された自室にリネッタが入ると、ユリアーナが懐かしむような笑みを浮かべてソファから立ち上がった。上品に編みこんだ蜂蜜《はちみつ》の色の髪も、穏やかな若草色の瞳《ひとみ》も、リネッタの記憶にある姿よりいっそう大人の女性らしくなった。自分が十八歳ならユリアーナは二十二歳かと、彼女に会うことのなかったこの二年の月日を思う。

「妃殿下にここまでお越しいただかずとも、春には王都に戻りますのに」

アイクラント王国の四つの神殿を聖剣とともに巡る二年間の旅が、あとひと月で終わる。王都の聖堂に帰還すれば、式典の場などでリネッタがユリアーナと顔を合わせる機会はある。

「式典では王太子妃と聖女としての謁見になってしまうでしょう？　その前に、わたくし個人としてリネッタに会いたかったのです。ちょうど殿下が南部の視察を予定されていたから、付いてきてしまいましたの」

いたずらを白状するように、ユリアーナが口元を手で隠す。こういうところは、幼い頃に子どもだけの茶会で顔を合わせていた当時と変わりない。

先にユリアーナが座るのを待って、リネッタも向かいのソファに座った。王太子妃としての凛《りん》とした表情を浮かべるユリアーナから、ねぎらいの言葉をかけられる。

「この南部ではもう、魔獣を見かけることは滅多にないと聞きます。聖女リネッタの尽力に心よりの感謝を」

リネッタもまた、聖女としての微笑みを顔に張り付けて返す。

「もったいないお言葉です、妃殿下」

アイクラント王国の北東に広がるノクスィラ山脈は魔獣の巣窟《そうくつ》だ。山脈奥地に湧く瘴《しょう》気《き》の中から魔獣は生まれ、成熟すれば凶暴化し、血を欲して人を襲う。聖剣にはそういった魔獣を鎮める加護の力があり、聖女だけがその力を行使できる。

先代の聖女が亡くなりリネッタが聖女となるまでの十六年間、聖剣の加護は途切れ、アイクラント王国は魔獣の脅威にさらされてきた。聖女と聖剣に代わり国を守ってきたのは、魔術と剣術に長《た》けた騎士たちだ。

「これで、騎士団の皆様のお勤めも楽になるでしょうか」

リネッタが問えば、ユリアーナはゆっくりと首肯した。

彼女が壁際に控える自身の護衛騎士らに目配《めくば》せして退室させると、室内にふたりきりとなる。途端に、王太子妃の肩書を外すように、彼女はほふっと息をついた。

「ねぇ、リネッタ。巡礼を終えれば、次は婚約でしょう。わたくし、あなたの望みを聞かせてもらいにきたの」

先ほどまでよりくだけた口調で、ユリアーナがおかしなことを言う。

聖女の婚約は王家が決める。歴代の聖女がそうであったように、リネッタもまた王族に嫁ぐと決まっている。それに、今のリネッタに何かを望むなどできないことは、ユリアーナもわかっているはずだ。

「すべて、国王陛下のお言葉に従います」

「リネッタの婚約は、殿下とわたくしに任されているの。そうできるよう殿下におねだりをしてしまったわ。だからリネッタ、聞かせて。あなたが望むこと……いいえ、望んでいたことを」

ユリアーナの真摯《しんし》な若草色の瞳をじっと見つめ返す。望むことはないが、かつて望んでいたことなら確かにある。

リネッタはソファを離れ、書き物机の引き出しを開けた。中からくたびれた革表紙の手帳を取り出すと、ユリアーナが驚いたように目を見開く。

「その手帳……」

「はい。いつかのお茶会で、妃殿下からいただいたものです」

リネッタは当時十二歳で、まだお互いに聖女でも王太子妃でもなかった。この手帳に書いた望みはなんだって叶《かな》うという戯れを楽しめる、無邪気な少女の心を持っていた。

戻ったリネッタにユリアーナの向かいではなく隣に座り、手帳の最後の一頁を開いて差し出した。自分の中にたったひとつ望むことがあるとすれば、これだろうと思う。

手帳を持つユリアーナの手が震える。彼女はいたわしげに眉根《まゆね》を寄せ、細く長い息を吐いた。

「……叶えるわ。わたくしがきっと叶えるから」

何度も力強くうなずくユリアーナに、リネッタは返すべき表情を考える。この場にふさわしいものはきっと、かつて茶会で浮かべていたのと同じ顔だろうと思えた。けれど、どれほど記憶をたどろうとも、その瞬間の自分の表情を自分で思い出せるわけがない。思い出の景色の中に見えてくるのは、明るいユリアーナの笑顔ばかりだ。

だからリネッタは、その思い出の笑顔をなぞるように口角を上げて目を細めた。だが、向き合うユリアーナは、痛みに耐えるように唇を引き結ぶ。

「妃殿下。わたしは、きちんと笑えていませんか？」

リネッタが尋ねると、ユリアーナは手帳を閉じて膝《ひざ》に置いた。リネッタの左手を丁寧な動きですくい、両手で包み込む。

「いいえ。とても……上手よ、リネッタ」

この優しい声や手のぬくもりを受け止める心を、もうリネッタは持っていない。

第一章　革紐の誓約

聖女に見初められた男は、果報者と呼べるだろうか。

『ラングバート伯爵家次男クウィルを、聖女リネッタ・セリエスの婚約者に指名する』

クウィル・ラングバートは、一文のみ記されたその紙に視線を忙《せわ》しなく走らせ、胸の内で動揺と戦っていた。クウィルの正面に座して紙を手渡してきたのは、アイクラント王国の王太子レオナルトである。濃い金色の長い髪を後ろでひとつにしばった、深い緑の瞳をした華のある顔立ちの王太子は、クウィルの兄、ラルスと同じ二十七歳だ。レオナルトは兄と幼少期から懇意にしていて、顔を合わせればクウィルにも王太子らしから ぬ気安さで声をかけてくる。

そんなレオナルトが清々《すがすが》しい笑みで、これは覆せない決定だと言外に語る。わざわざ王太子の執務室に呼び出されたから何かあるとは思っていたが、これほどの重大事とは想像もしなかった。

「私は、いつから王族の仲間入りを果たしたのでしょうか」

「さて、ラングバート伯爵家が次男を手離したという話は聞かないな」

「殿下……」

「まぁ待て。納得のいく説明はする」

レオナルトは執務机に積まれた紙の山の天辺《てっぺん》に手を乗せた。

「これは何だと思う？」

「裁可待ちの書類ではないのですか」

「アイクラントの民の声だ」

上の一枚をめくって、レオナルトがクウィルの眼前に掲げた。どこぞの領主を経由して上奏された、国民からの意見書だ。現アイクラント王は広く民の想いを聞きたいと、月に一度こうして声を集めている。

意見書にさっと目を通したところ、内容は今代聖女の婚姻に関してのようだ。

先代の聖女が亡くなってから必ず十六年後に、星が聖女を選ぶ。新たな聖女となるべき者が十六歳になるとき、星が降り、聖女の証《あかし》となる印をその体に授けるのだという。聖女は聖剣をたずさえ、アイクラント王国の東西南北にある神殿に祈りを捧《ささ》げる巡礼の旅に出る。ひとつの神殿につき半年をかけ、加護の力を王国全土に行き渡らせる。

その巡礼があとひと月ほどで終わり、今代聖女、リネッタ・セリエスが王都に帰還する。二年間の務めを終えた聖女は、継承権二位以下の王族、あるいはその縁者に嫁ぐ栄誉を与えられることになっている。

ところが、今目の前にレオナルトが見せるこの紙の山だ。いかに伝統とはいえ、十八歳の聖女を今の王家に嫁がせるのはいかがなものか。そういった抗議が書いてある。

聖女に信が無いということはない。聖女の座が空席となる十六年と、新たな聖女が選ばれ巡礼を終えるまでの二年、合わせて十八年を加護の切れ間と呼び、この加護の切れ間には凶化魔獣の出没頻度が爆発的に増加する。単体であればまだしも、ときには大群を成して人を襲う。過去の加護の切れ間には、ひとつの領地が壊滅させられたこともあると記録に残っている。それだけの脅威を退ける力を持つ聖女は、アイクラント王国において、ときに王家よりも尊ばれる。

もちろん、王家に信が無いということもない。現在の王家は騎士の増強と魔術研鑽《けんさん》に力を注ぎ、国民から高い支持を得ている。

魔術は、人の魂に干渉する古代魔術と、自然の力を増幅させて操る近代魔術に大別される。古代魔術は限られた血筋にのみ受け継がれたもので、現在ではそのほとんどが失われている。近代魔術もまた血筋で継承されると思われていたが、先代国王が推進した研究のもとで、血筋に関わりなく個人に生まれつき備わるものだと判明した。以降、魔術適性を持つ者には出自を問わず騎士への道が開かれ、近代魔術の研究も進んだことで、魔獣による被害は大幅に減少した。さらに現王は魔獣問題の恒久的な解決を目指して古代魔術の研究にも関心を寄せており、国民の期待は大きい。

では、そんな王家と聖女の婚約に関してのこれらの抗議の声はどういうことか。クウィルが首をかしげると、レオナルトは右手の指三本を立て、端から順にくいっと折る。

「継承権二位。俺の可愛い弟はまだ八歳だ」

「もちろん、存じております」

レオナルトの弟、フェリクス。可愛いという評価はこの兄の贔屓《ひいき》でも誇張でもない。巷《ちまた》では、妖精《ようせい》の血でも流れているに違いないと冗談めかしてささやかれているほどだ。

「三位。ブロックマイヤー公は三十五歳で、妻帯者だ。四位、アイヒベルク公は……えー、幾つだ？」

「御年四十一におなりですが。殿下、まったくお話が見えません。まず、フェリクス殿下を候補から外される必要などないでしょう」

上位貴族の婚姻に年齢差がつくなど珍しいことではない。さすがにアイヒベルク公爵との二十三歳差はよくあることと言うには苦しいが、フェリクスならば十歳差と、貴族間の婚姻としてはいくらでも前例のあるものになる。

だが、レオナルトはいやいやと首を左右に振った。

「旧派貴族の全盛期とは違う。あまりに年齢差のある相手というのが今どき流行《はや》らない」

アイクラント建国以前より貴族として王家に仕え、家柄と血統を重んじるのが旧派だ。彼らは爵位を問わず騎士や研究者への門戸を開こうとする王家の考えに反発し、先王の代には旧派貴族の一部が蜂起した。これを王家によって鎮圧されて以降、旧派は勢力を落とし、代わってアイクラントの政治中枢を握ったのが実力主義で新興貴族も多い新派で、現在の貴族議会は八割ほどをこの新派が占めている。

新派とて家格を軽んじはしないが、昨今はそれよりも、当人らの精神的に良き婚姻をという風潮が強くなりつつある。

「相性を重んじた結果として年齢差が出てしまうのは、むしろ深愛として歓迎されると聞きおよびますが」

「そこに本人の意思があればいいが、聖女の場合は王家の一方的な決定だ。自ら選んだわけでもないのに十だの二十だの離れた相手に嫁がされるというのが、世間受けが悪い」

抗議の声が言わんとすることは理解した。だが、フェリクスの十歳差が問題になるなら、二十五歳のクウィルが相手でも同じようなものだ。まして、こちらは王族どころか、将来の爵位も保証されない伯爵家次男という立場である。

そんなクウィルの疑問を察したように、レオナルトが笑う。

「適任者がいないなら、いっそ、本人に選ばせてはどうかとなってな。縁を結びたい相手がいないか、聖女に直接尋ねてみた」

「選ぶ、とおっしゃられますが。聖女様には……感情がないのですよね？」

「そうだ。歴代聖女と同様に、今代聖女も喜怒哀楽、あらゆる感情を喪失している」

聖剣は、聖女の感情を糧として加護の力を発動するといわれている。初めの巡礼地である北部神殿を出る頃には、もう聖女の心は動かなくなるのだという。感情を失くし人形のようになった聖女の姿を見て、その多大なる献身に人々は涙し、同情し、感謝する。だから、聖女がどのような出自であれ、王家に嫁ぐ誉れも当然と受け止められてきた。

「そのようなかたが、ご自身で婚約者をお選びになる、と？」

「ものは試しというだろう。で、彼女が選んだのがクウィルだったというわけだ」

「……ぅうん？」

余計にわからない。なぜなら、クウィルは聖女に関わることのない黒騎士だからだ。

アイクラント王国には白と黒、ふたつの騎士団がある。

白騎士団に所属する騎士は、式典での警護や貴族の護衛といった華やかな場で活躍する。聖女の巡礼には、この白騎士の中から選ばれた精鋭が同行している。

一方、クウィルが所属する黒騎士団が相手をするのは魔獣だ。新たな聖女が星に選ばれ巡礼を終えるまで、黒騎士は魔獣討伐の最前線に立ち、巡礼のあとも聖剣の加護をすり抜けた魔獣の討伐にあたる。魔獣の中には人より遥《はる》かに大きなものや飛行するものもおり、対峙《たいじ》する黒騎士は皆、高い魔術の才を要求される。

そういったわけで、聖女が巡礼に出ている二年の間、クウィルは一心不乱に魔獣を追いかけていた。今代聖女の顔すら知らない。

「人違いではありませんか？」

「琥珀《こはく》石の瞳《ひとみ》に黒髪の黒騎士。他にいない」

「私の瞳は琥珀石ではありませんが」

琥珀石は多様な色を持つ石だが、一般的に思い描かれるのは黄色から橙色《だいだいいろ》だろう。

だが、クウィルの瞳は暗赤色だ。琥珀のなかにも希少とされている赤琥珀があるが、それだってこの瞳とはかけ離れている。禍々《まがまが》しいほどの赤目は、柘榴《ざくろ》石と言われたほうが納得できる。

この瞳が本当に琥珀石のような黄色で、黒髪でもなければどれほど良かったか。つい目を伏せると、レオナルトはそんなクウィルの思いを見透かすようにため息をついた。

「手違いがないよう、クウィルの瞳については確認した。それでも彼女にとっては琥珀石だそうだ。それから、おまえとラングバート家のことは、きっちりと伝えてある」

「……それでも聖女様——いえ、セリエス嬢は本当にかまわないと？」

レオナルトはうなずいて、切り札でも出すように真剣なまなざしを向けてきた。

「なぁ、クウィル。これで縁談から解放されるぞ？」

その瞬間、初夏の川べりで感じるような心地よい風が、クウィルの心中を吹き抜けた。

目の前に山と積まれる釣書を、片端からちらりとのぞいては破棄する罪悪感。夜会に出ては品定めのねっとりとした視線に耐え、令嬢たちの好奇心の透けた笑顔に応じ、食べ損ねた肉を思って腹を鳴らすひもじさ。上等な酒を味わうどころか酔いもできず、その晩、夢の中で浴びるように酒を飲む満たされなさ。

そんな煩わしい縁談から、虚《むな》しさばかりの夜会から、ついに解放される。甘美な誘惑にクウィルはあっさりと流された。

どうせ王命では簡単に断れない。それに、聖女が喜怒哀楽を感じないのであれば、こんな自分でも相手が務まるのではないか。もし、うまく務まらずに婚約破棄されたとしても、そんな身に新たに舞い込む縁談はほとんどなくなるはずだ。そんな楽観的で自分に都合の良い考えが、ぐいぐいと背中を押す。

「受けるな？」

「拝命します」

クウィルがまるで討伐隊長にでも任命されたかのような返答をすると、この結果を見越していたかのように、レオナルトはにんまりと目を細めた。

＊　＊　＊

クウィルが聖女との婚約話を聞かされてから二ヶ月が過ぎた。

ひと月ほど前に聖女が巡礼から帰還し、儀式だの式典だのといったことがすべて片付くまで、この前例のない婚約は秘されてきた。そして、聖女が王都中央の聖堂からラングバート家へ住まいを移す今日の夕刻前に、ようやく婚約が公のものとなる。そんな状況だから、クウィルには婚約したという実感が湧かない。婚約者の顔を見るのも言葉を交わすのも、今日が初めてだ。

公表されれば騒ぎになるだろうからと騎士団の詰所を早めに出て、クウィルは半年ぶりにラングバート家のタウンハウスに向かった。屋敷を囲う塀の向こうに見える庭木が、この春に芽吹かせた若葉を夕暮れの風に揺らしている。

前回タウンハウスに戻ったのは、黄金に色づいた葉がはらはらと散る最中《さなか》だった。王都の外れという立地の悪さと、クウィル自身の居心地の問題で滅多に帰らない。常日頃より騎士宿舎に割り当てられた部屋ひとつで満足に暮らしている身からすると、広々とした居室はどうにも落ち着かない。

そんな苦手な屋敷で、見知らぬ婚約者を相手に晩餐会《ばんさん》とくれば気が重い。それでも婚約を承諾したのは自分なのだからと、クウィルは黒い騎士服の襟を整え、屋敷の正面で大きく深呼吸した。

クウィルが屋敷に入るなり、カンッと耳に痛い怒鳴り声が飛んできた。

「もう！　どうしてこんなにお戻りが遅いのですか！」

エントランスホールすぐの階段の上から吠《ほ》えるのは、ハウスメイドのニコラだ。屋敷にいるものは家令からガーデナーまで等しく家族というラングバート家の伝統に則《のっと》り、二十一歳と年下のニコラだが、臆《おく》することなくクウィルに物申してくる。

「夕食に間に合うようには戻ったじゃないか」

「間に合えばいいって話じゃあないんです！　こんな大事な日に、何だってクウィル様は騎士団に顔をお出しになるんです？」

「騎士だから、だが」

アイクラント王国の黒騎士として、一隊を任される身のクウィルだ。日々の務めを果たして責められるいわれがない。しかし、ニコラはクウィルの返答が気に入らないらしく、階段を駆け下りながら握り込んだ両手をもぉぉと上下させた。

「今日はお休みで構わないはずでしたでしょう？　そのように計らっておいたと、騎士団長様から旦那《だんな》様にお知らせが届いていたんですよ」

「構わない、は、休めではないだろう」

「それは遠回しの休めなんですって。クウィル様、ご自身の婚約者様をお迎えする日ですよ？　聖女様はとっくにお着きですのに！」

だったらはっきり休めと言って欲しかったと思っていたら、ホールに下りてきたニコラがクウィルの背後に回り込んだ。そして顔を赤くしながら背中を押し始める。そんなことをしても体格差がありすぎて、クウィルの身体はぴくりとも動かないのだが。

「お早く！　聖女様はもうお部屋でお待ちなのですっ」

「部屋って、まさか私の？」

「何を考えてらっしゃるんですか、聖女様のですよ！　お住まいをこちらに移されるのだから、当然お部屋もご用意してあるんです！」

住むのだから、部屋がある。至極当然のことを分かっていなかった自分に、クウィルは呆《あき》れた。婚約の実感がないにもほどがある。これではニコラに叱られても仕方がない。

「奥様も旦那様も、たいそうお喜びですのに。肝心のクウィル様がそんなぼんやりしていてどうなさるんですか、しっかりしてくださいませ！」

早く早くと急《せ》き立てられて階段を上りながら、婚約を受けた当初にラングバート伯爵領から届いた手紙を思い出す。クウィルの心情を案じながらも祝おうという父と、婚約への意気込み充分な母の想いがこもっていた。

ニコラの言うとおり、しっかりしなければと、自分がやるべきことを頭の中で確かめる。まず、婚約者リネッタ・セリエスと顔を合わせて婚約をきちんと成立させ、夕食をともにし、これからよろしくとひと声かける。これが、本日のクウィルのおもな仕事だ。

くだんの婚約者は階段を上がって最奥、クウィルの寝室の隣に居を構えるらしい。よりによって隣室なのかと一瞬足を止めてしまいそうになったが、顔合わせと晩餐会さえつつがなく過ぎれば、クウィルは今夜のうちにも騎士宿舎に戻るつもりでいる。自分の寝室を使うことなどそうそうないのだから問題ないと、気を取り直す。

クウィルの背中を押し続けていたニコラは、最奥の部屋まで来るとパッと前に出た。弾む心をそのまま写し取ったような手つきで、扉を二度叩《たた》く。

「聖女様、ニコラです。クウィル様が到着なさいましたよぉ」

クウィルを叱っていたのとは大違いに穏やかなニコラの声掛けに、室内からガタンという物音が聞こえた。音はそれひとつきりで、静かになる。

「聖女様？　どうかなさいましたか？」

首をかしげたニコラの二度目の声掛けに、やや間をおいて、思わぬ答えが返ってきた。

「ごめんなさいっ　何か、汚れてもかまわない拭くものをいただけますでしょうか」

扉越しのくぐもった声を受け、怪訝《けげん》な顔のニコラがクウィルへと視線を寄越《よこ》した。クウィルはうなずきで、ニコラに扉を開けるよう促す。

「失礼いたしますね」

ニコラが慎重に扉を開ける。

室内には、二ヶ月の間に抜かりなく整えられた家具や調度品が並んでいた。凝った意匠の鏡が目を引く。ベッドに天蓋《てんがい》まで付いているところに、ラングバート家の本気がこもっている。クウィルの結婚を半ば諦《あきら》めていた母はこの機を逃したくないのだろう。

鏡台の前に座る女のシルバーブロンドの長い髪が、淡い水色のデイドレスを撫《な》でるように揺れた。高級糸を束にしたような髪に光の帯を波打たせ、彼女はクウィルへと振り向く。

陽光を知らぬほど白い肌に、深い海の青を思わせる瞳《ひとみ》。艶《つや》やかでふっくらとした薄桃色の唇は、朝露に濡れた花びらを思わせる。

とてつもない美人である。

美しい人だと噂には聞いていたが、想像の遥《はる》か上だった。これが聖女――いや、元聖女かと見とれてしまいそうになる。だが、今はそれどころではない。

彼女の左腕には、真っ赤な血の一線が引かれていた。

「きゃぁぁぁ！　お、お怪我をなさったのですか!?」

ニコラの甲高い悲鳴が上がる。クウィルは急ぎ、ニコラの肩を引いて下がらせた。

「手当ての用意を頼む」

「は、はい！　すぐにお持ちいたします！」

バタバタとニコラの足音が遠ざかっていった。クウィルは混乱のままハンカチーフを取り出して、おのれの婚約者だろう女に近づく。

「お手に触れてもかまいませんか」

クウィルが声をかけると、彼女は左肘《ひだりひじ》まで伝って落ちた血を右手で受けながら、ゆっくりとうなずいた。白い左腕に引かれた赤をハンカチーフで拭《ぬぐ》っていくと、親指にたどり着く。傷口をハンカチーフで包んで強く握り、息をついたところで彼女と目が合った。

あまりに美しく澄んだ青に吸い込まれそうな気がして、クウィルは手当てに集中するふりをして視線をはずす。

「リネッタ・セリエス嬢……ですね？」

そう口にしてから、他に誰がいるのだと内心で頭を抱えた。顔合わせの第一歩がつつがなさからほど遠く、動揺がひどい。そして、その動揺を瞬時に取り繕える器用さをクウィルは持っていない。

対するリネッタは、無表情のまま唇を薄く開いた。

「はい。間違いございません」

控えめで耳に柔らかい、小鳥が歌うような声がする。

整った容姿に整った声を持つ婚約者に気後れしながら、クウィルはハンカチーフを慎重に開いた。親指の腹がぱっくりと裂けている。手が滑っただけにしては傷が深く、ちらりと鏡台を見れば、抜き身のままナイフが置かれていた。

まさか自傷なのだろうかと考えたところで、はたと気づいた。

あれだけ流れていた血が、もう止まっている。

それどころか、深く裂けていた傷が、端からゆっくりと消えていくのが見て取れる。

「これは……？」

すると、リネッタはこちらの手を遠慮がちに振りほどいた。そして右手で、傷のあった親指を覆い隠す。クウィルに見られるのが嫌だとでもいうような反応である。

仮にも応急処置を受けておいて、この拒絶はいかがなものか。胸に湧いた不満を顔に出す前にため息に変えて、クウィルは問いかけた。

「何があったのか、お聞かせ願えますか？」

「確認をしておりました」

「……はい？」

「傷が治るかどうかを。聖女を務めていた間は、この程度の傷がついてもすぐに塞《ふさ》がりました。では聖堂を離れた今ならどうなるのかと思ったのです。自分で自分の身体のことがわからないままでは、ラングバート家の皆様にご迷惑をおかけしますので」

なるほどと、クウィルはうなずいた。聖女の身体は聖剣の恩恵によって、傷の治りが早く、外見の老いが緩やかになると聞いたことがある。また、決して魔獣に襲われないようになるのだ、とも。

本当に自分の婚約者は昨日まで聖女だったのだ。ようやく理解が追いついてくると、クウィルはリネッタに何と言葉をかけてよいものかわからなくなった。元聖女という彼女の肩書に気圧《けお》される。

すると、黙ったままのクウィルにリネッタが微笑みかけてきた。緩やかに口角を持ち上げたその表情は、春の日差しのように柔らかい。

どういうことだと、クウィルは婚約者の顔を凝視した。

「笑うことが……」

無意識に飛び出してしまった言葉にハッとして、慌てて口を覆った。たとえ相手に感情がなくとも、笑えるのかなどとあまりに礼を欠いた言葉だ。

もちろん、喜怒哀楽を持たないというリネッタには、気を悪くした様子などない。今度は右手の指先をそろえて唇に添え、恥じらうような所作を見せる。だが、その青の瞳の奥は冬の海のように冷えて、かけらも感情に染まらない。

「社交に必要な表情は練習してまいりました。記憶を失ったわけではありませんので、経験と紐《ひも》づけてその場にふさわしく振舞うことはできるつもりです」

「社交、ですか」

思わず返答に詰まると、リネッタがこちらの顔をまじまじと見てうなずいた。

「存じております。クウィル様は伯爵家をお継ぎにならない。だから、社交の場に出るおつもりはない、ですね？」

「……その、つもりで、おりました」

ラングバート家の伯爵位は兄、ラルスが継ぐものだ。将来的にはクウィルに所領の端を分割すると父から言われているが、それも本当は辞退したいほどに興味がない。身体の動く限り騎士を務め、老いて引きこもる家があれば自分には充分だ。だが聖女を妻とするのだから土地の一部は持てとラルスに再三説得されて、渋々承諾した。

そういう考えだから、社交の場に出て貴族とつながりを持つ必要はないと思っていた。人を招いて酒を酌み交わす暇があるなら、剣を振り魔術を磨く時間に充てたい、と。当然リネッタにも、作り笑いを必要とするような役割をさせる予定はなかった。

だが、ここで社交に出ないと言うのは、笑顔を練習してきたという彼女の努力を軽んじるようだ。社交界への煩わしさと婚約者へのねぎらいを天秤《てんびん》にかけてぐらぐらとさせていたら、「あの」と遠慮がちな声をかけられた。

「ご安心ください。これは、クウィル様との社交に使うためのものです」

「私との、社交……ですか？」

「この先ずっと人形を相手にするのでは、気が滅入《めい》ると思いますので」

「作り笑いを張り付ける貴女《あなた》こそ、気が滅入るのでは？」

「滅入るほどの気がありません。快、不快を感じる心は残っていますが、それも息をする間に散って消えてしまう程度のものです」

淡々と、起伏のない声が室内に響く。まるで、騎士団の詰所で業務報告を聞いているかのようだ。だというのに彼女の口元には、一本調子の声にそぐわない微笑がずっと浮かんでいる。

こうやって表情を作ることが彼女から自分への誠意なのだと、頭で理解しようとした。けれど、ありもしない好意を装ってみせると言われているように思えて、クウィルは婚約者から目を逸《そ》らす。喜びを感じないまま笑っている彼女の顔がどうしても、夜会で見る令嬢たちのそれと重なってしまう。自分はこれから、婚約者を相手に夜会にいる心地を味わい続けることになるのか。

王太子レオナルトからもたらされた縁談話を浅い考えで承諾し、何なら今日ここに至るまで、実際に顔を合わせればリネッタのほうから考え直してくれるだろうとまで思っていた。大した気構えもなく二ヶ月を過ごしてきた自分を殴りたい。

それでも後戻りはできない。本日付けで公となった婚約だ。ここでクウィルから破談にしたとして、元聖女であるリネッタの名には傷ひとつ付かないだろうが、ラングバート家の評判は地に落ちるどころでは済まない。

気を取り直すためにふっと息をつき、クウィルは騎士服の内ポケットにしまっていた薄い木箱を取り出してリネッタへと差し出した。

「誓約錠です。お受け取りください」

箱の中にに、革紐《かわひも》のシンプルな腕飾りが入っている。

結婚には指輪を。婚約には誓約錠を。これがアイクラント王国の伝統である。

誓約錠は婚約の際、男から女に贈る。本当に錠前をかけるわけではなく、レース紐や革紐などを女の左手首に結び、この手にいずれ自分が指輪をはめるのだと周囲に示す。婚約破棄となった場合には女の手でこの紐を切り、男に返す。そうやって切れてしまう可能性もある誓約錠だから、装飾に金をかけて愛情や誠意の証《あかし》とする。

本来ならば婚約を申し出る時点で贈るものだが、クウィルとリネッタの婚約はそういった手順を踏む機会を設けられなかったので、今日この場で渡すことにしたのだった。

箱の中を見たリネッタは表情を変えることなく、左手をこちらへと差し伸べた。

「確か、こうして着けていただくのでしたよね？」

「そのように聞いています」

クウィルは彼女の左手を取った。細い手首に革紐を巻いて銀の留め具を嵌《は》めこむと、紐の中央にあるしずく形の青い石が揺れる。

色恋と無縁のクウィルに黒騎士団の世話焼きたちが、誓約錠にも流行《はや》りがあるのだと指導してくれた。近頃は相手の瞳《ひとみ》と自分の瞳、二色の石を並べるのが令嬢たちの間で人気だという。だが、この目と同じ暗赤色の石が相手の腕に飾られるなど想像するだけでげんなりしてしまったクウィルは、リネッタの瞳に合わせて選んだ石ひとつを装飾に決めた。レオナルトからは青い瞳だとしか聞かされておらず、実際のリネッタの瞳と比べると色に深みが足りない。

そんな青い石をリネッタはしげしげと眺め、誓約錠に右手を添えてうなずいた。

「これで、クウィル様とわたしの婚約が正しく成立したということですね」

「はい、以上となります」

軽い会釈を交わして、さらりと婚約の形式を整え終える。まずはひとつ今日の目的をこなせたとクウィルが安堵《あんど》したときだった。

「な、なななななな」

背後から、舌が忙しそうな声が飛んできた。

振り向くと、傷の手当て道具の入った木箱を取ってきたニコラが、眼球がまろび出そうなほどまぶたを開いて立っている。

「クウィル様！　その誓約錠、正気ですか！」

「何がだ？」

「よ、よりによって、聖女様にこんな安っ……」

安物を、と続きそうな言葉をニコラが半ばで断ち切り、あとは唇の形だけでクウィルを非難した。安物であることはクウィルも承知している。

「すでに決まっている婚約だから、誓約錠は形だけのものだろう。大仰な品で浪費するのはあまり――」

ニコラはクウィルの説明を最後まで聞かず、少々乱暴な音を立てて木箱をテーブルに置いた。それから、クウィルの腕を引いて扉に向かう。

「お手当ての間、外に出て頭を冷やしてくださいませ！」

「充分冷えていると思うが。今日はそんなに暑くもな――」

「いいえ、クウィル様は女性の気持ちをもっとお考えになるべきです！」

廊下に放り出されて、ふんと怒りに満ちた鼻息を聞かされる。

「あ、ニコラ。傷の手当てはもう」

必要なくなったと言いかけたところで、バンと扉が閉まった。ここまでの剣幕で言われれば、重大な失態をおかしたことぐらいわかる。閉め出されたクウィルは扉を眺めつつ、気持ち、気持ちとニコラの言葉を反芻《はんすう》した。

そんなクウィルのほうへ、軽やかな足音が近寄ってくる。

「クー兄さま！　おかえりなさいませ！」

妹のアデーレだ。軽く巻いた金の髪にリボンをつけ、余所《よそ》行きなドレスを着た姿が、半年前より大人びて見える。クウィルは愛くるしい妹の成長ぶりに感心して、息を切らして駆け寄ってきたアデーレをひょいと抱え上げた。途端、彼女は顔を真っ赤にする。

「わたくし、もうそんな子どもじゃあないのよ！」

「今年で十歳か。大きくなったなと思って」

「んもぅ！　おろしてくださいませっ！」

クウィルが十五のときに生まれたのがアデーレだ。こうも歳が離れているといつまでも幼子のように扱ってしまいがちで、アデーレにはよく怒られる。

「ニコラが大慌てで上がっていくのですもの。何かあったんじゃないかって、わたくし心配してまいりましたのにっ」

背伸びした口調が面白い。以前には見られなかったおませな顔にクウィルがついつい笑ってしまうと、アデーレが頬をぷっくりと膨れさせた。やはりまだ幼子だ。

小さなレディを下ろして、乱れた前髪を整えてやる。

「アデーレは何も心配しなくていい」

「聖女さまとけんかをなさったとかでは、ないですか？」

気遣いに満ちた妹のくるみ色の瞳を見て、クウィルは苦笑した。縁談を片端からバサバサと切り捨てていた頃も、婚約が決まった今も、クウィルの婚姻問題は家族をおおいに心配させるものらしい。

「誓約錠の選びかたが悪かったようで、ニコラに叱られてしまった」

クウィルが正直に白状すると、アデーレは焦がしてしまった焼き菓子でも見るような顔でため息をついた。

「……兄さまが何を考えどんなものを贈ったのか、わたくし想像がつきます」

「そうなのか。アデーレは聡《さと》いな」

「わたくしじゃなくてもわかります」

ねぇ、とアデーレが後ろを振り向く。彼女が視線を送った先にいるのは、笑みを浮かべながらこちらに向かってくる兄、ラルスだった。クウィルのふたつ上で、王立図書館に勤めている。ラングバート伯爵夫妻は春と秋の議会の期間を除いて基本的に領地におり、普段のタウンハウスの主《あるじ》は兄とその妻ヒルデである。

今日のラルスはちょっとした社交の場にでも出るような格好で、クウィルよりやや長くゆるい癖のある金髪を軽く後ろに流している。そんなラルスがアデーレと同じくるみ色の目を細めて、父譲りの穏和な性格そのままの口調で応じた。

「そうだねぇ。クウィルのことだから、すでに婚約しているのだから形式的なものでしかないし……なんて思ってしまったんだろうな」

クウィルのそばで足を止めたラルスが、どうかなと探るような目を向けてきた。まさにそのとおりのことをニコラに言ったばかりのクウィルは、あの誓約錠にそれほど問題があったのだろうかとまた頭を悩ませる。

そんなクウィルを困り顔で見つめていたアデーレが、流れを変えるようにぱちんと両手を合わせた。

「それにしても、クー兄さまと聖女さまにご縁があったなんて、ちっとも知りませんでした。教えてくだされればよかったのに」

お年頃のアデーレは、兄と聖女の出会いに興味津々の様子だ。

このラングバート家が新派貴族に属するのに対して、リネッタのセリエス伯爵家は旧派貴族である。新派と旧派では家同士のつながりがほとんどない。そのうえ、クウィルは黒騎士だ。実戦が主の黒騎士は華のある白騎士と違い、上位貴族、特に旧派貴族からの受けが悪い。野蛮だの血なまぐさいだのと、身体を張っている騎士に対して結構な口ぶりである。

そんな黒騎士クウィルと、聖女リネッタ。どんな運命的な出会いによってこの縁談が持ち込まれたのかと、アデーレの幼い乙女心は華やかな夢を見ていることだろう。

期待に応《こた》えられず申し訳ないと、クウィルは肩を落とした。

「ない」

「何がないのですか？」

「縁どころか、面識がない」

指名を受けたからには、聖女とは知らずに会話をするなり、何か接点があったのだろうと思った。少なくともリネッタ側はクウィルを認識しているという話なのだ。

しかし今こうしてリネッタと対面しても、クウィルには何ひとつ記憶を揺さぶられるものがなかった。

色恋に無関心と自他ともに認めるクウィルですら、ひと目で見とれかけたシルバーブロンドの髪も青の瞳も、アイクラント王国にありふれているとは言い難い特徴だ。あれほどの美人にどこかで出会っていれば、さすがにクウィルでも覚えていられる。

「心当たりすらない。何かの間違いじゃないかと思う。だから、あとで彼女に確認を」

「お願いですから聖女さまにそんなことおっしゃらないでくださいませね！　きっとが

っかりなさいます！」

アデーレが慌てたようにクウィルの袖《そで》を摑《つか》み、ぐいぐいと引っ張る。

「しかし……勘違いだったら申し訳ないじゃないか」

「兄さまの瞳《ひとみ》を厭《いと》わないかたがやっと現れたのに、どうしてそう後ろ向きなのですか！」

「落ち着きなさい、アディ」

ラルスがアデーレを愛称で呼び、彼女の興奮を抑えるように小さな両肩に手を置いた。

「ここでそんな大声を出しては、リネッタ嬢に聞こえてしまうよ」

アデーレは両手で口をばふっと押さえ、こくこくと小刻みに頭を上下させる。

「クウィル。リネッタ嬢をお連れしてダイニングへおいで。それから、せめて私服に着替えなさい。婚約者との初めての会食に騎士服とは味気ないだろう？　誓約錠を渡したのなら、皆でリネッタ嬢をきちんと迎えてさしあげよう」

そう言われ、このあとの晩餐《ばんさん》会に向けてきちんと身支度を済ませている兄と妹を見て、なるほどと思った。つまり今日という日は、ただ誓約錠を渡し、ともに夕食の席に着いて形さえ整えればいいというものではなかったのだ。ようやく自分の失態を正しく理解してきて、クウィルはため息をつきつつ騎士服に手を当ててうなずいた。

するとラルスがアデーレの両耳を軽く押さえ、クウィルに耳打ちしてくる。

「クーがどうしても無理だと思うなら、そのときは皆で考えればいい。これは私も父上も同じ意見だよ。まぁ、母上は多少気落ちするだろうけれど」

「ですが、我が家だけでなく、義姉《あね》上のご生家にまで飛び火しかねない問題でしょう」

聖女との婚約は王命なのだ。クウィルから破棄するなどあってはならない。

けれど、ラルスはクウィルを安心させるように微笑んだ。

「大丈夫だ。ヒルデも同じことを言うよ」

ラルスが結婚して三年になるが、義姉のヒルデは当初から変わりなくクウィルにもアデーレにもよくしてくれる。兄の言葉に偽りがないとわかるからこそ、クウィルは申し訳なくなる。夜会を避けられるという誘惑に負けた自分がつくづく情けない。

クウィルはアデーレの耳をラルスの手から解放して、ぎこちないながら笑顔を作った。

「アディにも兄上にも、心配をかけてすまない。大丈夫だから。自分にこんな縁談が来るとは思わなかったもので、それに……正直、たいへん容姿の優れたご令嬢で、我が身には余る気がして、それだけだから」

すると、アデーレがくるみ色のつぶらな瞳をことさら大きく開いて、ぱちぱちとしばたたかせた。

「兄さま、大丈夫。世の中は兄さまが思うほど美男好きばかりではないのよ」

「うん、アディ。私たちはダイニングで待とう。ね」

ラルスが少々ひきつった笑みでアデーレを抱えて去っていく。遠退《とおの》いていく妹の声が「兄さまだって愛想よくすればいくらか輝きが増して見えるわ」と、いまひとつ慰めになりきらない慰めの言葉をくれた。

軽く疲労を覚え、廊下の花台に手をついた。花台に載った花瓶はよく磨かれていて、クウィルの顔を鏡のように映すから、映り込んだ黒髪赤目の憎らしさに眉《まゆ》をひそめて顔を背けた。この暗赤色の目が厭わしくて、日ごろから鏡は避けている。そろって金髪にくるみ色の瞳をした家族の中で、この黒髪も赤目も、クウィルひとりだけを異質なものとして浮き上がらせる。

この容姿は、遠く遡《さかのぼ》るとアイクラント王国を離れ、ベツィラフトという失われた小国に行きつく。単一民族国家であったベツィラフトの民は魔獣を使役する術を有していたために、国が失われた現在に至ってもなおアイクラントの人々から忌むべき国といわれる。そんな亡国の民の特徴をクウィルは色濃く継いでいた。

アイクラントは多民族国家だが、金髪寄りの明るい髪色の者が多く黒髪は珍しい。そこに唯一といっていいほど珍しい暗赤色の瞳まで同居させたのがクウィルである。珍獣みたいなものだ。

リネッタの生家、セリエス伯爵家はアイクラント建国以前から王家に仕えていた伝統ある家門だ。いかに近年の旧派貴族が勢いを失くしているとはいえ、こんな変わり種を婚約者に指名するほど相手探しに困ってはいまい。巡礼の間には白騎士団に所属する貴族令息らと交流する機会もあっただろう。彼らは、黒騎士よりも家柄の良い者が多い。

リネッタには他にいくらでも選択肢があったはずだ。王家より上位貴族令息よりこの珍獣を選ぶとは、物好きにもほどがある。

そんなことを考えていると、クウィルの背後で扉が開いた。まず出てきたニコラがクウィルに会釈し、次いでリネッタが姿を見せる。

十人に訊《き》けば十人が、彼女を美しいと評すだろう。聖女の選定基準には容姿が含まれているのではないかと思うほどだ。聖女という運命を押し付けられなければ、間違いなく社交界で引く手あまただったに違いない。そんな令嬢が何を誤って、こんなクウィルの元に来てしまったのか。

リネッタは考え込むクウィルのそばまでやってくると、まっすぐに赤目を見上げてきた。背だけは人に誇れるほど伸びたクウィルだから、決して小柄ではないリネッタと並んでも頭ひとつ差がある。そんな位置から見つめられては落ち着かず、クウィルのほうから口を開いた。

「騒がしかったでしょう。妹が失礼をいたしました」

いくらクウィルとラルスが声を抑えたところで、アデーレの声量があれではだいたいの内容は察せてしまっただろう。傷の手当てもないのに部屋から出てこなかったのは、こちらの話が落ち着くのを待っていたからかもしれない。

クウィルの謝罪に、リネッタはあの器用な笑みを張り付けてゆるゆると首を振った。

「アデーレ様は、お可愛らしいかたですね。わたしをこのお部屋まで案内してくださいましたし、クウィル様がご到着なさるまでにいろいろとお話ししてくださいました」

その出迎えは本来、クウィルの役目だったのだと今ならわかる。かといってアデーレのしたように話を弾ませることが自分にできたとは思えない。

「歳が離れているぶん、私も兄も甘やかしてしまいまして。あのとおり、お喋《しゃべ》り好きのにぎやかな妹です。失礼がありませんでしたか」

「とんでもない。十歳なのにとても大人びていらっしゃいます。わたしが十の頃なんて、木から落っこちるような子どもでしたもの」

思わぬ言葉に、クウィルは内心驚いた。今のリネッタの姿からはおよそ想像がつかない。聖女にも少女のころがあったのだと当然のことを思いながら、エスコートのためにリネッタに手を差し伸べた。

「よろしければ、お手を。ダイニングまでご案内します」

「ありがとう存じます」

リネッタの左手首に巻かれた安価な誓約錠が揺れる。いつでも断ち切ってしまえそうな頼りない革紐《かわひも》一本を選んだのは、形式的なものだと考えたからばかりではない。華美な装飾の施された高価な誓約錠を選ぶなど、我が身には分不相応に思えたのだ。

結局のところ、クウィルはこの婚約に自信がないのである。この二ヶ月の間、婚約の実感が湧かなかったというより、あまり考えないようにしていたというほうが正しい。

美しい婚約者の口からこぼれる声は柔らかで、ちょうど今の季節の、草花を揺らす風のような心地よさを感じさせる。身に余る婚約者が使いこなす、感情をともなわない上出来な笑みを見ているとどうしても気持ちが沈み、クウィルは階段を下りきったところで足を止めた。

リネッタがじっとこちらを見上げてくる。クウィルの心中を察しようとする青い瞳を見つめ返して、ふと思いついた。

「先ほど、快、不快を感じる心はお持ちだと、そうおっしゃいましたね」

「ええ。ですが、三つ数える間に消えてしまうようなものですから、気に留めていただく必要はありません」

その消えてしまうようなものこそが、クウィルには必要なのだ。

クウィルが夜会を嫌う最大の理由は、内に何を秘めているかを見せない令嬢たちの笑みにある。アイクラント王国において、亡国ベツィラフトの特徴を持つクウィルの容姿は見下されるものだとわかっている。貴族の間ではなおのことだ。こちらを忌み嫌っているはずの相手から笑みを向けられることが、どうしても受け入れがたい。

せめて婚約者からは、そんな上辺だけの笑みを向けられたくない。

「では、セリエス嬢。その三つの間に、手をあげてくださいませんか」

「手を、ですか？」

リネッタがわずかに目を丸くしたように見えた。きっと、今そこに彼女の心があった。だったらその心を教えて欲しい。

「快と思えば誓約錠のある左手を。不快と思えば右手を。もちろん、セリエス嬢があげたいと思ったときだけでかまいません。社交用に笑顔を作ってくださるよう、私にはそのほうがいい」

リネッタはしばらくの間、黙って誓約錠を見つめていた。やがて顔を上げると小さくうなずき、顔から笑みを消し去って左手をあげた。

その左手が本心からあがったものか、もちろんクウィルにはわからない。これだって社交用の笑みとさして変わりないと言われればそのとおりで、クウィル自身の気の沈みをいくらか軽くできればというだけのささやかな回避案だ。

だが、リネッタはあげていた左手を下ろしてから、両手のひらをクウィルに見せた。

「この手は決して嘘をつかないと、クウィル様のくださった誓約錠に誓います」

まだ誓いをたてるような関係を築けてもいないのに、リネッタは深い青の瞳《ひとみ》でクウィルをまっすぐに捉《とら》えて重みのある言葉を口にする。クウィルはその誠実なまなざしを直視できずに目を伏せ、あらためて彼女の手を取った。

＊　＊　＊

リネッタ・セリエスはどうやら社交上手らしい。

晩餐《ばんさん》の席では両親と兄妹《きょうだい》、それから義姉《あね》がにこやかにリネッタをもてなしていた。対するリネッタは、例の上出来な笑みを浮かべて、細やかに相づちを打ち、うなずきや手振りを適度に使って会話をつなげる。夜会に出ればこぞって声をかけられるような、立派な貴族令嬢の振舞いだ。

かたやクウィルは、呼吸する置物のようになっていた。

タウンハウスでの食事というのがそもそも落ち着かないのに、まだ真意のわからない婚約者が隣に座って、皆からは見守るような視線を向けられる。自分のことはそっとしておいてくれればと料理に集中しようにも、やる気に満ちた母が話を振ってきて、気の利いた返事をしようとすればするほど「ええ」と「そうですね」ばかりになっていく。

この場にいる誰もがリネッタに感情がないとわかっていて、けれど、そんなことを微《み》塵《じん》も感じさせない雰囲気で穏やかに時間が過ぎていく。夜会を小さく詰め込んだようなテーブルだと思いながら、クウィルは砂を噛《か》む心地で魚を咀嚼《そしやく》して喉《のど》に流し込む。

騎士宿舎の今夜のメインは鶏の香草焼きだったなと、馴《な》れ親しんだ食堂の空気を恋しく思ったときだった。

「しばらく屋敷に戻ってはどうだ」

クウィルは父の提案に驚いて、水を気管に放り込んで盛大にむせた。隣のリネッタがテーブルナプキンを渡そうとするのを右手で断って、自分のナプキンで口元を整える。

「夜警がありますし、ここから詰所までは移動に時間がかかりますから」

「だが、リネッタ嬢と交流する時間も大切だろう」

「急な討伐も入ります。討伐後に直接こちらへ来るのはあまり好ましくありませんし、戻る時間も定まりません」

黒騎士の仕事は、魔獣相手で予想がつかない。そして、どんなに人の役に立とうが汚れ仕事だ。魔獣の血を浴び、体液をかぶり、負傷することもよくある。黒騎士は圧倒的に宿舎暮らしの者が多い。

巡礼が終わり、聖剣の加護がかけなおされたことで今後の討伐は減る。なかには屋敷暮らしに切り替える者もいるだろうが、クウィルはこのラングバート家に穢《けが》れを持ち込みたくなかった。

クウィルのそういう方針をとうに承知のはずの父から、今さら生活拠点のことで口を出されるとは思わなかった。

「でも、クウィル。さすがに今日はこちらに泊まるのでしょう？」

母も強気で押してくる。騎士としての暮らしに慣れてからはこんなに引き留められることがなかったから、やんわりと断れる言葉が咄嗟《とっさ》に見つからない。

窓の外を見れば、空はとっぷりと夜の藍色《あいいろ》に変わっている。もっと早く席を立つべきだったかとクウィルは腰を浮かす。すると、すかさずアデーレの声が飛んできた。

「兄さま、今夜はわたくしがデザートをお手伝いしましたの。お口に合うといいのですけれど」

十歳になったレディは目ざとい。最後まで席を立つなと妹に釘《くぎ》を刺されて、クウィルは浮かせた腰をふたたび椅子に落とした。

「明日の朝、宿舎に戻ろうと思います」

向かいでラルスがくっくと肩を震わせ、その隣に座る義姉のヒルデが口を開く。

「それでは、明日の朝食も久しぶりに皆そろいますね。楽しみです」

いつもなら味方に付いてくれる義姉までもが、温かな微笑みで敵に回る。起床後すぐに屋敷を出る案まで封じられたクウィルは、唸《うな》りながら相も変わらず高い天井を仰いだ。

すると、思わぬところから味方が現れた。隣に座るリネッタだ。

「皆様、わたしを案じてクウィル様を引き留めてくださるのでしたら、どうかお気遣いなく。婚約者だからといって、騎士のお仕事の妨げになってはいけませんから」

リネッタはラングバート家一同をゆっくりと見回し、最後にクウィルに顔を向けた。

「今夜のうちにでも、クウィル様は騎士団の宿舎へお戻りくださいませ。お時間をいただいてしまって申し訳ありませんでした」

「いや、そんなつもりでは……」

だったらどんなつもりだったのだと、おのれの良心が胸の内で尋ねてくる。返す言葉もない。間違いなく、そんなつもりだった。

アデーレの冷たい視線がクウィルを責める。婚約者にこんな気を遣わせて、兄さまったら紳士の風上にも置けないわ、といった声が聞こえる気がする。

「明日の朝で、大丈夫です、から」

クウィルがしぼり出した完敗の声は、リネッタにも届くかどうかの小さなものになったが、それでも彼女はしっかりと拾ってくれた。同じく小声で彼女から謝罪を返されて、クウィルはますます小さくなった。

気まずい雰囲気の中、ラルスが軽く声をたてて笑う。

「こうでもしないと弟は屋敷に寄りつかないのですよ。リネッタ嬢を口実にしているというのが本当のところです」

リネッタはさも驚いたとばかりに口元に手を当ててから、微笑みを張った。

「それは、お役に立ててなによりです」

そのひと言でダイニングに和やかな空気が戻り、折よくデザートが運び込まれてくる。

クウィルはアデーレが手伝ったという苺《いちご》のトルテを何度も褒めて、きりきりと痛む胃に押し込んだ。

＊　＊　＊

夕食後、クウィルは自室に戻ると早々に寝支度を整えて灯《あか》りを落とし、ベッドに身体を投げ出した。

やや硬い宿舎のベッドに慣れてしまった身だから、弾力のある高級なベッドの感触が落ち着かない。今夜だけだと諦《あきら》めて、長々と息を吐く。

そこへ、控えめなノックが二度響いた。

嫌な予感に顔をしかめ、のっそりと身を起こしてもう一度灯りをつける。

扉を開けると、真白な薄い寝衣に若草色のショールを羽織ったリネッタが立っていた。長いシルバーブロンドの髪を緩く編んで肩に載せ、廊下を照らす橙色《だいだいいろ》の灯りに頰を染められた姿は、精巧な人形のようだ。

「どうかなさいましたか？」

クウィルが尋ねると、リネッタは「いえ……」と口ごもり、ちらりとこちらの背後を見た。さらにその視線が、人の目がないか確かめるように何度も階段のほうへ向けられる。秘密裏に伝えたいことがあるのだろうと察し、クウィルは身を屈《かが》めて声を抑えた。

「どうしても廊下では難しいお話ですか」

「はい、できれば中で」

「……わかりました」

クウィルは仕方なくリネッタを部屋へ入れ、少し考えてから、軽く開けた扉の下に鐘形のストッパーを嚙《か》ませた。部屋の中央にあるテーブルセットの椅子を引いて、扉の脇に立ったままのリネッタへと顔を向ける。

「こんな時間ですから長居は勧めませんが、よろしければこちらへお座りください」

「いえ。椅子は結構です」

椅子をあっさり断ったリネッタは、寝衣の衣擦《きぬず》れの音で夜の空気を震わせながら、こちらにやってきた。クウィルのすぐ目の前でひたりと足を止め、先ほどまでよりぐっと抑えた声を、薄桃色の唇の隙間からこぼした。

「……い、に」

聞きづらさにクウィルが軽く頭を下げると、リネッタの吐息が耳を掠《かす》める。

「夜這《よば》いに参りました」

今度は小さいながらもはっきりとした声だった。真白な頬は赤らむことなく、青の瞳は恥じらいに伏せられもせずクウィルの双眸《そうぼう》を生真面目に捉《とら》えている。

こんなにも艶《つや》も色香も足りない夜這いがあろうか。

務めをこなしに来たかのような申し出に、頭を抱えそうになった。

「まだ婚約の段階です。こういったことは、義務でもなんでもありませんよ」

「ですが、騎士のかたは旺盛《おうせい》でいらっしゃるとお聞きしましたので」

そんなことを聖女に吹き込んだのはどこの誰だと、肺をひっくり返すほどのため息をつき、クウィルはベッドに引き返してどさりと座る。拷問の一日にとんだおまけがついてきたものだと、今度こそ頭を抱えた。

すげなく追い返したものか、それでは彼女の矜持《きょうじ》を傷つけはしないか。いくらか考えたところで面倒になり、正解などわかってたまるかと背中からベッドに倒れ込む。

クウィルの姿を合意と捉えたのか、躊躇《ためら》いなく寄ってきたリネッタがベッドに上がった。クウィルのすぐそばに座り、白い指で首筋をついと撫《な》でてくる。明らかに不慣れな誘惑を二度、三度と繰り返したところで指は止まり、次の行き先に迷うような動きを見せたかと思えば、クウィルの元を離れて自身の寝衣のボタンをはずそうとする。

そこで、クウィルは彼女の手首を摑《つか》んだ。力加減を誤れば簡単に折れてしまいそうだ。

「やめましょう、セリエス嬢」

リネッタは摑まれた右手首にしばらく視線を落としてから、クウィルに向かって小首をかしげてみせた。

「こういうことはお嫌いですか」

「嫌い、とまではいきませんが、積極的に必要とは思わない」

戦場での猛《たけ》りは性的な欲に近く、決まった相手のいない騎士が勧められる高級な店もある。クウィルも誘われたことは幾度となくあるが、店からも同僚からも堅物と言われ呆《あき》れられた。クウィルが得意とする魔術属性が氷であることにちなんで、「堅牢《けんろう》な氷壁」と揶揄《やゆ》されているほどだ。おそらく自分は性だの愛だのというものにあまり関心が持てない人間なのだろうと思ってきた。

リネッタの手首を解放して、クウィルはベッドから立ち上がる。

「ほかにお話がなければ、今夜はこれで」

すると、今度はリネッタがクウィルの手を摑んできた。

「魅力が薄いということでしょうか」

「っはい!?」

さすがに腹から声が出た。仰天してリネッタを見ると、何も読めない青い瞳《ひとみ》と真っ向からぶつかる。

「クウィル様はもっと、胸部の豊かな女性をお好みですか」

「いえ、全くそういうことではなく」

「ではこの装いがお好みではないのでしょうか」

「そこもさしたる問題ではなくて。本当に、今必要なことだと思えないだけです。なぜそんなに夜にこだわられるのですか」

増してくる苛立《いらだ》ちを腹の底に抑え込みながらクウィルが尋ねると、リネッタは一本調子の冷静な声で答えた。

「この婚約を受け入れてくださったクウィル様に、できる限りのお返しをしたいのです。わたしには、他に差し上げられるものがありません」

お返しが、身体とは。

自分は盛りのついた魔獣か何かだと思われているのだろうかと、クウィルは胸の内に溜《た》め続けた苛立ちを一気に噴き上がらせる。

黒髪赤目のクウィル・ラングバートには、魔獣を使役した亡国ベツィラフトの野蛮で穢《けが》れた血が流れている。結局のところ彼女も、そんな黒騎士に興味本位で迫ってきた令嬢たちと同じなのか。喉《のど》奥に張り付くような苦みを感じて、彼女の手を振りほどいた。

ベッドに腰掛けるリネッタを見下ろして、彼女の肩をぐっと押す。たやすくベッドに沈んだ華奢《きゃしゃ》な身体に四つん這いで跨《また》ると、リネッタの顔の両横に手をついた。

質のいい宝石を嵌《は》め込んだような青の瞳は、やはり何も伝えてこない。その瞳に映り込むクウィルの顔は、苛立ちを隠しきれずに歪《ゆが》んでいるというのに。感情の見えない相手を前にして、制御しきれない自分の感情の波ばかりが際立って見える。

クウィルは一度こくりと唾《つば》を飲み、冷静さを取り戻そうと努めてから口を開いた。

「セリエス嬢。今、私に恐怖を感じますか？」

「いいえ」

「では、胸が騒ぎますか？　身体の内が熱くなるようなものはありますか？」

「いいえ」

正直な返答だ。二十五の男としては複雑に思うべきだろう。夜のベッドで上から覆い被《かぶ》さったところで何も感じないと言われては、まっとうな婚約者なら自信喪失だ。だがこれが、彼女が聖女という運命を押し付けられた結果だ。そのことは気の毒に思う。

「心が伴わなければ、身体は痛みます。刺激は痛みしか呼ばない。行為のすべてが苦痛になり、貴女《あなた》にひどい負担を強いることになる」

一瞬、リネッタが息を呑《の》んだように思えた。けれどやはり人形のように静かな顔のまま、彼女は小さく首を横に振った。

「わたしも貴族の娘です。恋情を抱けずとも、お求めに応じることはできます」

「……ご立派な心掛けですね。つまり、私が欲望のみで婚約者を抱く男だと思っておられるわけだ」

「いいえ、そうでは――」

「かまいません。そういった目で見られることには慣れています」

リネッタの背に腕を差し入れ、頑強さが自慢の同僚らの肉体より遥《はる》かに柔らかな身体を、慎重に引き起こす。上半身を起こしたリネッタがすぐに口を開こうとするが、その動きを阻むように、クウィルは言葉を続ける。

「貴女が何を聞いて私を選んだのかは知らないが、早いうちに目を覚まされたほうがいい。私には受け継ぐ爵位も、亡国の特異な力もない。平凡で冴《さ》えない残り物です」

吐き捨てるように言って、クウィルはベッドから立ち上がった。

そのままリネッタと視線を合わせることなく部屋を出ると、心配そうな顔のニコラが廊下に立っていた。どうやら廊下の灯《あか》りを落とそうとやってきたところで、こちらの会話を聞いてしまったらしい。

「く、クウィル様。どちらに?」

「少し頭を冷やすだけだ。セリエス嬢を部屋にお連れしてくれ」

「……はい」

しょんぼりとしたニコラにあとを任せ、クウィルは外の風を求めて階段を下りた。

第二章　ラングバートの赤目

「それで逃げてきたのか！」

　黒騎士団の団長室に朝から笑い声が響く。地鳴りでもしそうな豪快な声の主は、ギイス・キルステン。団長という肩書と侯爵位を持ち、風魔術を得意とする齢《よわい》四十の大男だ。

　ギイスは細かな傷のあるあごをさすり、刈り込んだ明るい焦げ茶の頭を掻《か》いて、可笑《おか》しそうに目を細めた。オリーブの瞳はアイクラント王国南方に多い特徴だ。

　今朝のクウィルは急《せ》くように朝食を口に放り込み、さっさと身支度を済ませて騎士宿舎に逃げ帰った。それでも、もやもやとしたものは振り切れず、まだ早いが修練場で剣でも振っておくかと宿舎を飛び出したところでギイスに捕まった。

「そう頭から疑ってかかるもんじゃない。かの聖女様は興味本位でおまえに近づくほど、物事に関心を抱けるかたじゃあるまいよ」

「しかし。そうでなければ、私を指名した理由がわかりません」

「頑《かたく》なだな、相変わらず」

　呆れ声のギイスに、クウィルは肩をすくめて応じる。

　クウィルに剣を与え騎士として育て上げたのはこの男だ。クウィルを十二の頃から知っていて、もうひとりの親のようなものと自称する。クウィルも父のように思わなくもないが、気恥ずかしさから面と向かって同意したことはない。

クウィルは窓の外、修練場の一角を見下ろしてため息をついた。

「で、あの人だかりは何です？」

「おまえの面をひと目見てやろうと集まった見物客だ」

「こちらは闘技場ではなく黒騎士団の修練場ですよ？」

「白騎士らが独断で通しよった。連中、聖女の婚約がかなり不満らしいなぁ」

クウィルとリネッタの婚約が昨日のうちに王家から公表された。王族どころか貴族の嫡男でもない一介の騎士を聖女が婚約者に指名したという前代未聞の発表は、一夜にしてたちまち王都を駆け巡り、朝から都中が沸いているらしい。

しかも選ばれた騎士は、二年もの間旅の護衛にあたった白騎士ではなく、聖女と関わりのなかったはずの黒騎士だ。これが、名門貴族の子息が集まる白騎士団の矜持《きょうじ》を傷つけたという。

おかげで今日の訓練は、白騎士団からの申し入れで白黒合同の模擬戦に変更された。それも両騎士団が集うだけの通常の模擬戦ではない。騎士団詰所の裏手にある闘技場にて、観客を入れた公開戦、しかも王太子夫妻まで観戦する御前試合となっている。昨日早いうちに詰所を出たクウィルはそんな重大事を知りもせず、先ほど出合頭にギイスから聞かされて目眩《めまい》がした。

本来の御前試合は年に一度、秋に開催され、王と王太子が観戦するものだ。今回は臨時の御前試合として王太子夫妻が顔を見せる。名目は聖女の婚約記念とのことでクウィルはひたすらに頭が痛いのだが、黒騎士団の面々は実に愉快とこれを快諾したようだ。

断ってくれる思いやりの心はない。むしろ、仲間に降って湧いたとんでもない縁談を、祭りか何かのように思っている節がある。自分が胃を痛めつけられながら婚約者と顔を合わせている間に、騎士団では今日の組み合わせ表がせっせと組まれていたのだろう。

今なお痛む気のする胃を押さえながら、クウィルはすがる思いでギイスを見た。

「こんな状況で、私にも試合に出ろとおっしゃる?」

「喜べ、クラッセン卿《きょう》直々のお誘いだ」

「ぐ……」

クウィルの喉が、潰《つぶ》された蛙のような音を立てる。

マリウス・クラッセン。年齢はクウィルのひとつ下だが、ほぼ同期といっていい時期に騎士団に入った。白騎士団の第一隊長であり、宰相であるクラッセン侯爵の長子で、おまけに美男と、好条件をそろえた男だ。巡礼の間は聖女の護衛隊長を務め、帰還後は白騎士団長補佐という肩書も増えることになったと聞く。このマリウスがやたらとクウィルに嚙みついてくる男で、当時二十二歳という若さで護衛隊長に選ばれたものだから、鼻高々に毎日毎日自慢にきていた。もしや御前試合の発案者は彼なのではあるまいか。

「セリエス嬢がクラッセン卿を指名なされば……侯爵夫人で将来安泰、王都中も納得の人選だったでしょうに」

「俺に言われてもなぁ。聖女様のお気持ちは聖女様にしかわからんよ」

そう、真意はリネッタにしかわからない。だから、おそらく現状、誰もが思っている。なぜ、クウィル・ラングバートなのかと。

結果、白騎士は異議ありの姿勢をあらわにして御前試合を要求し、手狭な修練場がさらに狭くなるほど見物人が詰めかけ、黒騎士はこれぞ珍事とお祭り状態なわけだ。

眼下の修練場には、こんな騒がしい状況でも剣を振る同僚たちの姿がある。

「ご迷惑をおかけします」

アイクラントでは忌むべきものとされる黒髪赤目を持つ自分を受け入れてくれた黒騎士の皆に、こんな状況を招いたことを申し訳なく思う。すると、ギイスが快活に笑った。

「自分のめでたい話を、そんな風に扱うな」

めでたいと思うには、状況が芳しくない。白騎士に睨《にら》まれ、皆を巻き込み、肝心の婚約者とは初日から残念なことになっている。一夜明けて思い返せば、昨夜の自分は癇《かん》癪《しゃく》を起こした幼子と変わりなかった。魔獣と相対する自分たち黒騎士の負担を軽くしてくれたのは他ならぬリネッタだというのに、礼のひとつも述《の》べていない。

クウィルが盛大なため息をついたところで団長室の扉が叩《たた》かれ、明るい栗色の髪に緑眼の男が息を荒らげて飛び込んできた。

「クウィル！　おま、ちょっ……下！」

「あぁ、すまない。皆を騒がせてしまって」

突風のごとく入ってきたのは、黒騎士団第一隊長のザシャ・バルヒェットである。何代か前に移民の血が混ざっていると本人は言うが、アイクラントにはよくある外見だ。炎魔術の使い手であるザシャはクウィルの同期で、彼が第一隊、クウィルが第二隊を任されている。同い年であり、同僚であり、気の置けない友だ。

その友は、クウィルの謝罪にぶんぶんと手を振って、だはっと息を吐いた。

「違う！　聖女様が、下にっ、修練場に来ちゃってんだよ！」

息切れしながらの言葉を聞いて、クウィルはぎょっとして走り出した。

下は今、見物人が殺到してお祭り騒ぎだ。なんだってこんなときにと、つい悪態をついてしまう。確かに自分が悪い。昨夜は身勝手に話を切り上げ、今朝も話したい様子のリネッタに気づいていながら、逃げるようにタウンハウスを出てきてしまった。だからといって、まさか騎士団に乗り込んでくるとは思わなかった。

クウィルが大急ぎで修練場に出ると、見物人から距離を取って、日傘片手にひとり木陰にたたずむ婚約者の姿があった。

「セリエス嬢！」

声を張り上げてから後悔した。王都で唯一だろう黒髪赤目の自分が彼女の名を呼べば、聖女の婚約者ここにありと知らしめるようなものだ。

案の定、集まっていた人々がざわつく。ここでざわめきに目を向ければ、好奇の視線が一斉に自分を射貫《いぬ》くのだろう。脇目も振らずに衆目の中を駆け抜けてリネッタの前までたどり着き、青の瞳《ひとみ》をついつい睨み付けた。

「ご令嬢がおひとりで足を運ばれるような場所ではありません。どういうおつもりでここへいらしたんですか」

リネッタは薄緑色のデイドレスのスカートを軽くつまんで会釈し、クウィルが苦手と伝えた社交用の笑顔を張る。途端、見物人の群れに好意的なささやき声が波立った。

二年の巡礼の間、大勢の目に晒《さら》されることは幾度もあったのだろう。魅せるための技が身体に染みついているような元聖女の仕草に感心していると、リネッタはクウィルとの距離を詰め、内緒ごとでも伝えるように声をひそめた。

「昨夜、あんな風にお話を終えてしまわれたので。もうこのままお屋敷にはお戻りにならないかもしれないと思って」

「……戻りますよ、今夜も。話はそれからでいいでしょう」

「本当に？　わたしの顔も見ていたくないほど、昨夜はお怒りでしたのに」

痛いところを突かれて返す言葉に詰まる。感情がないことと感情を察せないことは別の話か。

リネッタの双眸《そうぼう》は、何も宿さないからこそ底が知れない。こちらの奥深くを見透かされるようで、クウィルはふいと視線を逸《そ》らした。

「本当に、戻ります。昨夜はまだ貴女《あなた》との距離が摑《つか》めず、申し訳ないことをしました」

謝罪すると、リネッタがけろりとした口調で返してくる。

「などというのは、みんな嘘です。そんな私用でクウィル様のお仕事を乱すような女だと思わないでください」

「は……嘘」

元聖女が、嘘を。

虚を衝《つ》かれたクウィルが美しい婚約者を凝視すると、彼女は左手を上げた。どうやらクウィルの反応が愉快だったらしい。からかわれたことに気づいて顔が熱くなる。大勢の見物人がいる中で見せたい醜態ではない。

クゥィルが顔を背けると、リネッタは日傘の位置をずらし、人目からクウィルを隠すようにした。

「貴女は、なかなかいたずらがお好きなようだ」

「好き、だったのでしょうか。今はもう確かめようもありません」

その声が一瞬沈んだように思えて、クウィルはリネッタへと視線を戻した。日傘を盾にしたからか、リネッタは社交用の笑みを消している。

お祭り騒ぎの観衆の中には、リネッタと同じ年頃の令嬢の姿もあった。心のままに笑みを浮かべる彼女らの姿が、リネッタの目にはどう映っていたのだろう。そんなことを考えたら、昨日の自分の態度をあらためて詫《わ》びなければという罪悪感がこみあげてくる。

しかし、先に口を開いたのはリネッタのほうだった。

「今日は御前試合だと、白騎士様が屋敷へ言づてをくださったのです。そうしたら、せっかくなら見物してはどうかと、伯爵様が馬車を手配してくださったものですから」

「それで、なぜ修練場に？」

「わたしが観戦して良いものかうかがいたかったのです。お邪魔ではありませんか？」

「それは……」

構わないが、と返そうとしたクウィルの言葉を、面倒な声が遮る。

「聖女様、こちらにいらっしゃいましたか！」

「げ……」

クウィルの口から、貴族らしからぬ濁った声が出た。

嬉《うれ》し気に駆け寄ってくる男が途中で足を止めて観衆に礼をすると、観衆の内からはうっとりとしたような声がいくつか上がった。

観衆を酔わせた男――白騎士マリウス・クラッセンはクウィルに目もくれず、プラチナブロンドの髪を揺らし深緑色の瞳を輝かせ、リネッタの右手を取って軽い口づけを落とす。流れるような身のこなしである。

「騎士団の門前までお迎えに上がったのですが、入れ違いになってしまいましたね」

「聖女の役目を終えた身ですから、クラッセン卿《きょう》のお手を煩わせるわけにはいきません」

「そう寂しいことをおっしゃらずに。私はまだまだ、聖女様の護衛のつもりでおります」

一応の婚約者であるクウィルを前に遠慮のかけらもないどころか、牽制《けんせい》のようにちらちらと視線を向けてくる始末だ。不愉快を煮詰めて型に流し造形したものをマリウスと呼ぶのかもしれない。とはいえ、彼のこういった態度はおなじみのことなので、クウィルは努めて心を無にし、彼を景色の一部と捉《とら》えるようにしている。

マリウスの後方には、さも愉快という顔のギイスが立っている。彼をこの黒騎士の修練場へ通したのは、どうせギイスなのだろう。マリウスのことを常日頃から子犬と評すギイスは、今日も今日とてキャンキャンとやかましい若者が面白くて仕方ないのだ。

「さ、聖女様。御前試合の会場へご案内します」

「お待ちくださいませ。今、クウィル様に観戦の許可をいただいているところですので」

「許可など必要ありませんよ。さぁ」

「そうはいきません。婚約者様のご気分を損ねるようなことはしたくないのです」

美しく口角を引き上げてリネッタが微笑みを作ると、マリウスは秀眉《しゅうび》を軽く逆立て、声を低くした。

「本当にこの男を指名なさったのですか。聖女様のご意思で?」

「そうです。クウィル・ラングバート様に婚約を願い出て、このとおり、誓約錠をいただきました」

リネッタが左手首を上げると、そこに巻かれた革紐《かわひも》と青い石が揺れる。

誓約錠を目にするなり、マリウスはクウィルの胸ぐらを掴んできた。

「聖女様を誑《たぶら》かした不埒《ふらち》者が。こんな安物の誓約錠で聖女様を縛ろうとは」

やはり安物ではいけなかったのだ。ニコラ、妹、兄と三人分の評価が積み重なった上で、とどめのマリウスである。クウィルは自分の失敗をしかと胸に刻んだが、マリウスの手は力任せに振り払った。

「詆かした覚えはない。というより、なぜ私が選ばれたのか、私にも理解できていない！」

きっぱり告げると、マリウスが口をぱかっと開けて動きを止める。それから三つほど数えたところで、彼は水をかぶった子犬のようにぶるぶると頭を振った。

「ラ、ラングバート！　ベツィラフトの赤目の分際で聖女様に選んでいただきながら、そのようなことをよくも！」

「おやめください！」

修練場が静まり返るほどの、凛《りん》とした強い声が響いた。

声を張り上げたリネッタはクウィルの隣に並び、マリウスを見上げる。

「クラッセン卿。この婚約はわたしが望みました。聖女の肩書を振りかざし、ユリアーナ王太子妃殿下に後押しをいただいて無理を通したのです」

王太子妃までこの婚約に関わっていたというのはクウィルも初耳だが、マリウスの驚きぶりはクウィルより遥《はる》かに上だった。「は、ぇ」と声を出したきりしばらく硬直し、ようやく動き出したかと思ったら、到底信じられないという顔で首を左右に振る。

「聖女様。ご存じないのかもしれませんが、この男はラングバート家の実子ではなく」

「知っています」

「は……」

リネッタはするりとクウィルの腕に手を添えた。

「卿よりわたしのほうが、クウィル様のことを知っています。断言できます」

カッと、マリウスの顔に怒りらしきものが走る。

「……ラングバート。今すぐ試合の準備をしろ。貴公が片膝《かたひざ》をつく姿を聖女様にお見せして、目を覚まして差し上げねばならん」

苛立《いらだ》たしげに背を向けたマリウスは、見物人を率いて闘技場へと去っていく。群れの大移動を見送ったクウィルは脱力して肩を落とし、隣で涼しい顔をしている婚約者をじとりと睨《にら》んだ。

「挑発してどうするんですか。私のことなど、好きに言わせておけばいいものを」

クウィルはベツィラフトの血を引くオルガという女が産んだ子どもだ。実父は名前も生死もわからないアイクラント人だと聞く。夫が行方知れずとなったオルガは、まだ幼いクウィルを連れ路頭に迷っていたところをラングバート伯爵夫人に拾われ、メイドとしてラングバート家に雇われた。そんなオルガがラングバート家の長子、ラルスの命を救ったことで伯爵夫妻は大恩を感じ、のちにオルガが亡くなった際、五歳のクウィルを養子として引き取った。

クウィルはオルガの血筋の特徴を色濃く継いだ。ここまではっきりとした黒髪赤目では隠しようがない。ラングバート家の次男が伯爵の実子ではないというのは、貴族の間では昔から周知の事実だ。社交の場に出れば、マリウスの言葉など比べ物にもならないほどの悪口雑言をもらうことはいくらでもある。

「貴女《あなた》もどうか聞き流してください。いちいち反応していては疲れてしまいますから」

そこで、リネッタの右手がさっと上がった。その手が示すのは、不快だ。

「クラッセン卿は、赤目と言いました」

「それが何か？」

「クウィル様の瞳《ひとみ》は、琥珀《こはく》石です」

きっぱりとした彼女の口調に、クウィルは困惑してため息をついた。

「貴女の目には、いったいこの色がどう映っているんですか」

王太子レオナルトから初めに聞かされた話でもそうだった。血を固めたようにすら見えるこの暗赤色を、どうしたら琥珀石と呼べるのかわからない。

するとリネッタは声量を落とし、とっておきの種明かしでもするようにささやいた。

「琥珀……だったでしょう？」

クウィルの身体がびくりと強張《こわば》る。

どうしてと、声にならない息で問いかけた。しかしリネッタは、社交の笑みを張り付けるだけで答えを返してくれない。

確かに幼い頃はもっと黄色みを帯びた瞳だった。琥珀石と聞いて真っ先に浮かべるような、アイクラント王国でもさほど珍しくない色をしていた。この目を赤く染めたのは、魔獣の血だとクウィルは思っている。

十二歳になってすぐ、クウィルはラングバート伯爵家の領地を飛び出して、ノクスィラ山脈を目指したことがある。きっかけは、その少し前に開かれたクウィルの誕生日会だった。亡国ベツィラフトの穢《けが》れた血が持つという力で魔獣を服従させて国の役に立ち、伯爵家に引き取られた恩に報いろと、ラングバート家の遠縁の男に罵倒《ばとう》されたのだ。

ベツィラフトは、大国リングデル、アイクラントの前身であるアイクレーゼン王国、魔獣の巣窟《そうくつ》ノクスィラ山脈に囲まれた小国であり、その民は呪術《じゅじゅつ》という古代魔術を使って魔獣を使役した。

アイクラント建国記は、アイクレーゼン王国が小国ベツィラフトを下したところから始まる。アイクレーゼンは周辺国を吸収して国土を広げ、やがて大国リングデルと衝突する。両国の戦いの中で、リングデルの王はベツィラフト固有であるはずの呪術を使い、ひとりで百にも及ぶ魔獣を従えた。このため、ベツィラフトの血を引く者はリングデル王への助力を疑われることとなり、迫害を受け、そのほとんどが命を落としたという。

こういった歴史が、今でもアイクラント人に、ベツィラフトを穢れた血と呼ばせる。

だが、そんな歴史など知ったことではない。十二歳のクウィルは男の罵倒に頭を沸騰させた。そこまで言われるのなら小型の魔獣ぐらい服従させてやると、自分に呪術どころか魔術の適性があるかもわからない身で、無謀な冒険を試みた。

結果は散々なものだった。何も知らない十二歳が地図ひとつでノクスィラ山脈にたどり着けるはずもなく、どこかの領地の森に迷い込み、両角を持つ馬形の魔獣が今まさに幼い子どもを襲おうとしている場に出くわした。

クウィルは幼子と魔獣の間に割って入ったものの、魔獣を服従させるどころか大怪我を負い、血の匂いでその魔獣を引き付けながら逃走して野営中の騎士団に運良く保護された。魔獣はすぐさま騎士数名によって倒されたが、クウィルはこのときに、斬撃《ざんげき》で散った魔獣の血を両目に浴びた。それからひと月あまりも視力が戻らず、回復した頃にはベツィラフト特有の暗赤色の瞳《ひとみ》に変わっていた。

瞳の色が変わったことで周囲からの風当たりはさらに厳しくなり、これ以上ラングバート家に迷惑をかけまいと、家を出ることを考えた。幸いにも氷魔術の適性があることがわかり、クウィルはすぐに黒騎士見習いとなって騎士宿舎に移れた。正式に黒騎士となって同じ騎士団の皆から認められたことで、やっと自分の居場所を手に入れた。

だが、世の中のこの血に対する評価は何をしても変わらない。騎士団を一歩出れば、視線は痛く息苦しい。琥珀色の瞳のままで、目立った特徴が黒髪だけであれば、名を変え血筋を偽って生きることもできたのだろうかと思うことがある。


ふいに、クウィルの右手に温かな指が触れてきた。

いつの間にか、無意識に自分の両目を手で覆い隠していたらしい。そのクウィルの手をリネッタが軽く引く。隠さないでくれと頼まれているように思えて、クウィルは戸惑いながら手を下ろした。

「どうして、貴女はこの目が琥珀石の色だったと――」

なぜそれを知っているのか、自分たちは以前に出会ったことがあるのかと追求しようとすると、彼女は秘め事だと言わんばかりに自身の唇に指一本を立てる。

そしてリネッタは、霧を払うような強く澄んだ声でもう一度言った。

「クウィル様の瞳は、琥珀石です」

「おかしなところで意地を張りますね」

「よろしいですか。わたしが……聖女が琥珀石と言えば、アイクラントにおいてその瞳は琥珀石です。そして、婚約者であるクウィル様は聖女の守護者です。相手が侯爵子息様であろうとも、軽くあしらえて当然なのです」

クウィルは息を呑《の》んで婚約者を見つめた。リネッタはクウィルの視線に首肯して、もう一度右手をあげる。

「わたしは確かに、三つ数える間、クラッセン卿《きょう》を不快と感じました」

これまでクウィルは、騎士である前に貴族として、絶対に侯爵令息マリウス・クラッセンに勝ってはならなかった。それを、ラングバートの家のために徹底して守ってきた。だから一度として、あの色男に膝《ひざ》をつかせたことはない。

では、聖女に選ばれた婚約者であるクウィル個人としてならば、どうか。

リネッタは誓約錠を揺らしてクウィルの右手を取ると、そこに軽い口づけを落とした。

「クウィル様、どうぞご武運を」

ふに、とこぼれさせそうになった笑いを、空いた手の甲で抑えこむ。

強い人だ。

先ほど観衆の中にいる令嬢らとリネッタを比べ、クウィルは勝手に彼女を憐《あわ》れんだ。十六歳で星に運命を押し付けられ、感情を失くした憐れな令嬢に、昨晩のような態度をとるべきではなかったと。そんな自分を今、深く恥じる。

彼女は運命を従えて、自身の武器とすることを選んだ人だ。

クウィルはリネッタの手から自分の手を引き抜くと、その場に片膝をついた。そして今度はこちらからリネッタの左手を取る。

恭しくその手を掲げれば、誓約錠が揺れる。安物の青い石を撫《な》でて、それよりも深い彼女の瞳を見上げる。

「セリエス嬢の激励に応《こた》えると、お約束します」

いまだ婚約者であるという実感はわかない。

ただ、今目の前にいるリネッタ・セリエスという人に、クウィルは尊敬の念を抱いた。

＊＊＊

闘技場に熱がこもる。観覧席まで響く剣戟《けんげき》の音が見物人を湧かせる。わっと上がる歓声に後押しされるように、試合は白熱していった。

臨時開催の御前試合にしてはずいぶんと客が多い。軽率に承諾した婚約がもたらすものの大きさを、こんな形で痛感する。

出番を迎えて中央に立ったクウィルは、マリウスと並び貴賓席へ一礼する。顔を上げた先では、王太子レオナルトと王太子妃ユリアーナが軽く手を振っていた。

ユリアーナの隣にはリネッタが座っている。椅子を置く段の高さこそユリアーナより低くしてあるが、この場でリネッタが王太子夫妻に次ぐ貴賓とされていることがはっきりとわかる位置取りだ。

巡礼を終えた今、彼女は聖女ではなく元聖女だろうにと、美しい微笑を張った婚約者の姿を見上げる。するとリネッタはさっと無表情になって左手を握った。何だろうかとクウィルも同じように握《にぎ》り拳《こぶし》を作ってみてから、彼女の意図するところを察して噴き出しそうになった。おそらく、あれで激励のつもりなのだろう。

そこで立会人のギイスにうながされ、クウィルは慌てて顔を引き締めてマリウスと向かい合った。互いに手にするものは訓練用の模造剣で、素材を変えて刃を潰《つぶ》してある。模擬戦においては魔術は使わず、純粋な剣技のみで戦う。回避不能の一手が入ったと立会人が判断したところで試合終了だ。

普段なら気に留めないマリウスの余裕の笑みが、今日に限っては少々腹立たしい。いつものことながら、この男はクウィルを遥《はる》か下に見ている。対クウィル戦で一度も負けたことがないのだから、当然と言えば当然だが。

白騎士たちが公開試合にこだわったのはこの一戦のためだ。クウィルに膝をつかせ、聖女の婚約者として実力不足だと知らしめたいのだろう。これまで散々手心を加えられてきたなど、マリウス本人も白騎士らも、夢にも思うまい。そう見えない程度にクウィルは上手《うま》く立ち回ってきたつもりだ。

「始めっ！」

ギイスの掛け声が響くなり、気合い充分のマリウスがかかってくる。今日は右側からかと、クウィルは剣を構えた。マリウスには対クウィル戦での戦闘手順が四通りしかない。そうなるように、いつもクウィルが受け流してきた。

二手までまっとうに剣を受け、立ち位置を入れ替える。三手目で重さをかけてくるマリウスを、クウィルが強く打ち返す。これでいつもどおり、四手目は一度距離を取ってから懐めがけて跳んでくる――はず、だった。

打ち返すと同時に、鋭い風がクウィルの右頬を掠《かす》めて抜けた。

頬に鈍い痛みが走り、黒髪が数本散って足元に落ちる。風魔術だ。

「……クラッセン卿。何の真似ですか」

「あぁ、すまない。聖女様がご覧になっていると思うと、つい気持ちが昂《たかぶ》った」

マリウスは風魔術を得意とする。だが、そもそも風魔術の真価は攻撃ではなく補助にある。敵に看破されることのない位置で、風による身体強化や魔術の威力増幅をおこなうのが風魔術の使い手の戦い方だ。

そんなこともわからずに、頬に裂傷ひとつ走らせた程度で得意気にされてもと、場外から見守る黒騎士たちの呆《あき》れ顔《がお》が語っている。

「詫《わ》びだ。貴公にも一撃を許そう」

あまりに安い挑発だ。まったく乗る気にならないクウィルは、ふと視線を貴賓席に移した。リネッタはクウィルの視線に気づいて、軽く自身の頬に触れてから右手をあげる。マリウスの反則を目ざとく捉《とら》えていたのだ。

だがそれきり、隣のユリアーナに何かささやくでもなく、背筋をぴんと張ってクウィルを見ている。こういった場に慣れているユリアーナはともかく、リネッタは闘技場など初めてだろう。並みの令嬢なら、最初は熱気に呑《の》まれ後ずさりするような場所だ。

感情が動かない人だからこその態度だとわかってはいても、先ほど彼女がくれた激励のせいで、その堂々とした姿もまたクウィルへの信頼の表れだろうかと思ってしまう。けれど、誤解でもかまわない。その信頼に応える。

クウィルが笑って剣を下ろすと、マリウスは片眉《かたまゆ》を跳ね上げた。クウィルはそんな彼に向かって左手のひらを空に向け、指四本をくいと持ち上げる。

来い、と。

挑発に、挑発で返す。

「っ！　き、さまぁッ！」

怒りをあらわにしたマリウスが、剣を構えて飛び掛かってくる。クウィルは軽く身を逸《そ》らすのみで一撃を躱《かわ》し、マリウスの剣を横から叩《たた》いた。

白騎士と黒騎士では、そもそもの戦場が違う。だからクウィルは、いかに黒騎士のほうが魔術で秀でようと、白騎士が黒騎士に劣ると思ったことはない。事実、人を相手にする模擬戦での白騎士の剣技は見事だ。

だが、黒騎士が白騎士に見下される現状にも納得していない。

先代の聖女が亡くなり次の聖女が選ばれて巡礼が終わるまで、十八年におよぶ加護の切れ間に、黒騎士は最前線で魔獣と戦い続ける。

クウィルは十二歳で騎士見習いになり、十五歳で騎士になった。正式に入団しておよそ十年、加護の切れ間の半分以上を騎士として越えてきたという自負がある。

戦闘術において、この男に劣っていると思ったことは一度もない。

クウィルが剣を躱し続けていると、力任せ一辺倒だったマリウスは体勢を崩して足踏みした。

「くっ……この赤目が、なめた真似を」

「それだ」

「何ぃっ⁉」

真っ正面から斬りつけてきた一撃を今度は躱さずに受け止め、足に力を入れて純粋に力だけで押し返した。互いの剣が離れた隙に手首を返し、マリウスの剣を斜め下から斬り上げて弾《はじ》き飛ばす。

弾かれた剣が、音を立てて場外に転がる。

どさっと尻《しり》をついたマリウスの喉元《のどもと》に、クウィルは剣先を向けた。闘技場が歓声に沸く中、静かに告げる。

「セリエス嬢は卿《きょう》のその言葉をお気に召さない。覚えておかれるといい」

立会人のギイスが高らかに「勝者、クウィル・ラングバート！」と宣言する。束の間硬直していたマリウスは、頬から耳まで朱を走らせ、ぎちりと奥歯を鳴らした。

「どうせ、その赤目に力があるのだろう！　何か仕掛けたな！」

「残念ながらこの目はお飾りです。私はベッィラフトの呪術《じゅじゅつ》など何ひとつ受け継いでいない。ああ、でも」

貴賓席のリネッタは立ち上がり、勝者を讃《たた》える拍手を打ち鳴らしていた。相変わらずの無表情だが、クウィルと目が合うなり左手をあげる。誓約錠を揺らし、観衆に顔が見えるよう腕の位置を調整してから社交の微笑みを浮かべた。そんなリネッタの様子に、客席からはさらなる歓声があがる。彼女は自分の使い方をよくわかっている。

「今日、私がクラッセン卿に勝利したのは、聖女の加護によるものでしょう」

この国で王家に並ぶほどの支持を得る者から、勝利をおさめてこいと言われた。これで勝たなければ騎士の名折れだ。

羞恥《しゅうち》に震えるマリウスを放っておいて、クウィルは一礼して退場する。

客席にも幾度か会釈しつつ闘技場の出口前までのんびりと進むと、急いで下りてきたらしいリネッタが、息を弾ませて立っていた。

「いかがでしたか」

「美しい剣技だとユリアーナ様がおっしゃっていました。心で感じることができれば、わたしも歓声を上げたはずです」

「貴女《あなた》が、歓声をですか」

想像がつかずにクウィルが聞き返すと、リネッタは胸の前で両手を組んだ。

「きゃあ。クウィルさま、すてき……のようなものを仕上げてお出ししたかと思います」

不意討ちに、ぐっとむせた。無表情かつ棒読みとはかくあれという口調でそんなことを言うから、彼女がすっとぼけているように見える。

笑いを抑え込みながら顔を背ける。するとリネッタは、下からクウィルの顔をのぞき込んで、頬へ向かって手を伸ばしてきた。クウィルはリネッタの意図に気づき、彼女の手が届く前に、マリウスに付けられた頬の傷を手のひらで雑に拭《ぬぐ》う。拭った手には血が付いていて、思ったよりしっかりと傷になっていることがわかった。

「この程度、すぐに治ります」

「本当ですか？」

「はい、騎士ならばよくあることです。ご心配には及びません」

納得したらしいリネッタが大きく首肯すると、彼女の髪がひと房、頬に垂れた。

まだ観衆から見られる場所にいる。この婚約の重大さを思えば少しでも仲睦《なかむつ》まじく見えるよう振舞うほうが良いのだろうと、クウィルはリネッタに手を伸ばした。

頬にかかるシルバーブロンドをリネッタの耳にかけてから、今しがたこの手で傷を拭ったばかりだったことを思い出す。慌てて手を引っ込めたら、クウィルの指は離れ際に、彼女の耳の上端をかすめた。

「ひゃっ」

妙な音がした。

目の前の婚約者からである。

「……え」

何が起こったのかわからなかった。

リネッタもすぐには自分に起きたことが理解できなかったらしい。ずいぶん間をおいてから、両手をぱふりと口にかぶせた。今しがた飛んできた奇妙な声は、やはり彼女の口を突いて出たもののようだ。

クウィルは婚約者をしげしげと見つめ、彼女の耳元に口を寄せた。

「何か、失礼がありましたか？」

「ふっ……」

「セリエス嬢？」

クウィルのささやきに身をよじり、彼女が唇の両端を持ち上げた。笑顔というには歪《いびつ》で、けれど、作りものには見えない。歪だからこそ、自然にこぼれ出たものだとわかる。

どういう理屈だ？

リネッタの顔を見ながら、人差し指で耳をくすぐってみる。

彼女の手は慌てたように耳を押さえ、もう片方が騎士服の袖《そで》をつまんで引いた。

「お、やめくだっ……ふふっ」

「くすぐったいですか」

「見ればおわかり、でっ、ふッ！」

ぐっと手を摑《つか》まれる。頰を紅潮させて上目遣いをするリネッタの青い瞳《ひとみ》は、少し潤んでさえいる。

「くすぐったくて、本当に、駄目なのです……お願い。クウィル様」

手を離すと彼女の顔はゆっくりと無表情に戻っていく。クウィルは婚約者のそんな変化を見守りつつ考えて、あることに気づいた。

感情は喪失しても、肌の感覚はあるのだ。

身体の反応に呼び起こされる表情の変化は、心より早く、もっと本能に近い。今リネッタはくすぐったいという体感を持て余して、そのまま顔に出したということだろうか。

もう少し確かめてみたいと、子どものような好奇心がクウィルの中にむくむくと湧き上がってくる。こちらの手が止まったことでリネッタがすっかり油断していると見て、その首筋にすいっと指を沿わせてみた。

「ふっ、うぅ！」

「お、おぉ……」

これは、理性を危険にさらすかもしれない。あまりにあまりな彼女の声を聞くと、自分の中で凍ったように眠っている欲が、年相応に起き上がるのを感じる。そんな自分の心の動きに、クウィルが他人事《ひとごと》のように感心したときだった。

「んん。クウィル。婚約者と親睦《しんぼく》を深めるにしても、場所は選べよ？」

知らぬ間にすぐそばまできていたギイスの声でハッとする。慌てて周囲を見回すと、観衆が気恥ずかしそうに、あるいはにんまりとして、こちらを見守っていた。

「これは失礼しました」

現実に引き戻されて、襟を正す。

「悪びれない顔で謝罪されてもな」

「単に、セリエス嬢の体調確認でしたので」

隣のリネッタを見ると、彼女は自身の耳をくにくにと引っ張っているところだった。くすぐったさを痛みで相殺しようとしているらしい。

またもクウィルの口から、ふぐっと笑いがもれた。表情が変わらないから余計に、そういう挙動が可愛らしく見えるのだ。

ギイスはもう一度咳《せき》ばらいを挟み、リネッタに向けて騎士礼の姿勢を取った。

「黒騎士団の長を務める、ギイス・キルステンだ。聖女様のご婚約、お喜び申し上げる」

「ありがとう存じます」

「強いだろう、貴女の婚約者は」

「はい。ですが、騎士の御前試合が魔術を行使して良いものとは存じませんでした」

「その点は、重々抗議しよう」

リネッタの遠回しの文句に、ギイスが笑顔で応じる。

「魔術を許可すれば、婚約者殿は白騎士どころか闘技場まで消し飛ばしてしまうのだが。お見せできないのが残念だ」

「堅牢《けんろう》な氷壁と呼ばれているのだと、耳にしております」

「それはまぁ……魔術の腕ばかりを指したふたつ名ではないんだが」

目の前が社交場と化していくのを見て、クウィルはじりじりと後ずさりで距離を稼ごうとした。

すると、背中をドンと強く押された。

「お疲れクウィルー！　いやいや、お見事ぉ……って、聖女様ぁ！」

ザシャの大音声が耳に痛く、クウィルが思わず顔をしかめると、さらなる騒がしさが次々に集まってきた。

「わぁぁ聖女様、華奢《きゃしゃ》すぎる！　こんなの、隊長が触ったら壊れてしまわれるのでは⁉」

「聖女様、いかがでしたか。クウィル隊長は剣さえ持っていればそこそこイイ男なんですよ。惚《ほ》れ直しましたでしょう。ここに魔術が加わると恐ろしい美男になりますよ！」

クウィルの背後にずらりとそろったのは黒騎士の面々で、中心になって騒いでいるのはクウィルが率いる第二隊の者たちだ。では、ザシャが率いる第一隊はどうしたのかとクウィルが目をやると、そちらはリネッタの後ろから押し寄せてきて、我も我もと話しかけようとしているところだった。

わいわいとお祭り騒ぎになってしまうと、さすがに白騎士が黒騎士を下に見る理由の一端もわかる気がしてくる。お世辞にも品が良いとは言えない。

普通の令嬢なら体格のいい男に囲まれて萎縮《いしゅく》するところだろうが、そこは元聖女である。余裕綽々《よゆうしゃくしゃく》の様子で社交用の笑みを張り、相づち代わりにうなずいては言葉を返す。

これなら放っておいてもかまわないのではないかと思い、クウィルは自分の隊の連中をさりげなく押しのけながら、黒騎士の波にまぎれ込んで退散を目指す。御前試合はクウィルとマリウスの一戦をもってお開きとなったことだし、いつまでも衆人環視の中で婚約者と自分のやり取りを公開したくない。

こそこそと大騒ぎの輪を抜け出そうとしたときだった。

「しかし、聖女様。な一んでまたクウィル隊長なんです？」

「そうですよ。安泰なのはどう考えたって白騎士だ。我ら黒騎士、返り血浴びても金銀降らずって言葉がありまして」

「だいたい、隊長と聖女様、どこでお知り合いになったんですか？」

思わず足を止め、クウィルは聞き耳を立てた。それこそ、クウィルがもっとも知りたいことだ。騎士団の皆も同様らしく、一斉に静まり返ってリネッタの返答を待つ。

しかし、リネッタは頬に手を当て、恥じらいを装って答えた。

「それは、クウィル様とわたしだけの秘密なのです」

黒騎士たちがどっと湧き、たちまちクウィルは輪の中心に引き戻された。ザシャがこちらの肩に肘を置き、底意地の悪そうな笑みで顔をのぞき込んでくる。

「第二隊の氷壁隊長も聖女様相手じゃとうとう捕まるかぁ」

クウィルは押し黙って耐えた。やかましい黒騎士たちの声を聞きながら、今日もまた拷問のような一日だなと思う。

観覧席に居残り続ける観衆の目も気になるし、闘技場の片隅で憎々し気にこちらの騒ぎを見ている白騎士連中も気になる。何より、聖女様、聖女様と、誰も彼もが声をかけるのが、先ほどから気になって仕方がない。黒騎士たちのその呼びかけに生真面目に応《こた》えるリネッタの声を聞いていたら、クウィルの中で突然、何かがぷつんと切れた。

「静かにっ！」

腹からの一喝で、黒騎士どころか周囲の観衆までシンッと静まる。クウィルは黒騎士の面々を見回し、はっと息をついた。

「御前試合が終わったからには、皆、訓練に戻るべきだろう。団長も早く指示を出してください」

「お、おう。それはそうだ。すまんな」

「ついでに団長。私の婚約を祭りにしないでいただきたい。私自身、昨日の今日でまだ状況の変化に慣れないのです。こうも周りから掻《か》き回されると……」

「掻き回すと、どうなるんだ？」

「私が第二隊に課す訓練が、苛烈《かれつ》を極めます」

「それはいかん。これ以上苛烈になると除隊希望者が出る」

言葉とは裏腹に、ギイスは愉快でたまらないという顔をしている。だが、火の粉がかかりそうな第二隊の面々は青い顔をして鎮まった。こちらはこれで完了とする。

「それからザシャ」

「うん、オレもかぁ？」

「あまり調子に乗ると、おまえの女性遍歴を紙にしたためて貼りだすことも検討する」

「よし、全員散れ。速やかに仕事に戻れ」

ザシャが部下を追い立てようとするが、クウィルは彼の腕を摑んで待ったをかけた。

「何！　まだあるのか？」

「最後に、これは皆に。今この場から徹底してもらいたいことがある」

皆と言ったからか、黒騎士一同とともに、クウィルの隣にいるリネッタもうなずく。

まだ残っていた観衆も、息を潜めクウィルの言葉に耳を澄ましている様子だ。

どこか静謐《せいひつ》とも呼べる空気の中、クウィルはもっとも大切なことを口にした。

「彼女はリネッタ・セリエス嬢だ。もう、聖女様ではない」

リネッタが弾《はじ》かれたようにクウィルの顔を見上げてくる。

婚約者の突然の反応にびくりとして、クウィルは思わず両手を上げた。余計なことを言っただろうかと少々不安になる。

皆が感謝や畏敬《いけい》をこめてリネッタを聖女と呼んでいることはわかる。だがそれは彼女にしてみれば、星に押し付けられた運命の名だ。巡礼を終えても貴賓席に座る彼女を見て、聖女の名が持つ重みにあらためて気づかされた。リネッタはその重みを自身の武器として振るう強い人だから、案じる必要はないのかもしれない。それでもやはり、務めを終えたのなら、武器を下ろす自由があっていいはずだとクウィルは思う。

リネッタの瞳が、じっとクウィルの顔を捉《とら》えたまま動かない。彼女の左手がぴくりと動いたようにも見えたが、無言に耐えきれずにクウィルのほうから視線をはずす。

目を逸《そ》らした先では、取り囲んでいた黒騎士らがニタニタと緩みきった顔をしていた。

「何か、おかしいか？」

「いやぁ……クウィル隊長もひとの子だったんだなと思って」

「は？」

ガシッと首に腕を回される。相手は案の定ザシャだ。

「そうだよなぁ、もうアイクラント国民のものじゃないよな。おまえの大事な婚約者殿だ。いつまでも聖女様ぁなんて、共有権丸出しで呼ばれちゃ腹も立つさ」

「ザシャ……何か勘違い」

「してない、してない。おまえにそんな独占欲が存在すると知ってオレは嬉《うれ》しいね。今夜は祝杯を上げようと思う」

「違う！　ザシャ！　私が言いたいのはそういうことじゃ」

ぷすりと人差し指を頬に突き刺され、ついでにグリグリとねじられる。

「てーれーるーなーよー」

限界だ。

「……全員に告ぐ。今すぐ観客を誘導してお帰り願え。そして修練場に帰還。のち」

クウィルはリネッタの両耳を塞《ふさ》ぎ、思い切り息を吸い込んだ。

「全員、素振り二百っ！」

「横暴だぁぁ！」

叫びながら蜘蛛《くも》の子を散らすように退散していく騎士たちにため息をつき、最後までこちらの首から腕を解《ほど》かないザシャをじとりと睨《にら》む。ザシャは笑って両手をあげ、降参とつぶやいた。

「悪かったって。皆、おまえのことを祝いたい気持ちなんだよ。理解してやってくれ」

それはクウィルにもよくわかっている。だからこそ、いっそう複雑なのだ。

今日、リネッタの強さを存分に見せつけられた。初めて顔を合わせた昨日よりも今のほうがずっと、身の丈に合わない婚約者を迎えてしまったと頭を抱えたくなっている。

果たしてこの婚約を婚姻につなぐことが自分にできるのだろうかと思いながら、クウィルは塞いだままだったリネッタの両耳から手を離した。

＊＊＊

午後の修練を終え、隊長としての諸々《もろもろ》の仕事を片付けてから、クウィルはリネッタとともにタウンハウスへ帰るべく夕暮れの王都を歩いていた。

クウィルの勤めが終わるまでの間、リネッタは王太子妃に招かれたり、クウィルの兄、ラルスを訪ねて王立図書館に足を運んだりと、充実した一日を過ごしていたという。

そんな報告を聞きながら、いつもより緩やかな足取りで歩く。

視線がやたらに刺さるのは、やはり隣にリネッタがいるからだ。道行く人が慌てたように一歩引いて、ほぅ、と夢でも見るようなため息をつく。

クウィルの容姿は珍しさで目立つが、リネッタも負けていない。特にシルバーブロンドの髪は歴代聖女の象徴として詩人に歌われるほどだ。令嬢がたがどんなに苦痛に耐えて髪色を抜いても、夜の雪景色のようなこの色は再現できないらしい。

「わたし、今度から被《かぶ》り物でもします」

クウィルが周囲の視線を気にしているのを察したのか、リネッタがそんなことを言う。

「参考までにお聞きしますが、どのようなものを？」

「鳥の羽根が山のように刺さった帽子などを。わたしより帽子に目がいって、聖女とは気づかれません」

無表情のリネッタが言うから、冗談なのか本気なのかわからない。聖女とは気づかれないかもしれないが、別の意味で注目の的になるだろう。

「人目が気になるのでしたら、セリエス嬢だけでも領地に移られますか」

将来、兄ラルスが爵位を継ぐ際にクウィルが分割贈与される予定の地だ。緑豊かで気候は穏やかだし、こぢんまりとした屋敷があって専属の使用人もいる。主《あるじ》が不在でもしっかりと屋敷を守ってくれる気のいい人たちだ。そこにニコラを連れていけば、リネッタが不自由することはまずないだろう。

しかし、彼女は首を横に振った。

「わたしは王都を離れられないのです。聖剣の番人として」

クウィルは一瞬足を止め、抱いた驚きを鎮めてからまた歩き出した。

聖剣は聖女とともにある。アイクラント王国の者なら一度は耳にする言葉だが、その意味を深く考えたことがなかった。

聖剣を聖堂から動かすことは、二年の巡礼の旅を除いて禁忌とされている。聖剣が王都の聖堂にある以上、当然、聖女も王都にとどまることになる。

「この先もずっと、聖剣の元へ通われるということですか」

「少しずつ期間を空けていって、いずれ、ひと月ほど避暑に出かけるぐらいはできるようになるそうです」

「巡礼を終えても、務めは続くのですね」

「ええ。わたしが生きている限り」

そこで、何と返していいかわからなくなった。沈黙を避けたくていつもより口数を増やそうとしてきたが、そもそも社交の苦手なクウィルでは限界がある。

「やはり、今からでも馬車を手配しましょうか」

徒歩で行くにはタウンハウスはやや遠く、リネッタの足ならなおのこと時間がかかる。このまま会話が途切れがちになって気まずくなるより、さっさと馬車で帰るほうがお互いに良いのではないかと思った。

しかし、リネッタはまた首を横に振ると足を止め、手提げを開いて中からくたびれた革表紙の手帳を取り出した。

「それは？」

「こちらはなんと、願いが叶《かな》う手帳なのです。王太子妃殿下にいただきました」

「……ほ、お」

クウィルが戸惑いながら相づちを打つと、リネッタは大切そうに革の表紙を撫《な》でて、手帳をゆっくりとめくりながら続ける。

「まだ妃殿下がご結婚なさる前、子どもだけのお茶会でよくお会いしていたのです。姉のようにお慕いしておりました」

「なるほど。ではその縁で、妃殿下がこの婚約の後押しを？」

「はい。今でも、わたしのことを気にかけてくださいます。お優しいかたです」

手帳をめくるリネッタの手が止まる。

「ありました。ここです」

真白な指が、手帳の中ほどの頁にある『自分の足で歩きたい』という一文を指して止まる。願いが叶うという大層な手帳にしては、ずいぶんささやかなことが書いてある。

「これが、願い事ですか」

「はい。せっかく妃殿下がくださったものですから、ひとつずつ達成して、本当に願いの叶う手帳にしてみせようと思うのです」

リネッタはまたぱらぱらと手帳をめくり始める。

「巡礼の間は、どこへ行くにも白騎士様がついて、馬車に乗って。わたしの足で自由に歩くことは少なかったのです。体力もずいぶん落ちてしまったのではないかと思います」

手帳を閉じようとした彼女の手を、クウィルは止めた。

「拝見して、かまいませんか」

「ええ、どうぞ」

リネッタから手帳を受け取り、表紙をめくった。

初めのほうの頁は、王都で有名な仕立屋に行きたい、有名な店の焼き菓子を食べてみたいといった、いかにも令嬢らしいもので隙間なく埋め尽くされている。だが、頁をめくるにつれて余白が増えていく。書かれている望みも、本を楽しみたいだとか、誰かと食事をしたいだとか、わざわざ書き残すほどでもないようなものに変わっていく。

終わりのほうの頁にぽつんと書かれた、『花を美しいと思いたい』という一文を指でなぞり、クウィルは尋ねた。

「……これは、いつ頃書かれたものですか」

「巡礼に出て、北の神殿にいる間に。消えてしまう前に残そうと思いました」

「その頃はまだ――」

感情はあったのかと口にしかけて、言葉を切る。そんなことは、この手帳ひとつで充分にわかることだ。けれどリネッタは、クウィルの取り下げた問いをきっちりと拾った。

「この夕暮れのようでした。少しずつ、何が面白いのか、何が好きなのか、見えなくなっていって。巡礼が始まって一ヶ月が過ぎた頃には、すべてが静かになっていました」

返す言葉が見つからず、また手帳に目を落とす。最後の一頁が破られていることに気づいてリネッタを見ると、彼女は小さく首を振った。

「二年も経ちますからはっきりとは覚えておりませんが、書き損じたのではないかと」

「そう、ですか」

覚えていないと言い切る彼女の言葉が、少し引っかかる。けれど深追いするのは気が引けて、今度は手帳をさかのぼった。『木登りをしたい』という一文が目に留まり、そういえばと昨日の会話を思い出す。

「お転婆だったと、おっしゃいましたね」

「自然の中を走り回るのが好きだったはずです。両親はあまり旧派の復権に関心がなくて、田舎の小さな領地で満足していて。わたしも、令嬢と名乗れないぐらい自由にさせてもらっていました」

セリエス伯爵家の領地は、王都から馬車で四日ほどのところにある。やや遠いが、大旅行というほどでもない。

「聖剣のことが落ち着いたら帰郷なさってはいかがです？　巡礼の間はご両親にも会われていないのでしょうし、ご自身の持ち物もまだご生家に置かれたままなのでしょう？」

すると、リネッタはクウィルの顔をじっと見つめて首をかしげてみせた。

「ご存じなかったのですか？」

「何をです？」

「両親はすでに亡くなっています。まだわたしが幼い頃に、領地の森に大きな魔獣が出たのです。助かったのはわたしひとりでした」

はっ、と息ひとつ分の相づちしか打てなかった。

「聖女は代々、家族を失った者から選ばれると決まっていますから。てっきりクウィル様もご存じとばかり……先にお伝えしておくべきでしたね」

伝えずにいたことを詫《わ》びるようなリネッタの口ぶりに、クウィルは「いえ……」と返すしかない。婚約が決まってからの二ヶ月、婚約者に関心を寄せることなく過ごしてきたと白状するようなものだ。

「では、セリエス伯爵は」

「伯父《おじ》です。当時わたしはまだ五つでしたから、領地のことも屋敷も伯父がすべて片付けてくれました。昔のものは何も残っていません」

リネッタはシルバーブロンドの髪を掬《すく》って、手のひらに載せた。

「それに、伯父の屋敷に残してあるドレスだって、今の私ではちっとも映えないと思います。髪も瞳《ひとみ》も、父と母から譲り受けた色とは似ても似つかないものになりましたから」

「色が……？」

似ても似つかないものになったという意味を測りかねていると、リネッタがすぐに察して説明してくれる。

「星に選ばれて身体に聖女の印が付くときに、色が変わってしまうのです。歴代の聖女もそうだったのだと、聖堂官が教えてくれました」

クウィルにとっては初めて知ることばかりだ。この髪色と瞳を持つ者の中から聖女が選ばれるのではなく、聖女に選ばれたことでこの色に染められてしまうのか。

リネッタが伏せたまぶたに、長い睫毛《まつげ》が揺れる。それは髪と同じシルバーブロンドで、伏せたまぶたの下には深い青の瞳がある。

「どのような色でしたか。貴女《あなた》の生まれ持った髪と瞳は」

彼女にとって酷な問いだとわかっていながら、それでも尋ねてしまう。

リネッタは微笑を張り付けて、短い言葉で答えた。

「もう忘れてしまいました」

それが嘘だとわかっていて、クウィルは追求しなかった。代わりに、リネッタの手帳の中から、先ほど彼女が選んだ『自分の足で歩きたい』という望みを探し出した。その下にはいくらか余白を挟んで、『誰かと手をつなぎたい』とも書かれている。

「この誰かは……私でも務まりますか」

「もちろんです」

「では、今日の勝利の御礼に」

リネッタの手を軽く握る。見た目よりもっと小さく感じる手を、自分の武骨な手の中に閉じ込めた。

「クウィル様。人が見ています」

「そうですね。私が壁になれればよかったのですが」

「では日傘を広げましょうか」

「日も落ちたのに？」

「今、傘を干しているところなのだという顔で、堂々と広げれば目立たないのではと」

それはどんな顔だ。そしてどうしたって目立つだろう。

あえてとぼけているのか、素でこうなのか。相変わらず表情の読めないリネッタの隣で、クウィルだけが感情を持て余して笑う。

クウィルが笑うと、リネッタの左手が小さくあがる。快、と。

第三章　婚約者たるもの

結局、リネッタをタウンハウスに残してクウィルは騎士宿舎暮らしに戻り、気が付けば婚約から半月あまりが過ぎていた。リネッタとは御前試合の日に会ったきりだ。

ラングバートの家族を大切に思っているからこそ、十二歳の無謀な冒険以降、クウィルのほうから壁を作ってしまった。生活拠点を屋敷に移すのはもちろん、足繁く通うことにもどうしても抵抗がある。

一方で、リネッタがタウンハウスでどう過ごしているのか気にはなる。そんなクウィルの葛藤《かっとう》を察するように、王立図書館に勤める兄、ラルスがたまに宿舎を訪ねてくるようになった。ラルスはいつもどおりの態度で、立ち話程度に最近のリネッタの様子を知らせてくれる。リネッタからの手紙と、妹アデーレからの呪言《じゅげん》のような書付を届けてくれることもある。

ラルスは帰ってこいと決して言わない。兄の気遣いがありがたくも申し訳なくもある。アデーレの書付には『薄情な兄さまに、突然天から苺《いちご》トルテが降りそそぎますように』と書かれている。実際に降りそそげば大惨事だ。

宿舎の自室で書き物机に向かい、ペンを握りつつリネッタからの手紙を読む。兄の話によれば、この半月の間にリネッタは四度も聖堂に足を運んだという。クウィルの想像よりも頻繁に聖剣の元に通う必要があるらしく、聖女は元聖女になってからも忙しい。

そんな忙しさの合間に書かれた手紙は、時候の挨拶《あいさつ》から始まって、こちらの身体を気遣う言葉で終わる。手本どおりのような硬い字を、あの真面目を固めたような顔で綴《つづ》っている姿を目に浮かべながら、クゥィルもペンを走らせようとして——何も書けずに転がす。この繰り返しで半月を過ごしている。

そこで、無遠慮にも扉を叩《たた》きながら開けて、ザシャがずかずかと入ってきた。態度と足音で相手がザシャなのだとわかるから、クゥィルは机に向かったまま声をかける。

「返事ぐらい待てないのか」

「あによぅ、オレとクゥィルの間に扉なんてあってないようなもんだろ。お客人が来てるって団長が呼んでるから伝えにきてやったのに」

「客人？」

まさかリネッタが訪ねてきたのだろうか。クゥィルがぱっと顔をあげると、ザシャが肩越しにこちらの手元をのぞき込んできた。慌てて隠さねばならないようなものはない。残念なことに、クゥィルの用意した便箋《びんせん》は白紙のままである。

「まーた困ってんの。季節の挨拶、こっちの近況、そんで、次に会う日を楽しみにしています。ほれ、これが定型だ」

「……それでは、三行にしかならなかった」

「なんでよ！　近況をぶわぁっと膨らませりゃ、便箋一枚ぐらい埋まるだろ」

「埋まらないから困っている」

近郊にて魔獣討伐を遂行した、といったものを書いた余白だらけの手紙をラルスに託したのは十日前のことだ。同じ日に書いたニコラ宛《あて》の書付のほうが、よほど文量が多かった。今度はもう少し字で埋まったものをと思いながら、クウィルは書き物机に向かって日々唸《うな》っている。ペン先を宙に向けて回し続けるクウィルの肩を、ザシャがけたけたと笑いながら叩いた。

「そんなに悩むぐらいなら帰ればいいのにな。まぁ、今日の客人は残念ながらハズレ。ちょっとややこしい人だ」

ややこしいとは、とクウィルが訝《いぶか》しがると、ザシャも少々難しい顔をした。

「セリエス伯爵だよ。団長も立ち会うってさ」


団長室にいたのは、リネッタとは似ても似つかない険しい顔をした男だった。歳は団長のギイスより遥《はる》かに上、五十に届くのではないか。前髪が後退して広がりつつある額に、眉間《みけん》には深い皺《しわ》が常駐し、目は明らかに値踏みするようにクウィルを射る。

「先触れもない訪《おとな》いで失礼する。娘に再三手紙を出したが聞き入れる様子がないので、こちらに来るよりほかなかった」

相手の切り口に遠慮がないことで、クウィルは事態を察した。だが、こちらからは何も答えず先方の出方を見る。

「単刀直入に申し上げる。婚約を破棄していただきたい」

盛大なため息はクウィルではなくギイスの口から出た。セリエス伯爵が耳ざとく、鋭い視線をそちらに向けるが、百戦の雄はその程度で動じることなく余裕の顔で応じる。

逆にクウィルのほうは、気持ちがそわそわと波打って仕方なかった。ギイスがこの場に親代わりのつもりで同席していることがわかるからだ。齢《よわい》二十五にもなって、いつまでも子ども扱いされるのは恥ずかしい。

ふっと息をついたクウィルは、膝《ひざ》に手を置き、背筋を伸ばした。ラングバートの息子として、ギイスに見出《みいだ》された騎士として、いつも以上に所作に気を配る。

「婚約は、セリエス嬢のご希望であるとうかがっております。私は王太子殿下よりこの婚約を戴《いただ》いた身で、一存で破棄できるものではありません」

「そう難しく考えてくれるな、ラングバート卿《きょう》。これは貴公の立場を守るための提案だ」

「私の立場ですか？」

恩を売ってやろうという言い回しが鼻につく男だ。

「ただでさえ衆目を集める身の上だろう。娘の我儘《わがまま》で貴公を振り回し、その上よからぬ噂が立つのは見過ごせぬ」

「噂……とは」

「想像がつこう？　すでに王都の外では出回っている」

膝の上で、きつく拳《こぶし》を握った。おおかた、クウィルが手を回し婚約を強要したとでもたっているのだろう。またベツィラフトの血がまとわりつく。

リネッタ・セリエスの婚約者がクウィル・ラングバートと知れれば、勝手なことを吹聴して回る輩《やから》が出るだろうと予想はした。だからこそ、この婚約はリネッタが聖堂を出る日まで厳重に伏せられてきた。それからわずか半月でもう、貴族は好き勝手にクウィルのことを陰で嗤《わら》っている。分不相応な婚約者を迎えるとはこういうことだ。

「噂は、あくまでも噂。御前試合があって以降、王都じゃあ今回の婚約は好意的に受け止められておりますがね？」

ギイスが口を挟むと、セリエス伯爵はいかにも憐《あわ》れという顔をした。

「王の膝元《ひざもと》で、王の選択を咎《とが》めようという者はおりますまい」

「さすが、旧派のかたがたは現王陛下に手厳しいことで」

ギイスが新派贔屓《びいき》の現王家と旧派との対立を引き合いに出して揶揄《やゆ》する。

この噂が広まれば、婚約を後押しした王家にも不信が集まる。本来であれば王家に嫁ぐはずの聖女が、亡国ベツィラフトの血を引くものと婚姻を結ぼうとしているのだ。一石が投じられれば大衆の評価は簡単に傾く。

ふと、クウィルは思う。この噂は、使いようによっては自分に好都合ではないかと。

王家を巻き込んで聖女を手に入れようとした男となれば、この婚約が破棄されたのちは新たな縁談など寄ってこない。王太子レオナルトからこの婚約を持ちかけられたときぼんやりと考えていたことが、現実のものになろうとしている。

二ヶ月半前の自分なら、ここで間違いなく承諾しただろう。今だって、クウィルには醜聞を流されてまでこの婚約に固執する理由がないはずだ。

だが、どうしてか今の自分は、すんなりとうなずけない。

「こちらから破棄するとなりますと、今後のセリエス嬢の縁談が難しくはなりませんか」

彼女の元聖女という肩書が自分との婚約破棄ひとつで揺らぐものではないとわかっていながら、クウィルはセリエス伯爵に尋ねる。すると、伯爵はいやいやと右手を振った。

「問題はない。クラッセン侯爵のご子息が、娘を気に入ってくださっているのだ」

思わぬ名が飛び出してきて、あごが外れるかと思った。隣ではギイスがげんなりした顔で天を仰いでいる。

「まさか、マリウス様では……ないですよね？」

クラッセン侯爵家には三人の息子がいる。奇跡を願って尋ねると、セリエス伯爵はしたり顔で口を開く。

「そのとおりだとも。侯爵家ご嫡男でありながら、娘の護衛隊長という危険な任を受けてくださったおかただ。これ以上頼れるお相手もおるまい」

クウィルの脳裏に、キャンキャンと吠《ほ》える男の姿が浮かぶ。クウィル自身も御前試合の前に、彼を指名したほうが良かったのではないかと言いはしたが、いざ自分が婚約破棄してマリウスがリネッタの隣に立つと考えると無性に腹が立つ。白騎士にはそれなりの家格の貴族令息がそろっているだろうに、もう少しでいいからましな男はいないのか。

いまだに聖女様聖女様とあがめるようにリネッタを呼ぶ、あの耳障りなマリウスの声が聞こえてくる気がして、クウィルは苛々《いらいら》と指で膝を叩いた。

「だから娘の今後については安心して、貴公は気楽に婚約を破棄してくだされぱいい」

「お断りする」

「ほ……」

セリエス伯爵の厳《いか》めしい顔が、どことなく気の抜けたタヌキのようになる。

クウィルは反射的に出た言葉に自分で動揺しながらも、席を立った。

「私はすでにセリエス嬢に誓約錠をお渡しした。あの腕輪を断っていいのはセリエス嬢ご本人だけだ。間違っても伯爵閣下と私で決められることではない」

「お、おおい、クウィル……」

「訓練の時間ですので、私はこれにて！」

バタンと扉を閉めて足早に団長室を離れる。後ろでは、ギイスの大笑いが扉をすり抜けて廊下を跳ね回っている。

笑い事ではない。何をこんなに意地になったのか、クウィル自身にもわからない。

＊＊＊

巡礼が終わっても、およそ四日に一度と、聖堂へ向かう頻度はリネッタが予想していたよりもずっと多かった。

ラングバート家の手配した馬車で送り届けてもらい、聖女の装いを纏《まと》った身ひとつで、聖堂前の広場に降り立つ。門番の聖堂官がすぐにリネッタの到着に気づき、重い音を響かせながら格子状の門を開いた。

再び門が閉まる音を聞きながら、美しく整備された前庭を聖堂へ向かって歩いていく。

すると、聖堂の入り口脇に、白騎士マリウス・クラッセンが立っていた。

「聖女様、お帰りなさいませ」

マリウスは麗しいと評される微笑みを浮かべ、リネッタの元へと駆け寄ってくる。聖女の護衛隊長を二年務め上げた彼に、巡礼を終えてからこの聖堂で会うのは四度目となる。今日でリネッタの訪問は五度目となり、そのうちの四度だ。リネッタが訪れる日に合わせてここに足を運んでいるのは間違いない。

「クラッセン卿。何度も申し上げているとおり、巡礼は終わりました。卿のお時間をわたしに割いていただく必要はありません」

「いいえ。元護衛隊長として、聖女様が聖堂に通われる限りは無事のご到着を確かめたいのです」

護衛隊が解散した今、マリウスは白騎士の務めに戻るべきだというのに、もう四度このやり取りを繰り返している。

「卿もおわかりでしょう。わたしはもう聖女ではなく、婚約者のいる身です。卿とこのような形で何度も顔を合わせるのは、好ましいことではないはずです」

「周りに何と思われようと、私はかまいません！」

そこは間違いなくかまうべきところだろう。どうもマリウスとは話が嚙み合わない。

前庭を歩く聖堂官がちらちらとこちらをうかがっていることに気づき、リネッタは強引に話を切り上げることにした。

「卿の白騎士としてのお立場を危うくしたくないのです。どうかご理解くださいませ」

軽く会釈してから、マリウスが口を開く前に聖堂へ入る。閉まりゆく扉の向こうで、マリウスは苦みに耐えるような複雑な表情を浮かべていた。


何度訪れても、聖堂というには空気の澱《よど》みが強すぎる。

ラングバート家の風通しの良さとはあまりに違う、重く、ねっとりと搦《から》め捕りにくるようなこの気配を感じているのは、おそらくこの聖堂においてリネッタただひとりだ。

「聖女様、お戻りをお待ちしておりました」

すれ違う聖堂官たちが拝礼の姿勢をとる。たかだか十八の娘に皆がこうしてへりくだる姿は、普通の感覚でいけば気持ちよくないものに分類されるだろう。

正しい、間違っている、ふさわしい、そぐわない。十八年の経験と、十六歳まで持っていた感覚の名残を手繰り寄せて編み直し、リネッタは今取るべき態度を導きだす。

「そんな風に畏《かしこ》まらないでください。わたしはもう聖女ではないのですから」

リネッタの導き出した反応に満足したらしく、聖堂官は穏やかな微笑みを返してくる。感情を喪失した聖女がこんな振舞いをするのを見て、不気味に思わないのだからおめでたいことだ。

感情がなくとも、生きていくのはそれほど難しくない。笑顔の仮面の下にある本音を探り合う夜会と同じだ。

リネッタは初めての、そして、自分の運命を決定付けた夜会のことを思い出す。

それはリネッタが十六歳になってすぐ、デビュタントとなった夜会でのことだ。バルコニーにひとり立っていたリネッタの胸に、星空から離れたまばゆい光が落ちてきた。それはもちろん星ではなく、確かな形も熱もなかった。

左右の鎖骨の間から指三本ほど下がったあたりに光は落ちて、リネッタの体温で溶かされたかのように消えた。すぐにちくりとした痛みが刺し、花びらのようなあざが浮かび上がってきた。

魔獣の生まれる地、遠いノクスィラ山脈で、歓喜の遠吠《とおぼ》えがこだましている。この王都まで届くはずのない声がなぜ聞こえるのか、それがどうして歓喜だと感じるのか、頭ではわからないのにリネッタの心はひとりでに理解した。この身体に星が落ちたことを、ノクスィラに生きる全ての命が祝福しているのだと。

混乱しながらホールの様子を見ると、招待客は誰ひとりとして慌てた様子も耳を傾けるそぶりもない。こんなにはっきりと聞こえる遠吠えになぜ誰も気づかないのかと不審に思い、リネッタはホールに戻ろうとしてバルコニーのガラス扉に近づいた。

するると、リネッタに気づいた招待客らの間にざわめきが起きた。ざわめきは徐々にホール中に広がり、あちらこちらで歓声があがり始める。

セリエス家はすでに中枢を追われた伯爵家だ。いかにデビュタントとはいえ、その伯爵令嬢はここまでの注目を受ける者ではない。何か粗相をしたのかと焦っている間に、リネッタはホールに招き入れられ大勢の人に囲まれていた。そこでようやくリネッタは、肩にかかる自分の髪が銀色に染まっていることに気づいた。

リネッタを壁のように囲う人々をかき分けて、伯父《おじ》が駆け寄ってくる。伯父はずいぶん慌てた様子でリネッタの髪を撫《な》で、瞳《ひとみ》をしっかりとのぞき込むようにしてから、じんわりと目を見開いた。

「まさか……星が、降ったのか？」

興奮したように声を震わせて伯父が問いかけてくる。わけも分からないままリネッタがうなずくと、伯父はもうひとつ確かめるように続けた。

「そうだ、印だ。どこかに印がないか」

「しるし……」

伯父の言葉を繰り返して、リネッタは自分の胸元に手を当てた。襟ぐりの広いドレスだから、軽く指で引くだけで、今しがた星が落ちてきた胸元を見せることができる。

胸にできた花びらのようなあざを見せた瞬間、伯父の顔に、リネッタがこれまで見たことのない黒々とした笑みが広がった。

伯父はリネッタの肩を抱き、ホール中を見回すようにして至福に満ちた声をあげる。

「我が娘が、聖女に選ばれました！」

途端、リネッタの指先が震え、温度を失っていく。なぜ自分がと叫びたい気持ちは、割れんばかりの拍手と歓声に圧倒されて声にならなかった。

そうして、リネッタの運命は決まった。星はリネッタから、亡き両親から受け継いだ髪も瞳も奪っていった。その夜のうちに聖堂へ迎え入れられ、何の覚悟もできないまま聖女として生きることになった。

結局、リネッタが貴族令嬢らしく夜会に出席したのは、この一度きりだ。

聖堂の三階、その最奥。足を踏み入れた聖剣の間は、いつもと同じように冷えている。ここだけが春から隔絶された永遠の冬のようだ。聖女の装いは寝衣のように生地が薄く、外界との気温差も相まって身震いする。

部屋の奥にはリネッタのひざ下あたりまでの低い祭壇があり、その上には石造りの台座が置かれ、抜き身の聖剣が突き立てられている。そして祭壇の手前には、天蓋《てんがい》のない質素なベッドがある。

入ってすぐの壁際にあるクローゼットの前で、リネッタにいつものように靴を脱ぎ、敷物のない冷たい床に足をつけた。聖剣に向かって一歩進むごとに、祭壇から響く歓喜の声が大きくなっていく。声にはあの夜会で聞いた獣の遠吠えに似て、それがだんだんと人の言葉に変わっていく。

聖剣が呼んでいる。聖女の帰りを知り、生贄《いけにえ》を求めて啼《な》く。

『よく戻った。我が花嫁』

花嫁とはもっと祝福にたる存在だろうに。リネッタは呼びかけに答えず、祭壇の前に立ち聖剣を見つめた。黒い握りに銀の鍔《つば》、鋼鉄でできた両刃の剣は、ちょうど御前試合でクウィルが振っていた模造剣と同じぐらいの長さだろう。四百年以上も前に鋳造されたと聞くが、剣身に曇りこそあるものの刃の欠けも錆《さび》もなく、その長い年月を感じさせない。銀の鍔の中央にはめ込まれた暗赤色の石が目を引く。

『どうした。務めを果たさぬか』

声に促されたリネッタは聖剣に背を向けて、もたもたとベッドに上がり仰向けに寝転がった。ゆっくりと呼吸を繰り返して身体の力を抜き、静かにまぶたを閉じる。

ぞわり、ぞわりと。足先から順に、不確かな何かに触れられていくような感覚がリネッタを包む。目を開けたところで誰もいないことはわかっている。何ひとつ実際には触れられていないのに、心を掌握されて身体を暴かれていくこの不可解な感覚に、初めは混乱して泣き叫んだものだった。感情を喪失した今は吐息をこぼすだけで済む。

肌を這《は》う幻が脚を撫で、同時に頬を撫でる。胸に刻まれた聖女の印が熱を帯びた。

リネッタは、ただ、時を数える。

三つ数えれば、襲い掛かる不快が泡のように消えて、リネッタの心は静かになっていく。そうして静かになると、どちらが幸せだったのかと考えることがある。

聖女にならなければ、おそらくリネッタは伯父の道具としてどこかに嫁がされていた。旧派再興の野心に満ちた伯父だから、リネッタと相手のつり合いなど考えもしなかっただろう。旧派貴族の娘の結婚は、往々にして政略の一手だ。そう考えれば、嫁ぐ先がどこかの貴族の元だったのか、剣の元だったのかという違いしかないように思える。

感情があればもっと違う見方ができるのか、もうリネッタにはわからない。喜びを。心躍る楽しさを。理不尽にあらがう原動力となる怒りを。痛む心を洗い流すための涙を。すべてを失って、ただベッドに横たわるだけの人形だ。得体の知れないものにここまで踏みつけられたものを聖女と讃《たた》える人々の気が知れない。どんなに感情が消えてもひとりでに口からこぼれ出てしまう吐息混じりの声を耳で捉《とら》えながら、リネッタは自分を嘲笑《あざわら》う。この表情が、今、ここにふさわしい。

――社交用に笑顔を作ってくださるより、私にはそのほうがいい。

ふいに頭をよぎった言葉に、両目を開けた。祭壇に目を向けると、聖剣の鍔にはまった暗赤色の石が鈍く光っている。

その色は、クウィル・ラングバートの瞳によく似ている。

リネッタは暗赤色の石に向かって、乞《こ》うように右手を上げた。

＊＊＊

聖堂に入っていった聖女の背中をまぶたの裏に描き続けながら、マリウスはギチギチと奥歯を嚙《か》み鳴らした。やはり、彼女の婚約に納得がいかない。

巡礼の旅に同行した二年の間、誰よりもリネッタの近くにいた。護衛隊長である自分をリネッタはいつもねぎらい、温かな微笑みをくれた。あの美しい青の瞳はいつだって自分に向けられていたのだ。

それでも、聖女は王家に嫁ぐという伝統があるから、マリウスは潔く身を引いた。この伝統さえなければ今すぐ攫《さら》って差し上げたい、リネッタもそう望んでいるのにと、ずっと歯がゆさに耐えてきた。

それがなぜ王家ではなく黒騎士に。それも蛮族の、赤目の養い子に奪われるようなことになったのか。

「聖女様も、私と同じ思いのはずだ」

この婚約は王家の思惑で歪《ゆが》められたものに違いないと、マリウスは睨《にら》んでいる。

護衛隊長に任命された日、マリウスはセリエス伯爵より直々に、どうか娘を護《まも》って欲しいと頼まれた。セリエス伯爵は旧派の中でも広く顔の利く人物だ。リネッタはその伯爵家の娘だから、たとえ聖女であっても王家にないがしろにされるのではないかと、セリエス伯爵はそんな自身の危惧《きぐ》をマリウスに語って聞かせた。

伯爵の不安は的中した。王家は時世に合わせただのなんだのとくだらない理由をつけて、聖女にはずれ騎士を押し付けたのだ。

「お救いしてみせる。この私が……たとえ、どんな汚い手を使ってでも」

マリウスは腰に佩《は》いた剣に触れ、誓いをたてるようにつぶやいた。

＊＊＊

セリエス伯爵の強襲を受けたその日の夕刻、クウィルはラングバート家のタウンハウスに向かった。

今日まで、セリエス伯爵がリネッタに手紙を送っていたことも、これほど明確に反対の意思を持っていることも知らずにいた。彼女がひとりで養父の説得にあたっていたのかと思ったら、どうしても騎士宿舎で暢気《のんき》に手紙を書いてはいられなかったのだ。

そんなクウィルがいざタウンハウスにたどり着くと、屋敷の前に、貴人の護衛役と思《おぼ》しき佩剣《はいけん》した男がふたり立っていた。まさかと思って屋敷に入るとハウスメイドのニコラがやってきて、そのまま応接間に連れていかれる。

応接間でラングバートの両親とくつろいだ様子で語り合っているのは、王太子レオナルトとその妻、ユリアーナだった。奥のひとり掛けソファにレオナルトが座し、右手の二人掛けに両親、左手の二人掛けにユリアーナとリネッタがいるとなれば、クウィルが選べる席は手前の一人掛けしかない。ぎこちなく挨拶したクウィルが空席に座ると、レオナルトは父に勝者の笑みを向けた。

「ほら、帰ってきただろう？」

するとと、父が「恐れ入りました」と頭を下げる。クウィルは状況についていけず、父に視線を送って説明を求める。

「今日、セリエス伯が騎士団を訪ねてきたんだろう？」

「え？　ええ、よくご存じで」

「キルステン侯から殿下に一報が入ってね。それで、殿下と私で、今日クウィルが屋敷に戻るか賭《か》けていた。結果、うちのワインを一本持っていかれてしまうことになった」

父が敗北の味を噛み締めながら言う。キルステン侯と聞くとクウィルには耳馴染《みみなじ》みが薄いが、黒騎士団長ギイス・キルステンのことだ。ギイスに対してはわざわざ王太子に報告する話でもないだろうにと思い、父に対してはそんなことで息子を賭けのネタにしないでもらいたいものだと思う。

今でこそ領地経営に専念している父だが、以前は王立図書館の長であり、幼少期の王太子の教育にも関わっていた。そんな縁で、ラングバート家とこの王太子は、王家と伯爵家という関係にしては距離が近い。

とはいえ、こんなことで賭け事に興じる姿は悪友のようではないかと、呆《あき》れてため息をつく。そんなクウィルに、リネッタが声をかけてきた。

「クウィル様、伯父《おじ》が何か失礼なことを」

「いえ、大丈夫です。セリエス嬢がお気になさることは何もありません」

リネッタが言い終わるのを待たずきっぱりと返すと、なぜか王太子夫妻と両親が意外そうな顔をした。

「……何です？」

クウィルが怪訝《けげん》に思って尋ねると、ユリアーナが顔をほころばせる。

「このご様子なら、大丈夫ではないかしら。ねぇ、殿下」

「そのようだ」

レオナルトが満足げに首肯して、ソファにぐっと背を預け、両手を組んで膝《ひざ》に置いた。

「近々、王家主催の夜会に出てもらいたい」

「夜会ぃっ⁉」

ユリアーナはクウィルの叫びに喜色満面でうなずく。

「御披露目会とまではいかずとも、一度ぐらい夜会に出て、仲睦《なかむつ》まじい様子を見せびらかしてはどうかしら」

見せびらかすほどの仲だろうかと、リネッタの様子をちらりとうかがう。

この異例の婚約にやはり反対の声も多かったが、昼間ギイスが話していたとおり、御前試合でのリネッタの様子を見て王都では好意的な声が増えたのだという。

どっちら今度は地方貴族を集めて、ふたりの様子を見せてはどうかということだ。王家としても、クウィルの不名誉な噂が地方で広がっていることは気がかりなのだろう。

「それで、夜会ですか……」

王太子夫妻の思惑は理解できるが、夜会から解放されるために受けた婚約で夜会に呼ばれるという本末転倒な提案に、どうしても気が重くなる。

「わたくしが主催ですから人選には配慮します。どうかしら。その……リネッタの手帳にも書いてあったことだし」

手帳の贈り主であるユリアーナも、そこに書かれた願いを知っているらしい。姉のように慕っていたのだとリネッタは話していたが、ユリアーナにとっても大切な相手だったのだろう。そして、その思いは今も続いているのだと、リネッタの手に重ねられたユリアーナの手が語っている。

そんな王太子妃からの提案に、リネッタは少し考えるそぶりを見せた。

「わたしはかまいませんが、エスコートはどなたにお願いすればよろしいのでしょうか」

クウィルの肘《ひじ》がソファの肘置きからずるんと落ちた。我が婚約者は何を言い出すのか。

「婚約者をひとり夜会に送り出すような恥知らずではないつもりですが？」

「クウィル様がお出《いで》になるのですか？　夜会ですよ？」

そろそろわかってきた。リネッタのこういう突飛な発言は、意図的ではなく天然物だ。

「貴女《あなた》おひとりでどうやって仲睦まじい様子を見せる気ですか」

「そこはお任せください。わたしがいかに幸せに過ごしているかを広めてまいります」

「……セリエス嬢おひとりで語り聞かせるより、ふたりで手をつないで見せるほうが遥《はる》かに効果的だとは思いませんか」

リネッタはしばらく無言で目をしばたたかせてから、無表情のままぱちんと両手を打ち鳴らした。

「間違いなく効果的です」

「ご理解いただけて何よりです」

自分が夜会に出席する必要性を説いたところで、はたと気づいた。彼女の突飛な発言に振り回されているうちに、夜会に出ることを承諾してしまっている。

軽く額を押さえたのち、こうなっては仕方がないかと開き直る。出ることになってしまったからには、せめて実りのあるものにするべしと、クウィルはリネッタに尋ねた。

「ところで、セリエス嬢の手帳の中で、夜会に関するものは何があるんですか」

ユリアーナが把握している願いを、婚約者の自分が知らないというのは悔しい気がする。自分にも教えてくれとクウィルが頼むと、リネッタはドレスの腰あたりのスリットに手を入れ、手帳を取り出して広げた。御前試合の日は手提げに入れていたものが意外なところから出てきて、クウィルは目を丸くする。そもそも、こういったドレスに物をしまうところがあることに驚いた。

「その手帳、普段はそうして持ち歩いておられるのですか」

「はい。身につけているほうが、願い事が叶《かな》いそうな気がしますので」

リネッタは夢見る少女のようなことを言っておきながら、夜会、夜会とつぶやいて、まるで今日の訓練工程を確認する騎士のように、淡々と自身の願い事を探す。

椅子から軽く身を乗り出して手帳をのぞき込もうとすると、気づいたリネッタがこちらに手帳を寄せてくれる。ワルツを踊る、ドレスを選んでもらう、お酒に挑戦するといった定番が並ぶ中に、宝飾品を贈ってもらうという一文が見えた。

「この宝飾品というのは、誓約錠で達成済み、ということには」

「なりませんわね」

「ならんだろう」

「クウィル、それはない」

クウィルの問いかけにかぶせるように、ユリアーナ、レオナルト、父の順で全否定してきた。母にいたっては、こめかみに筋が浮いているように見える。

当のリネッタは「誓約錠は宝飾品に入らないのですか」と感心したようなことを言うから、おそらくクウィルと近しい考えを持っているはずだ。だが、壁際で待機するニコラは「おいたわしや」という目をしている。宝飾品に含まれない派が四人、含まれる派がふたりと、戦況は芳しくない。

「わかりました。では非番に合わせて出かけましょう。明後日《あさって》の夜にはこちらに戻ります。ただ、戻りは少し遅くなるかもしれません」

　すると、リネッタが声量を落として尋ねてくる。

「お忙しいのですか？」

　ちょうどリネッタが最後の巡礼地である南部神殿に入った頃から格段に減っていた魔獣被害が、この半月の間に王都周辺でじりじりと増えていた。数以上に気になるのはその動きだ。魔獣は当然ながら巣である北東のノクスィラ山脈からやってくるが、なぜか王都までの道中には一切の被害が出ていない。まるで王都だけを狙うようなこの動きは、これまでには見られなかった傾向だ。

　そしてもうひとつ。魔獣の眼が、クウィルに集中している。討伐に出ると、幾人もの黒騎士がいる中で、なぜか魔獣は明らかにクウィルを選んで向かってくるのだ。

　つい考え込んでいたらリネッタと目が合い、クウィルは作り笑いでごまかした。

「春は事務仕事が立て込むので。気になさらず。三日後、町を見て回りましょうか」

　リネッタは少しの間黙ってクウィルを見ていたが、やがてうなずいて手帳を閉じた。


　夜会を三週間後と定めて解散となり、リネッタとふたりで王太子夫妻を見送る。馬車に乗り込む手前で、レオナルトがクウィルだけを手招きした。

　いざ駆け寄ると、口を開いたのはユリアーナのほうだった。

「今夜は、できれば屋敷にとどまってくださいな」

「元々そのつもりでしたが、なぜです？」

「リネッタは今日も聖堂に行ったのでしょう……甘やかしてあげてくださいませ」

表情を曇らせたユリアーナの肩を、レオナルトが引き寄せる。

「リア、それは我々が強制することじゃない」

「……そう、ね。本当にそうだわ。ごめんなさい」

憂いを帯びた表情の意味するところがわからないまま、クウィルがユリアーナの謝罪に会釈を返すと、次はレオナルトに軽く肩を叩《たた》かれた。

「思ったより上手《うま》くやれているようで安心した」

「到底、上手くやれているとは思えませんが」

「少なくとも、クウィルが彼女をただの令嬢として接していることはわかる。正しい人選だった」

満足げにそう言って、レオナルトはユリアーナを連れてさっさと馬車に乗り込む。走り出した馬車を取り残された気分で見送っていると、リネッタが隣に並んだ。

「殿下と親しくていらっしゃるのですね」

「産みの母が殿下をお助けしたことがあるとかで、目をかけていただいています」

クウィルの実母、オルガはかつてふたつの命を救ったらしい。ラングバート家の長子ラルスと、王太子レオナルトだ。当時何があったのか、詳しいことをクウィルは知らない。ただ、そんな母の功績のおかげでクウィルは伯爵家に迎え入れられ、ともすれば兄弟のように気安く王太子と言葉を交わすに至っている。

「セリエス嬢も、本当に妃殿下と親しいご様子で」

「ええ、妃殿下となられた今は、公の場ではお茶会の頃のようにはいきませんが、私的な場では姉妹のように接してくださるのです。わたしもつい、妃殿下の前では子どもに戻って何でもお話ししたくなってしまいます」

　そんな王太子妃に、自分はいったい何を頼まれたのだろうか。まるでリネッタをいたましく思っているかのような、ユリアーナの憂えた顔がまだそこに見える気がする。

「セリエス嬢。聖女の務めは厳しいのですか」

巡礼中の神殿や聖堂では民の礼拝を受け入れる日があり、そこでは礼拝堂で祈る聖女の姿を見ることができると聞いていた。だからクウィルは漠然と、聖剣に祈りを捧《ささ》げるのが彼女の務めなのだろうと思ってきた。

だが考えてみれば、聖剣の持つ加護の力を彼女がどうやって行使して、この広いアイクラント全土を護《まも》っているのか、クウィルはもとより、アイクラントの国民は誰もその実態を知らない。

　クウィルが尋ねると、リネッタは目を伏せ、それから笑みを張った。

「慣れてしまえば、どうということもありません」

彼女の両腕が自身の身体を浅く抱くように見えた。春の夜は凪しだいで肌寒くもある。

　クウィルは騎士服の上着を脱いで、リネッタの肩にかけた。

「屋敷に入りましょう。ニコラにお茶でも頼みます」

「そうですね」

リネッタは一瞬笑顔を作ろうとして、すぐに表情を消した。代わりに左手を軽くあげて、クウィルに快を示す。社交用の笑顔より手をあげて欲しいというクウィルの頼みを忠実に守ろうとする姿を見ると、どこか浮わついた気持ちになる。

「ところでクウィル様は、ワルツはお得意ですか？」

浮わつきが一瞬で地に足をつけた。

「……せめて、最初の三拍子の間ぐらいは、貴女《あなた》が左手をあげたくなるよう努めます」

クウィルは正直に答えた。するとリネッタは誰もいない庭を見回してから、クウィルの腕をくいくいと下に引く。何事かと腰を屈《かが》めると、彼女の柔らかい息遣いが耳朶《じだ》を撫《な》でてきた。

「実は、わたしもなのです。ですから、これは駄目だと思ったら、わたしを抱えてくるくるっと回ってください」

生真面目な顔のリネッタが、ワルツの姿勢でくるりと回る。

──こんなとき、彼女に感情があったなら。

それはやはり真面目な顔なのか、あるいはいたずらめいた顔なのか。見てみたいものだと、クウィルは笑いを噛《か》み殺しながら思った。


三日後、リネッタとの約束の日は、なかなかの晴天に恵まれた。その天候も手伝ってか、王都の中心街は陽気に賑《にぎ》わっている。

今日のリネッタは深々と帽子をかぶっている。さすがに羽根をいくつも突き刺すような斬新なものではなく、小ぶりなリボンと花がついたシンプルなものだ。彼女はあまり華美なものを好まないのかもしれない。

今日のドレス選びの参考にと、リネッタの装いを注視しながら腕を差し出す。

「おそらく、腕を組んだほうが、それらしく見えます」

甘さのかけらもない誘い文句でも、リネッタはあっさりとクウィルの腕に手を添えた。リネッタのお供として後ろについているニコラがうんうんとうなずくからには、婚約者との外出においてこの対応は間違っていない。

近頃は以前より前向きに、正しい婚約者としての振舞いを研究している。参考にするのは黒騎士団の同僚たちだ。

佩剣《はいけん》はしても騎士服では出かけるな。歩幅が子ウサギと馬ほども違うと理解しろ。手でも腕でもいいから、どこかしら常に接しておけ。隙あらば甘いものを食わせろ。そして、買い物は時間がかかると心得て、疲れた顔と興味のない顔を絶対に見せるな。

付け焼刃で叩きこまれた正しいエスコートのひとつひとつに、なるほどと思う。どれもこれも根底は、相手を想えということに行きつくのでわかりやすい。

子ウサギの歩みに合わせてゆっくりと足を進めると、またニコラが満足げにうなずいた。出だしは好調だ。

ドレスを求めて仕立屋に入り、店主に導かれるままにあれこれと話をする。店主はにこやかな顔でなるほどとうなずいた。

「では、おふたりで出られる初めての夜会でいらっしゃるのですね。それはさぞ楽しみなことでございましょう」

そんなことを言いながら、木板に巻かれた生地をテーブルに並べていく。

早くもクウィルにとっては魔境だ。色と艶《つや》が違うのはわかるが、防護魔術が掛けられているわけでもない布のどれが高価でどれが良質なのか、さっぱりわからない。

この仕立屋は宝飾店とつながりがあり、生地に合わせた装飾品もあれこれと並べてくれる。いっそう混迷を極めるテーブルを前に、クウィルの喉《のど》が派手な音を鳴らした。

「そう構えずともよろしゅうございますよ。ドレスというものは、お嬢様のお気に召したものが正解でございます」

それが一番難しいのだと、クウィルは胸の内で悲鳴をあげた。

リネッタには、お気に召していたものはあっても、今お気に召すものがない。彼女は今日、屋敷を出る前に「クウィル様がわたしに似合うと思ったものを選んでくださいませ」と言ったのだ。

そして、正しいエスコートの指南役たちは言っていた。どれでも似合うは悪手だと。

驚異的な難易度だ。緊張で喉をしわがれさせながら、リネッタと生地を見比べる。

「ご店主。選ぶにあたって、コツのようなものはあるだろうか」

「今時分の流行《はや》りですと、互いの色を盛り込みます。例えば、ドレス地に瞳《ひとみ》の赤、あるいはリボンに髪の黒を加えてはいかがでしょう」

流行りと書いて絶望と読む。クウィルはがっくりとうなだれて助言を却下した。それでも、見かねたニコラが口を挟もうとするのを素早く目で制し、リネッタの手を引く。

悩むより動くほうが早い。本人を連れているのだから、端から合わせていけばいい。

無言で立つリネッタの肩に、店主が軽く広げた生地をひとつずつかけては下ろす。クウィルが似合うと思ったものでいいとリネッタが言うのだから、自分の感覚を信じる。はっきり言ってどれもこれもリネッタに似合うが、そこに無理やりにでも優劣をつける。

白い肌が映えて、彼女のシルバーブロンドの髪が引き立ち、青い瞳の強さに寄り添うような、それでいて角のない色を。華美なものは選ばない。リネッタは人目を引いてしまうことを気にしていた。それは彼女の気持ちからではなく、衆目をクウィルが厭《いと》うからだということもわかっている。そんな細やかな心遣いに、こちらも誠意を返したい。

店主がテーブルに広げたものだけでなく、棚にしまわれている生地も見て回る。そしてたっぷりと時間をかけ、ついにクウィルはこれぞ最良とオリーブ色の生地を選んだ。

やや間をおいて、店主が少々ぎこちなさのある笑みとともに口を開いた。

「それは……少しばかりお嬢様にはお早いかと」

「は、早い、とは？」

店主の微妙な反応に動揺していると、リネッタの後方で待機していたニコラが「んん、んんっ」と咳払《せきばら》いをしつつクウィルの隣にやってきた。

「お若いかたが選ぶには地味だ、ということです」

耳打ちで通訳されて、あたふたと生地から手を離す。よくよく見ればどうにも団長ギイスの瞳と同じ色である。これは駄目だ。

クウィルはテーブルに戻り、両肘《りょうひじ》をついて頭を抱えた。

「難題にもほどがある……」

「ここはひとつ、リネッタ様の瞳に合わせるとかでいかがです？　冒険なさるよりはよろしいかと」

ニコラの言うことはもっともだ。慣れない者が急に背伸びしていいところを見せようとするから、こうも混迷に落ちるのである。

素直に助言に従い、テーブルに載った青い生地に手を伸ばしかけたクウィルは唸《うな》った。

青が、乱立している。

「この春は青がよく出ますもので。流行りのお色というのも、選び方としてはよろしゅうございます」

店主がにこにこと言う。誰だ、流行らせたのはと、喉まで声が出かかった。

この中でもっともリネッタの瞳に近いものをと思うが、どれも違って見える。あるものは濃く、あるものは薄すぎる。色は良くとも光沢が過ぎて邪魔をしたり、かといえば抑えすぎて彼女らしさが足りない。

もっとしっくりくる青はないのかと生地を睨《にら》み続け、ふと、青い生地の下に顔をのぞかせている柔らかな薄紫に目を留めた。上に被《かぶ》さった生地をよけて、目当ての生地を引きずり出す。

店主がすぐさま受け取って、広げた生地をリネッタの肩にかけた。

正直なところ、クウィルにはやっぱりこれもただ似合っているとしか思えない。だが今度の夜会の目的を思えば、この色が正解だという気がする。

「こちらで、どうでしょうか」

リネッタにうかがいをたてる。すると、彼女は肩にかかる布を撫でて左手をあげた。

「わたしもこれがふさわしいと思います」

クウィルの赤と、リネッタの青。互いの瞳の色の間を取るような紫。単純な思い付きだが、リネッタの賛同を得られた。

安堵《あんど》のあまり、クウィルは店主の両手をぎゅっと握りしめた。

そこから意匠の打ち合わせをして、装飾品はドレスに合わせたものをと店主に任せることにした。素人がおいそれと手を出して台無しにするのが目に見えたからだ。宝飾品を贈ってもらうというリネッタの願いを叶《かな》えてやるには、クウィルに経験が足りない。

ひとまず今日の主目的を果たし、肩の荷が下りた心地で店を出る。

エスニート指南役の言葉を思い出し、どこかで甘いものでもと思ったときだった。

通りの向こうで悲鳴が上がった。

クウィルは身構え、目を凝らす。人が次々と流れてくるその向こうに、黒い霧が立ち上っているのが見えた。そこには間違いなく、魔獣がいる。

「まさか、王都内部に？」

次第に黒い霧を放つものの姿がはっきりと見えてくる。

狼の体軀《たいく》に鋭い牙《きば》と爪を持ち、燃えるような赤い眼をして、口からは赤黒い体液をとろとろとこぼしている。体液は地面に落ちるとその場を焦がすように、じゅわりと音をたてて黒い霧を湧かせる。

「黒狼《こくろう》か」

珍しい魔獣ではない。だがなぜ、この王都の城壁の中にいるのか。

腰の剣に手を伸ばし、目は前方を見据えたまま、背後にいるリネッタに声をかける。

「セリエス嬢。黒騎士団の詰所はわかりますね？」

「はい」

気は進まない。だが、聖女が魔獣に襲われない体質なのは確かだ。

「貴女《あなた》が一番安全に、そして冷静に動ける。ですから伝令を頼みます。黒狼が出たと騎士団にお伝えください。ただし、必ずニコラを連れて、ひとりにはならないで」

うなずく気配がして、リネッタがニコラを連れて走りだす。その足音を聞きながらクウィルは剣を抜き、人の波に逆らって駆けだした。

黒狼は赤い眼でクウィルを捉《とら》えるなり、耳障りな叫びを空に向かって放った。

「グギィアァァァ！」

複数体での狩りを基本とする黒狼はこうして仲間を呼ぶ。群れは必ず近くにいて、斥《せっ》候《こう》の叫びを標《しるべ》にして集う。

剣が届く距離まで詰めた途端、予想どおり黒い影が両脇の屋根から飛び降りてきた。踏み込んだ足のつま先から踵《かかと》へと重心を滑らせ後方に跳ぶと、クウィルと入れ替わるように新手の黒狼二体が着地する。

と、すぐそばの路地から、じりと地面をこする音がした。

パッとそちらに視線を向けると、木箱の陰で少年が震えていた。装いからして良家の子息だ。歳はアデーレとそう変わらないように見える。

少年は、クウィルと目が合うなり立ち上がった。

「駄目だ！　動くな！」

少年の頭上から大型の黒狼が降ってくる。クウィルは相対していた三体の黒狼に背を向け、少年に向かって駆け出した。即座に、背後に向けて氷魔術を放つ。

「氷壁」

短い詠唱でクウィルを中心に光が弧を描き、氷が地面から突き上がる。追ってきた黒狼二体が阻まれ、残る一体は氷の槍《やり》が築いた障壁を飛び越えて、クウィルの背中に爪をかけた。

少年を左腕で抱え込み、上空へ向けて剣を振り上げる。剣先は少年を狙っていた大型の黒狼の皮を掠《かす》めて赤黒い体液を木箱に散らし、怯《おび》えた少年が悲鳴を上げた。

「大丈夫だ」

少年を抱えたまま、路地を奥へと走り広い通りに抜ける。計四体に増えた黒狼が、荒い息遣いを響かせながら追ってくる。

大通りに出て少し走ったところで、クウィルは少年を離して背中を押した。

「人のいるところまで走るんだ。絶対に振り向いてはいけない」

少年が涙顔でうなずいて走りだすのを横目で確かめながら踵《きびす》を返し、あらためて四体の黒狼と向き合う。直後、クウィルの耳は背後で動く風の音を摑《つか》んだ。挟み撃ちを避けるために右へ思い切り横跳びすると、新たに二体の黒狼が姿を見せ、そのうち一体の爪がクウィルの左腕を裂いた。防護魔術のかかった騎士服を身に着けていない今、黒狼の爪ひとつでも簡単に深手を負ってしまう。

黒狼の群れは多ければ十体を超える。今、クウィルの前に四体、後ろに二体。この六体で打ち止めであってくれと祈りながら、握った剣に魔力を通し、剣身に氷を纏《まと》わせた。

前方にいる二体の黒狼が同時に飛び掛かってきた瞬間に、こちらも剣を振るう。

「氷刃」

剣を振り抜いた軌道上に氷の刃が生まれ、一体の頭部を分断し、もう一体の腹を裂く。

続いて、クウィルは前方に残る黒狼に向かって走りながら背後へと詠唱を放った。

「氷槍」

空中に出現した氷の槍は背後の黒狼二体を貫き、体液を浴びて水蒸気と黒い霧を噴き上がらせる。その間にも前にいる一体を斬り伏せ、残る大型の黒狼へと勢いをつけて斬りかかる。すると、黒狼はクウィルの剣身に横から噛みついた。

グルグルと喉《のど》を鳴らし、刃に食らいついて離れない黒狼へと、クウィルが手をかざし詠唱のために息を吸った瞬間だった。

戦意を漲《みなぎ》らせていたその黒狼が、突然ぺたりと耳を後ろに倒し刃を離して、クウィルの脇をすり抜けて大通りの先へと走っていく。つられて走り出したクウィルはしかし、すぐに足を止め、自分の目を疑った。

黒狼の走りゆく先に新手の魔獣が立っている。黒狼よりも大きな体軀は、後ろ足で立てばクウィルの背の倍ほどもある。ふたつの頭部は狼に似て、胴を守る硬い皮膚は生半可な魔術ならば物ともしない。長い尾の先端には蛇の頭がついている。

「なぜ……オルトスが王都に」

魔獣の巣窟《そうくつ》、ノクスィラ山脈近郊にすらあまり現れない大型獣だ。想定外の相手に混乱していると、クウィルの元に黒騎士たちが駆け寄ってきた。

「遅れた。悪い」

ザシャが詫《わ》びながらクウィルの隣に並び、顔をしかめる。

「どういうことだ。黒狼どころかオルトスだと？」

「わからない。黒狼はあれが最後の一体だと思うが……しかし」

オルトスの遠吠《とおぼ》えが王都を震わせる。あまりの音の圧に鼓膜どころか頭を揺さぶられながら、クウィルは目を逸《そ》らさずに剣を構えた。

ザシャが第一隊の部下たちをオルトスの周囲へと動かす。しかし、オルトスの持つ蛇の尾は自在に動き、騎士の接近を許さない。そうして外敵を威嚇しながらも、ふたつの頭部にある眼は常にクウィルを捉えている。ここ最近の討伐でずっと感じていたとおりに、魔獣はクウィルに執着するようなそぶりを見せる。

——ベツィラフトの赤目が、そんなに気になるのか。

クウィルは口の片端を歪《いびつ》に吊り上げ、オルトスへ向かって駆けだした。

「クウィル、待て！」

ザシャの制止の声を無視して左手を突き出し、確実に魔術の通る頭部に狙いを定める。

「氷塊！」

氷のつぶてを食らったオルトスは右頭をぐっと引き、尾で地面を叩《たた》いた。左の頭が負傷した片割れをかばうように前に出て唸《うな》りをあげる。

だが、その唸りがぴたりと止《や》んだ。オルトスは左頭部の双眸《そうぼう》でクウィルをひたと見つめ、牙を剥《む》いていた口を閉ざす。

そんなオルトスの様子を見ながら、クウィルは唐突に、似ていると思った。

　魔獣には多くの種があり特徴も様々だが、唯一、赤黒い眼という共通点を持っている。

その魔獣の眼と、クウィルの持つ亡国ベツィラフトの瞳《ひとみ》の色が酷似しているのだ。

　こちらを捉えて動かないオルトスの眼を、じっと見つめ返す。次第にオルトスの中に
自分が溶けていくような奇妙な感覚に襲われて、つぅと汗が背中を伝ったときだった。

睨《にら》み合っていたオルトスが、唐突にふたつの首を下げた。まるで、クウィルに服従を
示すように。

「……は」

　クウィルが呆然《ぼうぜん》とした瞬間、斬撃《ざんげき》が降ってきた。

　風の一刃がオルトスの首を両断し、次いでもう一刃が最後の黒狼を仕留めた。オルト
スの首がずるりと胴から滑り落ちて地面を揺らすと、やや遅れて、地鳴りを起こし砂ぼ
こりを舞い上がらせながら、巨大な胴が倒れる。

　クウィルが見上げると、すぐ近くの屋根の上にギイスが立っていた。

「ご苦労」

　にっかと笑うギイスは、周囲をぐるりと見回して屋根から飛び降りると、軽い足取り
でクウィルの元へやってきた。

「どうした、クウィル。間抜けな面になっとるぞ」

「団長、今……私は」

「何もなかった。無事にオルトスを討伐しただけだ。なぁザシャ」

ギイスが声をかけると、一瞬ぼんやりとしていたザシャが首をぶるっと左右に振った。

「何もないわけあるか！　王都にオルトスなんか聞いたこともないわ！」

ギイスがかっかと笑って首肯する。

「違いねぇな。あんな大型が城壁の警備もすり抜けてくるなんざ近年稀《まれ》にみる珍事だろうよ。リネッタ嬢の一報がなきゃ、誰か確実に死んでたぞ」

今目の前で起きたことをうやむやに流してくれたのだと理解すると、クウィルの中にある混乱が鎮まっていった。代わりに思い出すのは、伝令を頼んだ婚約者の顔だ。

「団長。そのセリエス嬢はどちらに？」

「あぁ、団長室で待たせてある。俺たちもひとまず戻るか」

ギイスとザシャに肩を叩かれると、なぜかその軽い刺激が背中にずんと響いた。

「ザシャ……おかしい。何か、とても背中が痛い気がする」

「うん？　おわぁあ！　クウィル、背中！　爪でバッサリ！」

ザシャの断片的な説明を受けてふと思い返せば、路地裏の少年をかばったときに黒狼に引っ掛けられたような覚えがある。負傷を自覚した途端に痛覚が追いついてきて、クウィルはザシャの背中にどさりと寄りかかって呻《うめ》いた。

「疲れた……」

「おーい。甘えるなら婚約者様にしとけよ。俺だって甘えられるなら断然女の子がいい」

くだらない小言を聞き流しながらザシャの肩を借りてゆっくりと歩き出すと、追ってきた第一隊の面々が屈託のない顔でクウィルに労《ねぎら》いの言葉をかけてくる。どうやら彼らも、今しがた見た、あってはならない光景に蓋《ふた》をすると決めたらしい。ありがたい気遣いを噛《か》み締めていたらザシャにからかわれたので、脛《すね》を蹴《け》っておいた。

重い重いとザシャに悪態をつかれながら詰所に戻り、まず団長室に向かう。

ギイスが団長室の扉を叩くが反応がなく、ザシャと三人で顔を見合わせた。

「セリエス嬢はおられるか。婚約者殿をお連れしたが」

張りのある声をギイスがかけても、扉の向こうは静かだ。クウィルはザシャの肩に回していた腕を解《ほど》き、訝《いぶか》しみながら扉を開けた。

「……セリエス嬢？」

声をかけるが、やはり返答はない。テーブルの上でティーカップが転げて、飲みかけの紅茶が水たまりを作っていた。受け皿が床に落ち、割れた破片が散らばっている。

小さなリボンのついた帽子だけを残し、リネッタとニコラは団長室から消えていた。

＊　＊　＊

ガジガジという音で目が覚めた。

リネッタがまぶたを開くと、目の前には、縄をかじっているニコラがいた。彼女の両手は身体の前側で縛られていて、縄を噛みちぎろうと奮闘しているところらしい。

こういう場合、後ろ手に縛るほうが有効だろうが、誘拐犯は不慣れな人間のようだ。魔獣の襲来を黒騎士団に伝えたあと、団長室で待っていると紅茶が運ばれてきて、ニコラの気を落ち着かせるためにふたりで飲んだ。その直後からの記憶が曖昧《あいまい》だ。あの紅茶に何か盛られていたとすると、犯人は騎士団の詰所に出入りできる誰かということになる。当然、騎士である可能性が高い。

リネッタはどうにも、犯人の顔が浮かんで仕方がなかった。

「ニコラ」

呼び掛けると、縄にかじりつくのに夢中だったニコラの目が大きく開いた。

「リ――」

大声をあげそうになったニコラの口を手で塞《ふさ》いだところで、リネッタ自身は縛られていないのだと気づいた。指一本を唇に当て、静かにと伝える。こくこくとうなずくニコラに微笑を見せてから、ぐるりと周りを見回した。

良い部屋だと、すぐにわかる。壁際のキャビネットも小さなテーブルも樫胡桃《かしくるみ》で、隅には天蓋《てんがい》付きのベッドがある。

重厚感のある扉を調べると鍵《かぎ》がかかっている。ひとつしかない窓の厚いカーテンを引くと、立派な木が手の届くところまで伸びていた。三階ほどの高さだろうか。リネッタひとりなら、昔のお転婆を活《い》かして充分逃げられる。

「ニコラ、木登りは好き？」

問いかけながら、ニコラの手首を縛っている縄に指をかけた。結び目に爪を食い込ませて解こうとすると、あまりの固さに爪が割れる。

「いけません、リネッタ様のお手が」

「いいのよ。すぐに治るのだから」

「でも、痛いじゃありませんか」

「感じないの。だから大丈夫」

「嘘です。クウィル様にお聞きしましたもん」

リネッタはひたと手を止めた。

「クウィル様が、わたしの何を？」

「少し前に、書付を届けてくださったんです。リネッタ様はちゃんと痛いだとかくすぐったいだとかおわかりになるのに、あまりご自分に頓着《とんちゃく》なさらないようだから気をつけてやってくれって」

自分の知らないところでそんな気遣いがあったのかと驚く。クウィル・ラングバートは、強引に押し掛けてきた婚約者のことなど気にかけないだろうと思っていた。

それから、自分が驚いたということに、驚いた。いつもならすぐに散ってしまう驚きがリネッタ自身で自覚できるほど残ったのは、盛られた薬の影響か何かだろうか。

ゆっくりと驚きが消えていくのを感じながら縄解きを再開し、ニコラに笑いかけた。

「痛くともこれを解いて、外に出なくてはいけないでしょう？　クウィル様にもっと心配をおかけしてしまうから」

何度も結び目を引くと、少しずつ緩んでいく。爪の周りから血が滲《にじ》み出たところで、ようやく縄が解けた。ニコラが取り出したハンカチーフをありがたく受け取って、指を押さえながら立ち上がる。

窓には鍵がかかっていなかった。相手が聖女だからという油断だろう。ずいぶんと品のいい女だと思われているに違いない。

窓を開け、枝に手をかけてぐっと引く。しなりの少ない、太く立派な枝だ。

「これなら行けるわ。ニコラ、あなたが先に」

「お任せくださいませ。助けを呼んでまいります！」

気合い充分でニコラが枝に飛び付く。リネッタも続いて同じ道で脱出するとは思っていないのだろう口ぶりだ。

少し危なっかしいが、ニコラは枝を伝って幹までたどり着き、ゆっくりと木を降りていく。そろそろ揺らしても問題ないかとリネッタが枝に手をかけたとき、背後で扉を開ける音がした。

「何をなさいます！　おやめください聖女様！」

声がしたかと思うと、リネッタは後ろから抱き止められ、勢い余って床に倒れた。人を尻《しり》で踏んづけた感触がある。リネッタの下で焦り顔を見せているのは、やはり予想したとおりの人物だった。

「……クラッセン卿《きょう》。これはどういう事態ですか」

「それは私の台詞《せりふ》です。婚約を苦に飛び降りようとなさるなんて」

三つ数える間、驚愕《きょうがく》する。彼が何を言っているのかさっぱりわからない。

「大丈夫です、聖女様。誓約錠を今すぐ断ってくだされればいい。あの男に文句は言わせません。家格はこちらが上なのですから」

侯爵家をちらつかせるこの口ぶりは、旅の間にマリウスから何度も聞いた。その身分を餌にリネッタを誘うような様子もあったし、マリウスが聖女という存在に心酔しているのはわかっていたつもりだった。

「このまま、私と誓約を結びましょう。ここは聖女様のために用意したお部屋なのです」

だが、ここまで突き抜けた酔いっぷりだとは、さすがに思わなかった。

「クラッセン卿。以前にもお伝えしましたが、クウィル様との婚約を望んだのはわたし自身なのです」

「ええ、ええ。わかっています。誰かに尋ねられたらそう答えるようにと、王家に脅されているのでしょう。やはりセリエス伯爵様の心配されたとおりだった」

これは駄目だとリネッタは悟った。この男はどうやら大変転がしやすい性格で、それを伯父《おじ》が存分に手のひらで捏《こ》ね回したあとだ。対話で切り抜けられる状況ではない。

こういう状況で動揺も悲嘆もない自分の心に、今は感謝する。さりげなく立ち上がってじりじりと窓に近づきつつ隙を探しながら、妄想に酔っているマリウスの独白を聞く。

「聖女様の微笑みが私に向けられていることには、とうに気づいていたのです」

それが作り笑いだと、まさかわかっていないとか。

「護衛隊の誰より、まず私に言葉をかけてくださいましたね」

それはこの男が隊長だったからで。

「旅を終えて任を離れるときは、手を握ってくださった」

もれなく全員と握った。

「夢を見るのもほどほどになさいませ」

リネッタは窓のそばにあるテーブルのクロスを掴《つか》んでマリウスに投げつけた。その隙に窓に足をかけ、枝に向かって手を伸ばすが、長い銀髪を後ろから思い切り掴まれる。

「っ！」

「ご無礼をお許しください！」

マリウスの両腕に抱え込まれ、部屋の奥へずるずると引き戻された。

「お放しください！」

「なりません。聖女様は義理堅く、誓約を断つにもあの男の許可が必要だとお思いなのでしょう」

ベッドにどさりと押し倒された途端、リネッタの全身を嫌悪としか思えないものが走り抜けていった。その感覚はすぐに消えるが、ふつふつと肌が粟立《あわだ》っているのが自分でも見て取れる。

マリウスはリネッタの左手を取り、腰の剣に手を伸ばした。

「お手伝いします。今すぐ、錠をお切りください」

「できません」

「では、私の手で貴女《あなた》を解放します。こんな安物に罪悪感を覚える必要などないのです」

マリウスが誓約錠を剣先で引《ひ》っ掻《か》けるから、リネッタは咄嗟《とっさ》に右手で錠をかばった。

剣先に手の甲を軽く掻かれ、ぴりりとした一瞬の痛みに顔をしかめたときだった。

「やめろ！」

窓のほうから鋭い声が飛んできたかと思うと、マリウスがへぶっと情けない声を上げて吹っ飛び、背中からテーブルに突っ込んだ。呆《ほう》けた顔で身を起こした彼の元に、すぐさま追撃が入る。これまた盛大にマリウスは吹っ飛んで、今度は扉脇の壁に激突した。

「何の真似だ、クラッセン卿」

怒りに満ちたクウィルの声を聞き、リネッタは身体を起こす。

黒髪よりも、赤い琥珀《こはく》の瞳《ひとみ》よりも、彼の背中の切り裂き傷が目に飛び込んだ。

「クウィル、様」

殴り飛ばされたマリウスより、よほど重傷なクウィルがいる。黒狼を討伐したその足で来たのだろう。魔獣の血を浴びたのか、赤黒い汚れが各所に染み付き、独特の獣臭さが鼻につく。クウィルが屋敷に直帰したがらない理由はこれかと納得した。

リネッタの呼び掛けが聞こえていない様子のクウィルは、壁際で目を回すマリウスの胸ぐらをつかんで引き上げた。

「答えろ、マリウス・クラッセン。なぜ彼女に剣を向けた」

「……き、さまが。誓約錠で縛ったり、するから」

「錠？」

クウィルの険しい目がこちらを向いたから、リネッタは左手を掲げて見せた。誓約錠はこのとおり無事だと、そんな報告のつもりだった。

しかし、クウィルの顔には安堵《あんど》が広がるどころか、見たこともないほど険しくなった。

「あれを切っていいのはセリエス嬢だけだ」

「きさまを尊重して躊躇《ためら》われたのだ。だから私が切って差し上げる。聖女様を自由にするのはこの私だ！」

「……自由にする？」

クウィルの拳《こぶし》が、きらきらと光を纏《まと》い始める。細かな氷の粒が窓からの陽光を浴びて輝いているのだ。光の正体に気づいたリネッタは叫んだ。

「魔術を使ってはいけません！　クウィル様、聞いて！」

「自由にするなどと大言を吐くのは」

やはり聞こえていない。リネッタは慌ててベッドを飛び降りた。

「彼女を名前で呼んでからにしろ痴《し》れ者《もの》がぁッ！」

しかし制止は間に合わず、クウィルの右拳が見事マリウスの頬にめり込んだ。

マリウスが目を回して床に伸びる。リネッタは急ぎマリウスを仰向《あおむ》けにして、彼の顔面を確かめた。自分の容姿に自信のある人のようだから、傷によっては、クウィルを地の果てまで追いかけるなどと言い出しそうだ。

思ったより頑丈なのか、あるいは咄嗟に風の魔術でかばったのか、美しいと評判の彼の顔に目立った損傷はない。では、マリウスのことはひとまず放置で良いだろうと判断する。先に手当てが必要なのは婚約者のほうだ。

「クウィル様」

呼び掛けると、リネッタの声はようやくクウィルの耳に届いたらしい。クウィルは叱られ待ちの大型犬のような顔で振り向くと、両手でリネッタの傷ついた右手を包んでくる。だが、彼はすぐさま弾《はじ》かれたように手を離した。

「申し訳ない。私の血が……」

リネッタの傷口を覆うように、クウィルの血がぺたりと付いている。ハッとしてクウィルの左手を見ると、そこにはリネッタのものよりずっと深い傷がついていた。

――こんな状態で、駆けつけてくださった。

互いの血が触れあった右手の甲を見つめていたら、クウィルがばっと頭を下げた。

「お詫《わ》びのしようもない。魔獣相手なら貴女は安全だからと、ひとりにしてしまった」

「どうか頭を上げてください。ニコラをつけてくださったではありませんか」

「ニコラは優秀ですが、それはタウンハウスの中だけのことです」

「そんなことおっしゃらずに。この場所を知らせてくれたのはニコラなのですよね？」

リネッタの言葉に、クウィルは悩む顔を見せた。

「知らせて、というより……ここだろうと当たりを付けて来てみたら、ちょうどニコラの声がしまして」

「では、やはりニコラのおかげです。確信がなければ、クウィル様は窓を乗り越えたりなさらなかったでしょう？」

かっくんとうなずくクウィルの姿は、こんなに立派な大人なのにどこか可愛らしい。三つ数える間だけ抱ける可愛らしいという思いと別れがたくて、ふわりと温かくなった胸を押さえた。けれど、胸に宿った思いは溶けることなく、むしろ強くなっていく。

——何か、おかしい。

三つをとっくに数えたのに、胸が騒ぐ。

ひりひりと続く痛みに気づいて目を向ければ、出どころは右手にできた傷だった。ラングバート家に到着してすぐに試した傷に比べればかすり傷程度のものなのに、それが消えることなく残っている。

——どうして、こんなに痛いの。

クウィルがニコラに伝えたことは全くの見当外れだ。痛いだとか、くすぐったいだとか、そんな身体のあらゆる反応を拾うことすら、この心はやめたはずだった。

——だったら。どうしてあんなにも、くすぐったいと思ったの。

御前試合のあと、クウィルの指が肌を薄く掠《かす》めるのが耐えがたくて声をあげた。あのときすでに、変化は起きていたのだ。

戸惑いがほどけず心にこびりつく。指先から始まった震えが全身に広がっていく。この感覚を知っている。リネッタは巡礼の中にこれを捨ててきた。

怖かったという、余韻だ。

止まらない震えを押し隠そうと自分の身体を浅く抱くリネッタの元に、クウィルの手が寄ってきた。彼の指が、乱れたリネッタの髪を肩の後ろへと流す。

「無事で良かった」

彼の右手に頭を撫《な》でられて、その手を頬に添えられる。いたわりに満ちた温かさを与えられて、リネッタの中で何かが爆《は》ぜた。

「あ……」

じわりと涙が滲《にじ》んだ。胸の奥深くから新しい思いが次々と湧き上がり、膨らんでいく。

クウィルが来てくれた。どう見ても重傷な身体で、息を荒らげて、魔獣の体液と血にまみれて、ひどいにおいをさせて。それでも、リネッタを守るために。

「ク……ル、さま……」

においが急に強くなった。

違う。自分がクウィルの胸に飛び込んだのだ。

長い間動かなかったものが一斉に動き出す。恐怖の余韻と、安堵と、彼の手の温《ぬく》もり、と心臓の音の心地よさ。そんなものを、まとめて味わう。

「どこか痛むのですか」

的外れな彼の言葉を可愛いと思う。こぼれたリネッタの吐息は喜びに震えていた。

「……セリエス嬢、あの、私は今、途方もなく汚いので」

戸惑う彼の声が、耳を優しく撫でる。そうだ。この人は一度として、リネッタを聖女と呼ばなかった。そんなことに今さら気づいて、涙が止まらなくなった。

「クウィル様」

彼の顔を見上げるが、涙のせいで歪《ゆが》んでしまってうまく捉《とら》えられない。急いで指先で涙を散らし、今度はしっかりと目を合わせた。

——なんて、綺麗《きれい》なひと。

深い紅《あか》を抱いた琥珀の双眸《そうぼう》。日に焼けた端整な面輪。癖のない、艶《つや》やかな黒髪も。

ベツィラフト由来の珍しい特徴に引け目を感じるあまり、クウィルは自分の容姿がどれほど優れているのかを知らないのだ。彼に送られた釣書は、必ずしも興味本位ばかりでないだろう。二十五歳になるまでクウィルが誰の手も取らずにいたことに、リネッタは心底から感謝した。

クウィルの秀眉《しゅうび》がわずかに寄って、そこから戸惑いが顔全体に広がっていく。リネッタにも、今自分の中で何がどうなっているのか理解できていない。

今この胸の内に、彼と同じ戸惑いを抱けている。

「来てくださって、嬉《うれ》しい」

自然と口角が上がる。笑うとは、こんなに容易《たやす》いことか。

「嬉しいです。クウィル様」

この名の響きを好ましく思う。呼びかけるたびに自分の心が息を吹き返すような気がして、繰り返し、繰り返し、彼の名を口にする。そのたびにリネッタは嬉しくなり、けれど、なぜかクウィルは顔を赤くしていく。

「お熱ですか？　そうだ、背中にひどいお怪我をされて」

「いや、たぶん、外傷とは関係のない……そんなことよりセリエス嬢の、か、顔が……なんだ、これ」

言葉までおぼつかなくなってしまった彼の頰に、リネッタは慌てて両手を添えた。

「大丈夫ですか！」

「だ、大丈夫では、ないかもしれ、ない」

「誰か人を！　あ……でも、人を呼んでいいのでしょうか、クウィル様は窓から侵入なさったわけですし」

「ああ、セリエス嬢。貴女《あなた》、やっぱり……」

天然物なのですね、というよくわからない言葉を残し、クウィルは倒れてしまった。

第四章　幸福で残酷な夢の終わり

背中の皮膚がひきつれる。肩甲骨に動きの悪さを感じる。腕を動かせば痛みはさらに強くなるのだが、身振りの一切を封じて相対するわけにもいかない。なにせ今、応接テーブルを挟んでクウィルの前にいるのはクラッセン侯爵だ。現宰相であり、マリウスの父でもある。

「このたびは、愚息が申し訳ないことをした」

その侯爵が伯爵家の次男に向かって頭を下げるものだから、クウィルはいやいやと両手を振って応じる。息子と違って人格者だと噂には聞いていたが、騒動の翌日に、謝罪のためだけにラングバート家まで来るとは思わなかった。

「本来ならば罪に問われるところを私闘として納めていただき、卿には感謝以上の言葉がない」

「いえ。事実、あれは私闘です」

度を越した今回の騒動はさておき、マリウスは根本のところで馬鹿正直、いや、清廉潔白たろうとする男だった。わざわざギイスの執務机に『聖女様を一時お預かりする』と書き置きを残していたのである。彼にはリネッタに危害を加える気など毛頭なく、ただ誰の目も届かない場所で誓約錠を切るよう説得にあたろうとしただけなのだという。

騒ぎを起こさず団長室から連れ出せるよう一服盛って、ニコラには誓約錠を切る瞬間を見届けさせるつもりでリネッタとともに連れ去ったものの、邪魔だてはされないようにと両手を縛ることにしたらしい。

騎士団内での聞き込みによりマリウスに協力した白騎士数名がすぐに判明し、リネッタが騎士団詰所からほど近いクラッセン家の屋敷に連れ込まれたこともわかった。相手が侯爵家ならば、こちらも団長ギイスの持つ侯爵位で対抗して、穏便にクラッセン家の門を開けさせる。そうして正式に騎士団として乗り込み、聴取の名目でマリウスの身柄を押さえる予定だった。もちろんクウィルもこの手筈《てはず》どおりに動くつもりでいた。

いざたどり着いたクラッセン家の庭から、番犬に追われて逃げ惑うニコラの悲鳴が聞こえてくるまでは。

結果的に、クウィルがひとり窓から侵入し、一方的にマリウスを伸した。あと少し突入が遅れたら、思い込みを暴走させたマリウスがリネッタに何をしていたかわからない。ニコラのお手柄である。

あとからリネッタの証言とマリウスの自白が取れたとはいえ、あの時点で飛び込んだからには私闘だ。騎士としてあるまじき行為ということで、クウィルは謹慎を言い渡された。どうせ怪我が治るまで仕事はできないからちょうどいいとギイスが笑い、ザシャには、手紙を書く手間が省けてよかったなと宿舎を追い出された。

こうしてクウィルは五日間、ラングバート家のタウンハウスで過ごすことになった。

謹慎という体裁のため、一日一枚の紙を『私闘厳禁』の書き取りで埋めるという地味に胆力のいる処罰を土産に持たされているが、事実上の療養だ。

クウィルの隣に座るリネッタは穏やかな笑みで、侯爵の謝罪を受け入れた。そもそもこの一件を私闘としたのは彼女の発案だ。おかげで社交界には仔細《しさい》を伏せられ、かつ侯爵家に恩を売れることになった。機転の利く婚約者にクウィルは感心するばかりだ。

マリウスはクウィルと同じく謹慎処分となり、今は侯爵邸で失意の底にいると聞く。失血と疲労とリネッタの天然爆弾という攻撃を立て続けに受けたクウィルが気絶している間に、意識を取り戻したマリウスは、リネッタから『護衛隊の中でクラッセン卿《きょう》を特別に思ったことは一度もありませんし、たとえ天と地が入れ替わろうとも、卿を特別なかたと思う日は訪れません』と痛烈な一撃を食らった。そしてとどめに社交用の笑みを受けて、再び卒倒したのだという。

「伯父《おじ》が近づかなければマリウス様がここまで思い詰められることはなかったはずです。わたしの事情で侯爵閣下にご迷惑をおかけしました」

「セリエス嬢がお気になさることではない。ただ……」

侯爵は言葉を濁し、少しの間を空けて重たげにまた口を開いた。

「セリエス伯に自重願うには、クウィル殿に何かしらの立場が必要になろう」

それはクウィルも痛感している。黒騎士団第二隊長のクウィル・ラングバートでは、リネッタ・セリエスの婚約者として格が足りないのだ。

「いかがだろう。白騎士団に移り、貴族としての人脈を築かれては」

「そ――」

「それは駄目です」

クウィルより先に、リネッタがきっぱりとした口調で否定した。

「クウィル様がご自身を曲げる必要はありません」

「しかしだな、セリエス嬢。また同じようなことがあれば」

「伯父のことは考えます。わたしが何とかします」

リネッタが頑《かたく》なに言い張ると、侯爵は自身のあごを撫《な》でながら軽くうなずいた。

「そうまでお考えならば、いっそセリエス伯との養子の縁を解かれてはいかがだろう。私が口添えすれば議会は通せる」

マリウスの件での恩ということだろう。侯爵のありがたい提案だが、リネッタは軽く眉根《まゆね》を寄せた。

やはりと、クウィルはその顔を見て内心で戸惑いを抱く。今日は彼女のあらゆるところから、強い感情を見て取れる。戸惑いが喉《のど》の渇きを呼んで、クウィルは胸の内を落ち着けるために紅茶に口を付けた。

隣でリネッタが意を決したように顔を上げる。

「縁組を解けばおそらく、伯父は奥方様と離縁してわたしとの婚姻に動きます」

クウィルは盛大に噴いた。正面の侯爵に紅茶を噴射しなかったのが奇跡だ。

慌ててハンカチーフを取り出し、「失礼」と口を押さえた。侯爵は侯爵で、手にしたカップを震わせながらテーブルに戻す。宰相という職につく者の自制心を見せつけられ、クウィルは恥ずかしさに汗をかきながらテーブルを拭《ふ》いた。

侯爵は冷静な声音で、リネッタに尋ねる。

「セリエス伯には、以前からそのようなそぶりが？」

「情欲ではありません。聖女の名声を利用したいだけです。そこまでして、伯父は中央に戻りたいのです」

リネッタが頑なにセリエス伯爵を父と呼ばない理由がわかった気がする。

「なるほど。ならば正式に婚姻を結ばれる直前に、伯爵と縁を切られるのが良いだろう。ただ、そうなるとやはり、クウィル殿に強固な肩書が欲しいところだが」

侯爵はクウィルとリネッタを順に見て、厳格そうに見える顔をいくらか和らげた。

「これ以上は老婆心というものだろうな。何かあれば力になろう。今はまず、身体を労《いたわ》られるといい」

手を差し出され、クウィルはその手を握り返した。マリウスのおかげというのが癪《しゃく》だが、思わぬ縁ができたものだ。

＊　＊　＊

クウィルがここまで傷を負ったのは久しぶりだった。不測の事態で騎士服も纏《まと》っていなかったとはいえ、市街戦の経験が浅いことを痛感する。

聖剣の加護がありながら王都に六体の黒狼と、さらにオルトスまでもが侵入した。加護の切れ間の十八年間でさえ、王都の城壁を破られたことはなかったのに。

だが各地に配置された分隊からは、事前に目立った報告もなかった。オルトスほどの大型魔獣が王都近郊に迫っていて、見落とされるとは思えない。つまり、あれらの魔獣はわざわざ人目を避けて王都内部を目指したということになる。

これが何かの先触れでなければいいのだが。

タウンハウスの裏庭で、草の上に広げた敷物に座りながら考えるには重い話だ。謹慎という名の休暇中ぐらいは気を休めるべきかと、クウィルは目の前の穏やかな光景に意識を向けた。

吸い込まれるような青空が広がり、小鳥のさえずりが耳をくすぐる。穏やかな陽気の中でアデーレと花冠を作っているリネッタが、クウィルの視線に気づいて微笑んだ。

その笑みは、これまで見てきた社交用のものと全く違う。

彼女の表情に変化が起きたのは、侯爵邸でクウィルがマリウスを気絶させたあとだ。

あのとき、恐怖という感情を持てないはずのリネッタが確かに震えていた。クウィルは彼女が震えている理由を知りたくて、それ以上に、震えを止めてやりたくて、けれどどうしていいかわからずただリネッタに触れた。

そこからクウィルの前で起きた全てが、嵐のようだった。リネッタ自身、自分を持て余して止められないように見えた。

「満開の春の花だった……」

独り言がほろりと飛び出す。直後、詩人じゃあるまいしと気恥ずかしくなり、誰が聞いているわけでもないのに咳払《せきばら》いでごまかした。

「兄さま、どうぞ」

クウィルの頭に花冠が載せられる。今は庭のマーガレットが最盛期を迎えている。白い花びらが繊細で黄色い花芯《かしん》が目を引く。あまり花に詳しくないクウィルだが、アデーレのお気に入りであるこの花だけはなんとか見分けがつく。

タウンハウスで寝泊まりしてわかったことだが、アデーレは完全にリネッタに懐いていて、姉ができて嬉《うれ》しいのだと何かにつけてクウィルに言う。じわじわと足元を固めていくような攻め方をされているが、まだリネッタはアデーレの姉ではないし、姉になることなく去っていく可能性だって残っている。なにせ、クウィルは宝飾品も満足に選べない、手紙三行の婚約者なのだ。

アデーレの頭にも花冠が載っている。リネッタが作ったその花冠には、マーガレットの他に青と薄桃色の小花が編み込まれている。凝った仕上がりにご機嫌のアデーレは花冠をつけたまま、クウィルの前でくるりとひと回りした。

「ね。リネッタさまはとってもお上手でしょう?」

「アデーレ様の作品も素敵ですよ。クウィル様の髪にとても映えます」

クウィルに花冠という巨大な不似合いにこそ目を向けて欲しいのだが。

照れくささに鼻頭を掻《か》き、花冠を自分の頭から外してリネッタの頭にそっと載せた。

そんなクウィルにリネッタがまた微笑みを向けてくる。

やはり、社交用に鍛えた作り笑いとはまるで違うものが、彼女の顔に浮かんでいる。

「セリエス嬢。その……」

どういうことかと、尋ねてよいものか。それでは、クウィルがリネッタの感情を歓迎していないと受け取られるかもしれない。

問うべきか問わざるべきか迷って、結局クウィルはその問いを胸にしまった。代わりに尋ねるのは、彼女の手帳の中身についてだ。

「それで、今日はこれから何を攻略されるんですか」

「ピクニックです」

ほら、とリネッタが指さした先を見ると、バスケットを持ったニコラが屋敷から出てくるところだった。

「亡くなられたご両親とは、こんな風に過ごされていたんですか」

「どうでしょう。当時の記憶は曖昧《あいまい》で。ですが、セリエス家に縁組してからは令嬢としての教育ばかりの日々でしたから、そんな遊びがしたかったのは確かです」

リネッタの両親は、彼女が五歳の頃に亡くなっている。木から落っこちるようなお転婆な子どもだったなどと想像のつかない今の彼女の姿は、おそらくすべて、あのセリエス伯爵の元で鍛えられたものだ。自由のない少女時代を過ごしてきたのだろうと思う。彼女の叶《かな》えたい望みのいくつかは、まるで子どもが親にねだるような可愛らしいものだ。

ニコラが息を切らしながらやってきて、バスケットを敷物の上に置いた。続いて敷物の中央に小さめのクロスを広げて、そこに軽食や焼き菓子を並べていく。庭にはもちろんテーブルセットがあるのだが、ピクニックらしさを追求すると、そういったものは邪魔になるようだ。

クウィルの隣に座ったリネッタがまぶし気に目を細めるので、傍らにあった日傘を広げて差し掛けてやった。

「それではクウィル様が食べられません」

「私はあとからでかまいませんし、これでも片手は空きますから」

すると、リネッタは丸いクッキーをつまんで、クウィルの顔に近づけた。

「おひとつどうぞ」

クウィルが空いた左手で受け取ろうとすると、リネッタは首を左右に振った。彼女の言わんとすることを理解したクウィルは、目を伏せながら口を開き、クッキーを歯で挟んでリネッタの手からもらい受けた。満足げなリネッタは、指に残ったかけらを自分の口に放り込む。そのリネッタの右手の甲には、マリウスがつけた傷痕《きずあと》がうっすらと残ったままだ。

ラングバート家に迎え入れた日、彼女自身がナイフでつけた深い傷は簡単に癒えたのに、こんな浅い傷がまだ消えない。感情に変化が起きただけでなく、聖剣の恩恵が薄れている可能性がある。

「セリエス嬢。今後は、魔獣にお気を付けください」

リネッタが魔獣に襲われることがなかったのもまた、聖剣から受けた恩恵のひとつだ。傷の癒えかたが変わったなら、そういった彼女の体質も変わっているかもしれない。

そんなクウィルの心配に、リネッタはどうしてか困ったように眉《まゆ》を下げた。

「お気遣いくださってありがとう存じます。けれど、魔獣がわたしを襲うことはない。それはきっと変わっていません」

そう言って、北東――ノクスィラ山脈のほうへ顔を向け、リネッタはまぶたを下ろす。

「こうすると、聞こえるのです。魔獣たちの声が」

「魔獣の声、ですか？」

クウィルもリネッタを真似て耳を澄ませてみるが、拾える声はクッキーにはしゃぐアデーレとニコラのものだけだ。怪訝《けげん》に思ってリネッタを見ると、彼女はゆっくりとまぶたを開いた。

「星に選ばれた夜は、聖女の誕生を祝うような歓喜の声がひと晩中響いていました。けれど、どうもこの声はわたしにしか聞こえないようです。聖剣の声もそうです」

「聖剣が喋《しゃべ》るのですか⁉」

「はい、それはもうお喋りで困ります」

クウィルの驚きようが面白かったらしく、くすりと笑いながら答える。けれどその自然な笑みをすぐに消して、今度は目を伏せる。これもクウィルが初めて見る表情だ。彼女の口角はうっすらと上がっているのに、その顔は憂いと呼ぶのがふさわしく思える。

「また、聖堂に行かなければなりません。王都にあんな大きな魔獣が出てしまった」

「貴女《あなた》のせいではないでしょう」

リネッタは口元にだけわずかな笑みを残したまま、首を振ってクウィルの言葉を否定する。まるで、自分が責務を果たしていないせいだとでも言うかのようだ。

以前、聖堂への訪問は徐々に空いていくと話していたが、まだ広がる気配がない。四日に一度、彼女は今も聖剣の元へ通い続けている。

クウィルが言葉をかけられずにいると、リネッタの膝《ひざ》にアデーレが両手をちょこんと載せた。

「リネッタさま。またお祈りに行くのですか？」

心配そうに尋ねるアデーレの言葉に、リネッタの肩がぴくりと跳ねた気がした。

「そう、です。アイクラントが平穏であるよう、聖剣に祈りを捧《ささ》げるのがわたしの務めですから」

「なんだか……リネッタさまばっかりに押し付けているみたい」

口を尖《とが》らせたアデーレの頭を、リネッタの手が優しく撫《な》でる。するとアデーレは嬉しそうにリネッタの膝に頭を預けた。

リネッタがころころと表情を変えてみせる今ならわかる。聖女の務めを語る彼女は、笑顔の奥にずっと何かを秘めている。クウィルにはその秘匿を聞く権利がないから、彼女の心を知ることができない。

けれど婚約者として、隣に立つぐらいはできるはずだ。

「次に行かれるときは、聖堂までお送りします。行きは歩いて、帰りは馬車にしましょうか。セリエス嬢がお勤めの間、私は騎士団にでも顔を出そうと思いますし」

リネッタが左手を上げる。彼女の手首に揺れる誓約錠の安い革紐《かわひも》が、今のクウィルにはあまりに頼りなく思えた。

＊＊＊

リネッタが聖堂へ行くことになったのは、クウィルの謹慎が解ける前日だった。

クウィルが聖女としてのリネッタの装いを見るのはこれが初めてだ。胸の下あたりで絞られてそこからすとんと自然に落ちる真白なドレスには、裾《すそ》の刺繍《ししゅう》のほかには飾りがなく、寝衣のようでぎょっとする。

「その格好で行かれるのですか⁉」

「聖堂へ向かうときはこうでなければ、聖剣の機嫌を損ねるのです」

まるで気難しい子どものような言われようである。

剣の機嫌とはと思いながら、クウィルはリネッタに腕を差し出した。仲睦《なかむつ》まじい婚約者らしく見せるための演出が、この謹慎期間でようやく身に馴染《なじ》み始めたところだ。

王都中心街に近づくにつれ、刺さる視線が増える。いつもならば軽く受け流してしまえるのだが、今日に限っては、その視線に非難が混じっているように思える。

帰りは馬車にして正解だったかと思いつつ、クウィルは少し足を速めた。リネッタがついてこられる程度の速さに調整をしながら聖堂へと急ぐ。リネッタは押し黙って、クウィルの腕に乗せた指先に力を込めた。

聖堂につくと門番に鋭い目で睨《にら》まれる。門番はリネッタを中へと急《せ》かせて、すぐに門を閉ざした。

――なんだ、いったい。

王都では、この婚約は好意的に受け止められているはずだった。しかし、今日感じるのは間違いなく悪意だ。先日の魔獣騒ぎが良くない方向に作用したのかもしれない。

聖堂に背を向け、騎士団の詰所に向かって歩き出す。すると、クウィルの袖《そで》を背後にいた誰かが摑《つか》んで、遠慮がちにくいくいと引っ張ってきた。

見れば、黒狼騒ぎの中で助けたあの少年だった。

「良かった。無事だったんだな」

少年はこくりとうなずくと、クウィルの袖を摑んだまま誘導するように歩き出す。アデーレと同じ年頃だろう小さな背中に、何か焦りのようなものが見えた。

路地裏に入ると、少年は周りに人がいないことを確かめて、ポケットからしわの寄った紙の束を取り出した。

「昨日から、こんなのが町中にたくさんあって」

まだ声変わり前の高い声が、かすかに震えている。

二十枚近い紙束を広げると、どれも荒れた筆跡で同じ文言が書かれていた。

『聖女はベツィラフトの血に汚された』

少年は気遣わしげにクウィルを見上げてくる。

「剝《は》がして回ってくれたのか」

「少ししか、集められなかった」

クウィルはついアデーレに接するときのように、少年の頭をくしゃっと搔《か》き回した。

「ありがとう。でも、これからは気にしなくていい。剝がして回って、きみが誰かに責められたりするのは避けたい」

少年が大きくうなずくのを確かめて、助けたときと同じように背中を軽く押してやる。

そしてクウィルは紙束を手に、駆け足で騎士団の詰所に向かった。

詰所にたどり着くと、第二隊の部下たちにぎょっとした顔で迎えられた。

「隊長！　今出歩くのはまずいですよ。お屋敷にいらしたほうが」

「ということは、すでに貼り紙の件は皆も知るところか」

「はい。王都中がどうもざわわしています」

そんな報告を聞きながら、団長室へ向かう。

室内ではザシャとギイスが難しい顔を突き合わせていたが、クウィルが入るなり、ふたりともさっと表情を陽気なものに変えた。

「なんだぁ？　謹慎中の部下の幻が見えるが」

「オレにも見えますよ。疲れてるんですかねぇ」

ふたりの雑なとぼけ方に笑う余裕もなく、クウィルは紙束をテーブルに置いた。

「こちらに被害はありませんか？」

クウィルが何者であるか、王都では誰もが知っている。こんな中傷を貼って回られるような状況ならば、騎士団に石ぐらい投げ込まれていてもおかしくない。

ギイスは紙束にちらりと目をやってから、クウィルの問いにさらりと答えた。

「被害と言えば被害だ。第二隊長が謹慎中で人手が足りん」

「それはつまり、魔獣の出没件数が増えているということですか」

「そうだ。原因はわからんが急に数が増えた。それも王都周辺ばかりだ」

クウィルは紙束に視線を落とした。

少年にこれを見せられたとき、クウィルの中には憤りのひとつも湧かなかった。それどころか、あり得るとさえ思った。

巡礼が終わって落ち着くはずの魔獣の出没が、クウィルがリネッタと顔合わせを済ませて以降、じりじりと増加していった。その後、王都内部にオルトスが現れ、魔獣は急増し、リネッタは聖剣の加護を行使するために喪失したはずの感情を取り戻しつつあるように見える。クウィルの持つベツィラフトの血が、聖女の力に悪影響をもたらしているのではないかと考えずにはいられない。

そこで唐突に、ギイスがクウィルの背を思い切り強く叩《たた》いた。まだ完全には治りきっていない傷をまともに叩かれ、クウィルはふんぐと呻《うめ》きながらその場に片膝《かたひざ》をつく。

「何をするんですか！」

「辛気臭い面をしとるからだ」

がっはと笑うギイスは、クウィルが置いた紙束を破り捨てた。そのまま床にまき散らしたものだから、ザシャとクウィルが大量の紙片を拾う羽目になる。

「あまりに手際が良い。おおかた、どこぞの旧派か……セリエス伯あたりの差し金だろうと思うがな。リネッタ嬢は聖堂か？」

「はい。一刻おいて迎えに行くことになっています」

ギイスは大きめの紙片をひとつ拾い上げ、裏側に何か書きつけてザシャに渡す。

「レオナルト殿下にご足労願え。今日は夜会の警護のことで白騎士団のほうにおられるはずだ。最悪の場合、リネッタ嬢はそのまま聖堂に引き留められる可能性がある」

先ほどの門番の鋭い視線を思い出すと、ギイスの言うことが大げさとはクウィルにも思えなかった。

ザシャが紙片を受け取って部屋を出たあと、ギイスはクウィルの肩に手を置いた。

「クウィル。おまえは、この婚約をどうしたい？」

予想だにしない言葉に、クウィルは瞬《まばた》きを繰り返す。

――この婚約を、どうしたいか？

「縁談避《よ》け程度の気だったことは知っている。破談になって醜聞をかぶってもかまわないぐらいの腹積もりでいたんだろう。今もそのつもりなら、良い機会だと思ってな」

ぐうの音も出ない。今になって人から聞かされれば、自分はなんといい加減な心構えで婚約を承諾したのだろうと思う。

上手《うま》くいこうが駄目になろうが、縁談から、夜会から、煩わしい貴族社会から逃げられる。王太子の甘い誘いに乗ってうなずいた。それからの自分を思い返すと頭が痛い。

安物の誓約錠を買い、初日に出迎えもせず、タウンハウスに戻ることもなければ、リネッタへの手紙にはわずか三行をしたためた程度だ。

「……私は、かなり、ひどい婚約者だったんです」

「自覚があるようで何よりだ」

御前試合の日、ベツィラフトの血筋であることを呪うばかりの自分と、聖女という運命を自身の武器にすることを選んだリネッタとの差に圧倒された。あのとき、彼女の強さを知った。その強い人が、手帳に書き残してきた弱音も見た。

そして、花開く瞬間を、クウィルは見た。彼女の涙を見たとき、これからやっと、自分たちはもう一度出会いから始められるのではないかという気がした。

それを、こんな紙一枚に邪魔されるのか。

クラッセン侯爵の前で、クウィルは思ったのだ。自分にはまだ、リネッタ・セリエスの婚約者にふさわしいと周囲を納得させられるだけの力がないのだと。

「ここで、終わりにはできません。私たちはまだ、何も始まっていない」

肩に置かれたギイスの手が、労《ねぎら》うように二度跳ねた。

「堅牢《けんろう》な氷壁も春に溶けるか」

そこへ、扉を叩きながらザシャが入ってくる。そのザシャの後ろには王太子レオナルトがいて、クウィルを見るなり面白がるような笑みを浮かべた。

「さぁ、聖女の婚約者。そろそろ乗り気になってきたか？」

まるでここまでのすべてを見透かしていたかのような言葉が業腹だが、クウィルはうなずきで答えた。


詰所を出て聖堂に向かい、クウィルはひとり、門前広場でリネッタを待っていた。

王太子夫妻が聖堂に入ってずいぶん経つ。やはりギイスの予想したとおり、聖堂側はリネッタをこのまま引き留めようとしているのだろう。おそらく今、聖堂内ではレオナルトとその妻ユリアーナが、リネッタをラングバート家に帰らせるよう交渉にあたってくれているはずだ。

門番の視線は朝よりさらに鋭く、門前には例の紙がわざわざ貼り付けてある。広場にやってきた人々が、何かをささやいては足早に去っていく。

針でつつくような悪意には慣れている。クウィルは堂々と門前に立ち、白一色の聖堂を見上げて待ち続けた。

やがて、金属のこすれ合う音がして門が開く。まずレオナルトが、そして、ユリアーナに支えられたリネッタが現れる。

リネッタのひどく憔悴《しょうすい》した様子に驚いて、クウィルは駆け寄った。

「セリエス嬢」

呼びかけると、リネッタは右手を小さく上げ、すがるようにクウィルの手を取った。

「これは、いったい……？」

レオナルトに尋ねるが、険しい表情だけを返される。聖堂の中でおこなわれることはすべて秘匿されていて、クウィルが婚約者であっても聞かせてはもらえない。

ユリアーナがリネッタの背を撫《な》でながら、かすかに震える声をかけてきた。

「早く屋敷に連れて帰ってあげて。今日までは非番なのでしょう？　そばにいてあげてね、お願いよ」

その口調にただならぬものを感じながら、クウィルはリネッタとともに馬車に乗り込んだ。走り出してすぐ、リネッタの指がクウィルの小指に絡まってくる。

まぶたをひたと閉じたままの彼女の肩を引き寄せ、こちらにもたれかからせる。クウィルの手の中で、リネッタの左手はずっと震えていた。

ラングバート家の門前に馬車をつけ、降りた途端にリネッタの身体がふらついた。足元がおぼつかないような姿を見て、クウィルはリネッタの身体を抱え上げる。

「歩き、ます。歩きたいんです」

「明日からまた、たくさん歩けばいいでしょう」

「でも」

「少しは格好つけさせてください」

抱えたリネッタの身体は熱く、ひどく汗をかいている。

エントランスに入るなり、大声でニコラを呼んだ。クウィルの声に気づいた母とアデーレが顔を出すが、何も言わず階段を上がる。

ニコラはちょうどリネッタの部屋を整えていたらしく、慌てた様子で廊下に飛び出してきた。いつものように声を張り上げようとしたニコラだが、クウィルの腕に抱えられたリネッタを見て息を呑んだあと、すぐに平静を取り繕って尋ねてくる。

「ご指示を」

「着替えを手伝って差し上げて欲しい。終わったら呼んでくれ」

「かしこまりました」

クウィルはリネッタの部屋に入り、彼女をベッドに座らせてすぐに部屋を辞した。

階段を下りていくと、母とアデーレがエントランスに立っていた。アデーレは怯《おび》えるように母にしがみついている。クウィルが階段を下りきると屋敷正面のドアが開き、義《あ》姉《ね》のヒルデが、布でも絞るように紙をぎりぎりとねじりながら入ってきた。ヒルデはクウィルの顔を見るなり、しわくちゃになった紙を背後に隠して涼しい顔をする。

「義姉上……すでに実物を見ております」

「あら、何のことかしら。これは今度のお茶会のお知らせよ。ね、お義母様《かあさま》」

「ええ。クウィルが気にするようなものではないわ」

母も義姉も、強引にとぼけてみせる。だが、ぐっと唇を噛《か》んで耐えていたアデーレが、両目からぶわりと涙を湧き出させた。

「……アディ」

クウィルがその場にしゃがんで目線の高さを合わせると、アデーレは首に抱き着いてきた。

「クー兄さまが……何をしたっていうの」

泣きじゃくるアデーレに代わって、ヒルデが話してくれる。

「庭に投げ込まれていたのを、最初にアディが見つけてしまったの」

「そうでしたか」

ラングバートの家にも迷惑をかけた。アデーレの背中を撫でながら母とヒルデに視線で詫《わ》びると、どちらからも柔らかな微笑を返される。

　そこへ、またもドアが開いて、今度は父が帰ってきた。

「あぁ、クウィル。戻っていたのか」

「父上、今日の議会は……」

「うん。少し、面倒なことになった。書斎で話そうか」

　穏やかな顔を崩さずに誘ってくる父に嫌な予感を覚えながら、クウィルはアデーレを母に預け、階段を上がって書斎へと向かった。

＊＊＊

「巡礼のやり直し、ですか」

　父の書斎に通されたクウィルは、ソファに腰を下ろしながら問い返した。父はクウィルの向かいに座りながらうなずく。

「聖堂が決定した。議会もおおむね賛同している。ひとつの神殿に一ヶ月かける予定だ」

　完全な巡礼をもう一度行うには莫大《ばくだい》な金がかかる。そこで、期間を通例の二年からぐっと短縮した略式巡礼にするのだという。

　もし本当に聖剣の加護が弱まっているのなら、巡礼のやり直しは当然必要なことなのだろう。その原因が自分にあるのかもしれないと思うと、強く反発はできない。だが一方で、クウィルの頭を何度もよぎるのは、リネッタが取り戻した涙と笑顔だ。もう一度巡礼に出れば、きっとまたリネッタの感情は聖剣に奪われてしまう。

「……聖堂から、この事態について説明はいただけないのですか」

「彼らが聖剣と聖女の秘匿を破ることはない」

父はそこで、ふっと息を吐いた。

「聖堂近くでレオナルト殿下とお会いしたのだが、クウィルにはこの婚約を続ける気があるそうだね？」

「そのように、殿下にはお答えしました」

クウィルの答えを確かめた父は、腕を組み天井を見上げた。そうしてしばらく悩むそぶりを見せたあと、パンッと自身の両頬を叩《たた》いた。

「どうしました⁉」

「……だったら、私からクウィルに、伝えなければならないことがたくさんある」

頬を軽く色づけた父は、苦い酒でも飲んだかのような顔でクウィルと目を合わせた。

「そうだな。まずは、クウィルのご両親の話からにしよう。ご生母のオルガ様のことはいくらかでも覚えているかい？」

「ベツィラフトの血筋であることと、あとは、ラングバート家で使用人として雇っていただいたこと……ああ、母の赤い目はなんとなく覚えています」

その母が兄のラルスと王太子レオナルトの命の恩人であり、その縁でクウィルがラングバート家に引き取られた。そういったことは知っているが、母の顔や声といったものは記憶にない。母が亡くなったとき、クウィルは五歳だった。ちょうど、リネッタが両親を亡くしたのと同じ歳だ。

「うん。では、クウィルのご父君のことは？」

「生死不明、行方知れずのアイクラント人と聞いています」

「実は、そこが違うんだ。クウィルのご父君もまたベツィラフトの血筋を持つかたで、クウィルが三歳の頃に亡くなってしまわれたそうだ」

「……は？」

ぽかんと口を開けた。額で卵でも割られたような心地だ。

「つまりね、クウィルのご両親はどちらもベツィラフトのかただった。我が家に養子に迎えるとき、周囲の反発を抑えるために私がご父君の生まれを偽ったんだよ。すでに亡くなられているなら確かめようもないからね」

何の話が始まったのかと思わずソファから腰を浮かせ、父の渋い顔を凝視する。

「ですが……私のこの目は琥珀《こはく》石の色だったでしょう」

十二歳までのクウィルは確かに、暗赤色ではなく黄色寄りの橙色《だいだいいろ》の瞳《ひとみ》を持っていた。ベツィラフトらしからぬその瞳は、クウィルにアイクラント人の血が流れていることの証《あかし》だったはずだ。

「ご両親が生まれたばかりのクウィルの呪術《じゅじゅつ》を封じた際に、赤から琥珀に変わったのだそうだ。魔獣の血を浴びない限りその封じは解けないのだとオルガ様に話していた。けれど、十二歳の誕生日のあと、あんなことになっただろう」

父はテーブルに両肘《りょうひじ》をつき、両手に顔を押し付けて長々とため息をついた。十二歳の誕生日のあとといえば、クウィルが癇癪《かんしゃく》を起こして魔獣の巣窟《そうくつ》ノクスィラ山脈を目指した、あの大冒険のことである。

「あれは、私に堪《こら》え性がなかったために起きたことです。父上が気に病まれることではないでしょう」

「いいや。あんな酷《ひど》い言葉をクウィルに聞かせてしまった私の責だ」

クウィルを罵倒《ばとう》したのは父ではなく、ラングバート家の遠縁の男だというのに。あの日のことを父がこんなに悔やんでいるなど思いもしなかった。

父は顔を伏せたまま、くぐもった声で続ける。

「呪術がどういったものかは知っているね？」

クウィルはぎこちなくうなずいた。黒騎士の見習い期間中に、ギイスから教わっている。呪術は魂に干渉する古代魔術のひとつで、クウィルたち騎士が使う近代魔術とは根本から異なるものだ。

魂とは命あるものの内に必ず宿り、その精神を司《つかさど》るものだとされている。呪術は魂に作用し、他者の精神を掌握する。相手が魔獣であれ、人であれ、呪術は相手の精神を病ませることも、癒やすことも、そして、操ることもできる。亡国ベツィラフトが魔獣を使役したというのは、呪術の使い方の一側面でしかない。

「オルガ様は呪術のなかでも希少な、解呪──かけられた呪術を解くことに長《た》けていた。その解呪で、ラルスと王太子殿下を救ってくださった」

単純に救ったとしか聞かされていなかったクウィルは目を瞠《みは》る。

当時六歳のレオナルトとラルスは聖剣に憧《あこが》れて、一度でいいからこの手に握ってやろうと思ったらしい。年に一度の公開礼拝日にだけ、聖剣は聖女の手で礼拝堂に移される。悪童を極めていたふたりはこの日を狙い、近しい年ごろの子どもらを集めて、礼拝堂の中でけんか騒ぎを起こさせた。その騒ぎの隙に乗じて聖剣に触れたのだという。

「ふたりは聖剣に魂を捕らわれてしまった。オルガ様はご自分の命を大きく削りながら、解呪を使ってふたりを連れ戻してくださった」

「待ってください、父上。解呪が効いたということは……聖剣が、ベツィラフトの呪術に関わるものだということに……」

父が重くうなずくのを見て、クウィルの動揺はひどくなる。

なぜ、アイクラント王国を護《まも》る聖剣にベツィラフトの呪術が関わっているのか。明かされた自分の出自は、本当のことなのか。いったい自分は今、何を聞かされようとしているのかと。

「セリエス嬢と私の、これからについてのお話ではなかったのですか」

「そう、ふたりのこれからを考えるために、どうしても避けられない話をしている。クウィルはね、どうやら、オルガ様の持っていた解呪の力を受け継いだようなんだ」

——本当に、何の話なのだろうか。

クウィルが混乱の渦に呑《の》まれそうになって頭を振ると、父はようやく顔をあげた。苦みを味わったあとに哀を流し込まれたような、なんとも複雑な表情だ。

「リネッタ嬢の感情を封じていた呪術を、クウィルが解いただろう」

今度は足元が大きく傾《かし》ぐ心地がした。封じるという言葉の意味がうまく呑み込めない。

「聖女の感情は、聖剣の……糧となるのでは」

「いいや、違う。聖女の感情は、務めを滞りなく果たせるように封じられる。北の神殿にはそのための大規模な呪術が掛けられているのだそうだ」

急に自分の両肩に大きなものが下りてきた気配がして、いっそう胸が騒ぎ出す。

「なぜそんなことをご存じなのですか。聖剣と聖女に関わるあらゆることは秘匿されているのでしょう」

「クウィルがもしも呪術を得てしまったときは伝えて欲しいと、オルガ様から聞かされた。人ひとりの心を消してしまえるほど、その力は危険なものだと。北の神殿は呪術の持つ危うさの象徴なのだとおっしゃっていた」

そこで父は立ち上がり、窓辺の書き物机へと向かいながら続ける。

「解呪は、オルガ様が隠し、クウィルに受け継がれることを恐れた力だ。そして……陛下が欲してやまない力でもある。あのかたは古代魔術に関心を寄せるあまり、その強大な力に魅せられてしまった」

現王が魔獣問題の恒久的な解決を目指し、古代魔術の研究に関心を寄せているのは、クウィルも聞き及んでいることだ。しかし、魅せられてしまったという父の言い回しが含むのは、間違いなく穏やかなものではない。

父は引き出しを開けて中から何か取り出すと、ずいぶん厳しい顔つきでこちらへ戻ってきた。日ごろから穏和な父の、こんな顔は初めて見る。

「巡礼の始まりには、陛下とリネッタ嬢が必ず顔をあわせる。戻った感情を陛下に気取らせないのは至難だろう。なぜリネッタ嬢の感情が戻ったのかと考えればおのずと、陛下はクウィルが解呪の力を得た可能性に行きついてしまう。そうなってからでは遅い」

父はソファに座りなおすと一度息を整えた。そして、手にした物をテーブルに置く。

それは、持ち手に王家の紋章があしらわれた、古い鍵《かぎ》だった。

「王立図書館の最奥、禁書庫の鍵だ。聖剣と聖女。ベツィラフトとアイクラント、そしてリングデル。全てが絡み合った本当の歴史がそこにある」

「本当の、歴史？」

「そこでなら、呪術のこともわかるだろうと思う。私がオルガ様にお聞きしたことだけでは到底足りない。解呪の力を手にしてしまったのなら、クウィルのためにもリネッタ嬢のためにも、得られる知識はすべて得ておきなさい。殿下も賛同してくださった」

クウィルは訝《いぶか》しく思いながらも、その鍵に手を伸ばした。手の中におさめた鍵はひやりと冷たく、見た目よりずっと重い。

「ただ、殿下はひとつだけ……この鍵をクウィルが使うにあたって、条件を付けられた」

父の声に重みが増した気がして、クウィルは鍵をテーブルに戻して顔をあげる。父は何度もためらうようにしてから、やがてはっきりとした口調で告げた。

「クウィルが殿下の近衛隊《このえ》に入ること。それが殿下からのご要望だ」

殴られたような衝撃で、ひとときを詰めた。聞き間違いであって欲しいと父の顔を凝視する。

「私に騎士を……やめろというのですか？」

クウィルが騎士団に対し抱く情を、父は誰よりわかってくれていると思っていた。ラングバートの家に滅多に顔を出さないことも、不満はもらせど本気で否定されたことは一度もなかった。

裏切られたような心地で父から顔を背けると、父はソファから腰を浮かし、まるで幼子を慰めるようにクウィルの頭をぐしゃりと掻《か》き回してきた。

「な！　なんです、急に！」

「すまない……守ってやれずに」

それから父は、テーブルに額をつけるほど深く頭を下げる。

「オルガ様に大恩がありながらクウィルを呪術から遠ざけることができず、それどころか大切な場所を奪おうとしている。それでも、私はおまえを陛下の手に渡したくない」

クウィルはテーブル越しに父の肩に触れて、やや強引に頭を上げさせた。

「……なぜ、そこまで」

「理由はわからないが、陛下は聖剣にかけられた呪術を解こうとしている。ラルスたちの一件で解呪の力に気づいた陛下は、オルガ様に聖剣への解呪を試すよう強要した。それが命を削る行為だということぐらい、オルガ様の衰弱していくお姿を見ればわかっただろうに」

父の両手が、力を込めてクウィルの両手を包む。

「オルガ様は聖剣への解呪を始めてから、わずか一年で亡くなられた……クウィルを同じ目にあわせたくない。どうか今は騎士団を離れて、レオナルト殿下を頼りなさい」

クウィルをいたわるような声ながら、はっきりと命じる言葉だ。こんな風に父の判断を押し付けられたのは、ラングバートの家族になってから初めてのことかもしれない。

王太子の近衛隊に入れば、クウィルに対して王が直接の命令を下すことが容易ではなくなる。レオナルトを頼れというのはつまり、王太子の庇護《ひご》下に入れということだ。

それほど、自分の置かれた状況は危ないのか。

熱のこもった父の両手を見つめる。父の話を正しく理解するにはこの鍵を使わなければならないのだろう。今のクウィルでは、混乱するばかりで何もわからない。

けれどラングバートの家が、これまでどれだけクウィルの盾になってきてくれたかは知っている。父がこの鍵を渡すことにどれだけ悩み、どれほど追い詰められた心境でこの場をもうけたのか、それぐらいはわかる。

ラングバートの次男を、二十年もやってきたのだから。

テーブルに置いた鍵を握りしめ、クウィルはソファから立ち上がった。

「時間を、ください。今すぐには決められない」

「巡礼の出立日。そこが限界だろうと思う」

父に軽く礼をして、クウィルは書斎を後にした。


廊下に出ると書斎から離れたところでニコラが待機していた。駆け寄ってリネッタの部屋の様子を尋ねようとしたら、ニコラは有無を言わせぬ強引さでクウィルをリネッタの部屋に押し込み、扉をぴたりと閉めて去っていった。

ふたりきりになった部屋は静かで、風が木々を揺らす音だけが窓の外から届く。重い静寂を破るように、あえて足音をたててリネッタの眠るベッドへ向かう。クウィルがベッドの端に座ると、リネッタはうっすらとまぶたを持ち上げた。

今朝の彼女とは別人のようだ。精神をごっそりと聖堂に置き忘れてきたような虚《うつ》ろな顔で、ぎこちなくクウィルを見上げてきた。

「ラングバート家の皆様に、ご迷惑をおかけして申し訳ありません」

「貴女《あなた》が謝るようなことではありません」

「ですが……」

「大丈夫。王都に魔獣が出たことで動揺が広がっているだけです。時間が経てば必ず落ち着きます」

リネッタが身体に掛かるキルトをよけて起きようとする。そんな彼女を押し止《とど》めてクウィルは天蓋《てんがい》を見上げ、吐く息で張り詰めた空気を散らす。

「どうやら、私だけが無知なようなのです」

「クウィル様は、剣術のことも魔術のこともよくご存じではありませんか」

「貴女についてです。父も殿下もいろいろ知っているようなのに、婚約者の私は何も知らない」

「それは……聖女には秘匿義務があって」

「わかっています。でもせめて、私たちがどこで出会ったのかぐらい、そろそろ教えてくれてもいいとは思いませんか」

リネッタはぱっちりと目を開けて、それからぎゅうと閉じた。

「セリエス嬢」

頑《かたく》なに真相を隠そうとするリネッタの耳をいじってみる。

「は、わ、ぅ」

キルトを握るリネッタの手に力がこもった。

「ほらほら、白状してしまいなさい」

耳で駄目ならと、クウィルはリネッタの白い首筋を人差し指でつついてみた。

「ひゃっ⁉」

「もしくは、手帳の破られた部分を教えてくださる、でもいいのですが」

あまり交渉ごとの得意ではないクウィルだが、ザシャが以前に、絶対選びたくないものと多少譲歩できるものを並べるといいとか話していたのを思い出した。

問いをふたつ用意して、リネッタの首筋をくすぐりながら答えを待つ。指を上下させるたびに、はひゅはひゅと奇怪な息づかいで顔を赤くしていくから面白い。

「クウィル様、が。こんな意地悪な、ことをなさるっ、なんて」

「これまで婚約者としてずいぶん手を抜いてきたなと、反省しましたから」

「手抜き、なんて……森ですっ！」

「森？」

手を止めると、リネッタはその隙にばふっとキルトをかぶって逃げた。

「森って、どこの？」

「クウィル様が子どもの頃に大怪我をされた森です。あれが実父の領地だったのです」

つまり十二歳の大冒険のことかと、予想もしなかった返答に困惑していると、リネッタがキルトの端から青い目をちらりとのぞかせた。

「両親を食い殺した大きな魔獣に追いかけられていて。クウィル様は、わたしと魔獣の間に飛び込まれたのです。クウィル様がいなければ、きっとわたしも食われていた」

そこまで言われて、もしやと思い出す。あのとき、無謀と勇敢を併せ持ったクウィルは幼い子どもをかばおうとした。

「……セリエス嬢……小さかったですね」

「覚えていらしたのですか？」

「申し訳ない。顔などは、何も……咄嗟《とっさ》のことでしたし」

生死の縁《ふち》を彷徨《さまよ》ったのだから無理もないことだが、あの日の記憶はぼやけていてあまり思い出せない。ただ、彼女を華麗に救出できたわけではなく、魔獣との間に割って入っただけのことで婚約を申し出るほど感謝されるのは複雑だ。

クウィルが口をひん曲げていると、リネッタが少しいたずらめいた笑いかたをする。

「このこと、ギイス様はご存じなんですよ？　クウィル様が魔獣を引き付けてくださった後しばらくして、その場から動けずにいたわたしを見つけて助けてくださいました」

御前試合のあと、さも初対面という顔をしてリネッタと挨拶《あいさつ》を交わしていた団長の顔を思い出し、内心で悪態をつく。婚約者に指名された理由がわからないとぼやくクウィルを、ギイスは愉《たの》しんでいたに違いない。

「どうして御前試合の日に明かしてくれなかったのですか。秘密にするほどのことでもないでしょう」

クウィルがさらに渋面を作って尋ねると、リネッタはあっさりと答えた。

「困るかなと、思って」

「は？」

「クウィル様が、なんだこの面倒な女はと、お困りになるといいなと思って」

そう言って、ふふ、と声をもらして笑う。

「そんなに困らせたいものですか？」

「だってそのほうが――」

そこで、リネッタが不自然に言葉を切った。またキルトの中に埋まろうとするから、クウィルはキルトをぐっと引き下げて彼女の顔が完全に見えるようにした。

「そのほうが？」

「……そのほうが、クウィル様のお心にしっかりと残れるでしょう？」

まるで、いずれ別れが訪れるかのような口ぶりである。

その言葉の意味するところをしばし考えてから、クウィルはぐっと眉間《みけん》に皺《しわ》を寄せた。

御前試合といえば、前夜にクウィルが腹を立てて、翌朝になっても言葉ひとつ交わさずに出ていったあとだ。リネッタが早々に破談になる可能性を考えてもおかしくない。

過去の自分の残念さにうなだれていると、今度はリネッタのほうから尋ねてきた。

「クウィル様こそ、どうして急にこんなご質問を？」

「先ほど言ったとおり、私だけが貴女のことを何も知らないなと思ったからです」

「あれは、聖女の秘密を知りたいという意味ではなかったのですか？」

リネッタが大きな目をさらに大きくしてそんなことを言うから、クウィルはより深くうなだれた。そういえば、この婚約者はなかなかの天然物だったのだ。

長々とため息をついてからリネッタを見ると、心配そうな下がり眉《まゆ》でこちらの様子をうかがっているところだった。クウィルは寝乱れた彼女の髪を軽く撫《な》でて笑った。

「知りたいです。聖女ではない貴女のことを」

「わたし、を？」

「はい。だから、もっと話をしませんか。明日も、明後日《あさって》も、この部屋で」

するとリネッタは微笑んで、首を左右に小さく振った。

「駄目なんです。すぐに巡礼に出なければなりません」

「やはり、行かれるのですか」

「アイクラント王国を護《まも》るのが、わたしの務めですから」

クウィルはうまく言葉を返せずに、リネッタの頰に軽く触れた。クラッセン侯爵邸でこうやって触れたとき、彼女の涙を初めて見たことを思い出す。たったこれだけの触れ合いで彼女の感情を守れるとしたら、いくらでもこの頰に手を当てるというのに。

「夜会は、次の機会になりますね。ドレスが仕上がったらお預かりしておきます」

クウィルが取り繕った笑顔で言うと、リネッタは「あ」と小さな声を上げた。

「どうしましょう。四ヶ月も歩かずにいたら、ドレスが入らなくなってしまう」

「それはいけない。白騎士団には、馬車を極力使わないよう通告しましょうか」

ほろほろとこぼれ落ちるように、彼女が吐息だけで笑う。

胸にしまった禁書庫の鍵《かぎ》がずしりと重い。呪術《じゅじゅつ》を正しく知れば、彼女の笑顔を守れるのだろうか。そんなことが頭をよぎる。

「そうだ、クウィル様。手帳の願い事をひとつ攻略してもよろしいでしょうか」

「私にできることでしたら」

「では……わたしが眠るまで、抱きしめていてくださいますか」

どこまでもささやかな、彼女の願いを聞く。

クウィルはリネッタの隣に寝そべって、彼女の身体をキルトごと引き寄せた。布越しの身体は柔らかく頼りなく、いつも凛《りん》と伸びていた背は丸く縮こまっている。その背中を撫でて、できるだけ明るく声をかけた。

「巡礼から戻られたら、貴女の話をたくさん聞かせてください。今度はアデーレより先に、私がお出迎えします」

リネッタの肩がびくりと跳ねた気がした。腕の中の彼女はどうしてか寂しそうに微笑んで、ずいぶん間をおいてから口を開いた。

「……はい。必ず戻りますから、そのときは、ぜひ」

＊＊＊

謹慎明けの朝は曇天で、まるでクウィルの今の気分を映したかのようだった。久しぶりに騎士服を身に着け、タウンハウスを出る。

リネッタの身の回りの品を詰め込んだ鞄《かばん》はずっしりと重くて、本当にこんなにたくさん必要なのかと本人に何度も確認をとる。これでは、彼女の部屋を空にする勢いだ。

「女の四ヶ月はなにかと入り用なのです。クウィル様のように剣ひとつとはいきません」

「な、なるほど」

馬車に乗り込もうとするリネッタに、アデーレが飛び付いた。

「無事に帰っていらしてね。ぜったい、ぜったいよ！　花冠をたくさん作ってお迎えしますから！」

母がアデーレをなだめて引き離す。リネッタは泣き顔のアデーレの額に口づけを落として、一度抱きしめてから微笑んだ。母と義姉《あね》ともしばしの別れの抱擁を交わして馬車に乗り込む。クウィルも隣に乗り込んで扉を閉めると、馬車はゆっくりと走り出す。

「今日、そのまま巡礼への出発が決まるとは限らないのですよね」

「いえ。護衛隊の編成が終わっていれば、すぐにでも動くことと思います。聖堂の威信に関わる事態ですから」

「まさか……クラッセン卿《きょう》がまた隊長を務めるということは」

「どうでしょう。卿相手ならすでにお人柄を存じていますから、わたしも案外気が楽かもしれません、とはお伝えしました」

軽口ながらリネッタの表情はかたく、クウィルもしだいに口を閉ざした。

やがて聖堂が見えてきて、門前で馬車は止まった。立ち上がろうとしたクウィルの手をリネッタが強く握ってくる。やはり不安なのだろうかと、クウィルはその手を握り返してから馬車の扉を開けた。

先に降り立ったクウィルの背に硬いものが投げつけられた。

足元に転がったそれは、例の貼り紙で包んだ石だ。辺りを見回すと、昨日貼り紙を集めて届けにきたあの少年が、泣き出しそうな顔でクウィルを見ていた。

少年の後ろでは、同じ年頃の子どもたちが、物陰から動向を見張るように顔をのぞかせている。いずれも身なりがよく、上位貴族の子息だとすぐにわかる。実にわかりやすい関係図だ。こうなるだろうから貼り紙を放っておけとクウィルは言ったのだが、少年はあのあとも悪意に満ちた紙を剝《は》がして回っていたのだろう。

心配せずとも大丈夫だと伝わるよう、できる限り柔らかい視線を少年に送る。それから、馬車の中のリネッタへと手を差し伸べた。

リネッタは、きつく眉を寄せてクウィルを見ていた。まるで、涙を堪《こら》えるかのように。

「どう……されましたか？」

クウィルが尋ねると、リネッタはぎゅっとまぶたを閉じた。それから、気持ちを鎮めるようにゆっくりと息を吐く。

そして、もう一度まぶたを開いたとき。

彼女はラングバート家に迎え入れた日と同じ、美しい人形の顔をしていた。

クウィルの手を払いのけてリネッタが馬車を降りる。重い荷物を自分で抱え凛と背を伸ばし、聖女の装いの長い裾《すそ》をひるがえした。

「セリエス嬢？」

呼びかけてもリネッタは足を止めない。門前に立ち、門番に荷物を押し付けるように渡してから、ようやくこちらに向き直った。その手にはいつの間にか、小さなナイフが握られている。

「クウィル・ラングバート様」

微笑みは社交用の飾り物で、クウィルの名を、まるで別人のような冷たさで呼ぶ。

「初めてお会いした日の夜、なぜわたしがあなたを選んだのかわからないと、そうおっしゃっていましたね」

クウィルが一方的に話を切り上げた、あの夜の言葉だ。なぜ今そんな話をと戸惑っていると、リネッタはクウィルの応答を待つことなく続けた。

「あなたがわたしを助けなければ、聖女にならずに済んだからです」

こくりと、喉《のど》が鳴った。

物陰からうかがっていた子どもたちも、物言わず悪意のある視線を投げていた大人たちも、皆、何が始まったのかと門前に集いだす。

朝よりずっと暗くなった空から落ちた一滴の雫《しずく》が、クウィルの肩を叩《たた》いた。

「聖女の務めは、聖剣に宿る魂に抱かれることです。毎日、毎日、目覚めてから眠るまで、身体なき意思に、心の内を通して全身を蹂躙《じゅうりん》されることです」

門番が慌てた様子で聖堂へ向かって叫ぶ。前庭にいた聖堂官のひとりが門前に飛び出してきて、リネッタの腕を摑《つか》んだ。

その途端、リネッタは気でも触れたかのように笑い出した。聖堂官の手を振り払い、ナイフを抜いて鞘《さや》を投げ捨てる。

「あなたが死なせてくださらなかったから、わたしは正気でいられないほどの苦痛を二年も味わった。その御礼に、わたしの惨めな運命にあなたを巻き込んで差し上げたかったのです」

「……セリエス嬢」

「セリエスの家名もあなたがくださった！　すべてあなたがわたしに与え、何もかもをわたしから奪った！」

左手をあげてナイフの先で誓約錠の革紐《かわひも》を掬《すく》うリネッタに、クウィルは思わず責めるような口調で問いかけた。

「必ず戻るのでは、なかったのですか」

リネッタが雨の中で笑う。

「ラングバート家に戻るとお伝えした覚えはありません」

突き放すような声が、降り出した雨に消されていく。クウィルがどんなに目を凝らしてリネッタの内側を見抜こうとしても、雨はそこにあるはずの感情を洗い流していく。

「さようなら、クウィル様。残酷な夢をありがとうございました」

ぷつりと、誓約錠が切れる。

頼りない革紐は抵抗もせずリネッタの手首を離れ、石畳に落ちた。彼女の瞳《ひとみ》の深さに全く足りない青い石が誓約錠から外れて、二度、三度と跳ねてクウィルの足元に転がる。

リネッタがこちらに背を向け歩き出すと、すぐに門が閉ざされた。聖女の住む世界とクウィルの世界が、鉄格子のような門ひとつで隔てられる。

クウィルは門に駆け寄り格子を摑むと、去っていく彼女の背に向けて叫んだ。

「セリエス嬢……リネッタ！」

リネッタは振り向くことなく、わずかに左手だけを震わせた。


門が閉ざされたあとも、集まった人々は誰ひとり広場を離れなかった。

リネッタが聖堂の奥へと消えるまで、クウィルもまた、その場を動かず見届けた。聖堂の扉が閉まるとともに身体の硬直を解いて、革紐と青い石を拾い上げる。

門前近くにいた誰かが「悪女だ」とつぶやく。クウィルが鋭い視線を向けると、その声はざわめく人の中にまぎれて身を隠した。代わりに群衆をかき分けて飛び出してきたのは、白騎士マリウス・クラッセンだ。ほかにも幾人か白騎士の姿が見えるから、おそらく巡礼の護衛の件で聖堂へ来たのだろう。

マリウスは動揺を隠しきれない様子でクウィルの元までやってきて、けれど言葉が見つからないのか、きつく唇を引き結んだ。

「クラッセン卿も、お聞きになっていましたか」

今のリネッタの話は届いていたかと確かめると、マリウスはぎこちなくうなずいた。クウィルは続けて、もうひとつ尋ねる。

「……卿もご存じだったのですか。聖女の、務めを」

途端に、マリウスは強く首を振って否定した。

「知るはずがない！　護衛隊とて聖剣の間に近づくことは許されないんだ。こんなものが務めだと知っていたら私だって！」

そう言って握った拳《こぶし》を、ぶつけどころがないというように力なく下ろす。

「あっていいはずがない……こんな……このような、悪辣《あくらつ》なことが」

ぱしゃり、ぱしゃりと、石畳に溜《た》まる雨を踏む音が近づいてくる。見れば、いつの間にか広場に馬車が止まっていて、王太子夫妻がこちらへやってくるところだった。マリウスがハッとして門前を譲ろうと動く。だが、クウィルはまだその場を動くことができずに、王太子夫妻と相対した。

「何があった？」

レオナルトに尋ねられ、クウィルは無言で右手を広げて見せる。右手のひらに載る革紐と石を見た途端、王太子妃ユリアーナの顔がさっと色を失《な》くす。

それからユリアーナは、両手で持っていた封筒を、大事そうに自身の胸元に押し当ててから、クウィルに差し出してきた。

「これを、巡礼に出る前に、リネッタに届けようと思って来たのです。わたくしが叶《かな》えると約束したことを忘れないでいて欲しくて」

リネッタではなくクウィルが受け取っていいものかと視線で尋ねると、ユリアーナは泣き出しそうな顔をしてうなずいた。

「ラングバート卿……リネッタは本当にあなたのことを」

「わかっています」

彼女の名を呼んだ瞬間、門の向こうで確かに左手が震えていた。心を偽り不快の右手をあげるぐらい造作もないだろうに、彼女はそうしなかった。

初めに誓いをたてたとおりに、リネッタの手は、決してクウィルに嘘をつかない。

受け取った封筒の中から出てきたのは、端が不ぞろいに破れた一枚の紙だった。開いた瞬間、これがリネッタの手帳から破られた最後の一頁なのだとすぐにわかった。

「欲深すぎて持っていられないと言ったの。だからわたくしが預かったのです。卿、どうか」

「リア、大丈夫だ」

レオナルトがユリアーナの言葉を止め、馬車に戻るよう促す。マリウスがレオナルトの指示を受けて、馬車へ向かうユリアーナに付き添った。

レオナルトとふたりでその場に残り、クウィルはリネッタが最後に書いた望みを何度も読み返す。

『琥珀《こはく》石の誓約錠が欲しい』

──ああ、本当にまだ自分たちは。

始まってもいなかったのだと、強く奥歯を噛《か》み締める。

「……殿下。父から昨日、殿下のご要望をうかがいました」

「そうか。では、鍵《かぎ》も受け取ったな？」

「はい。今は、ラングバートの屋敷にてお預かりしています」

するとレオナルトはさらに一歩クウィルに近づいて、まだ広場に残る観衆や門番の様子をうかがいながら声量を落とした。

「聖女と聖剣に関わる意志があるなら王都にとどまって鍵を使え。どのみち、このまま騎士団にいれば陛下の近衛隊に任ぜられる可能性が高い。クウィルのことは俺の近衛隊に置いて、陛下の声ひとつで簡単に動かすことができないよう計らう」

「では、その意志がなければ？」

「今すぐ鍵を返し、全てを忘れて王都を、いや、アイクラントを離れることを勧める。陛下の手から逃げることだけを考えろ」

すでに、これまでどおりの黒騎士であり続ける道は消えているのだと、クウィルは静かに受け入れた。昨日、父に聞かされたときのような動揺も迷いもない。聖堂を見上げ、そこに消えていったリネッタの凜《りん》とした後ろ姿をまぶたの裏に浮かべる。

「クウィル」

呼びかけられて、レオナルトへと視線を戻す。ほんの三ヶ月ほど前、王太子の執務室でこうして向き合った日のことが、ずいぶん遠く思える。

「あらためて問う。リネッタ・セリエスとの婚約を受ける覚悟はあるか」

そう問われて、黒の騎士服の胸に手を当てる。そこには、クウィルが十二歳から積み上げてきたものの証《あかし》である階級章がついている。足元の水溜《みずた》まりに目をやれば、昨日のリネッタの笑顔が浮かび、すぐに雨に打たれて消えていく。

――彼女の抱えるものを知りもせずに、いったい何が守れる。

クウィルは騎士服から階級章を外し、レオナルトに突き出した。

「拝命します」

雨ひと粒の迷いを振り切り、何の飾りも不要と、短い言葉ひとつで答える。

レオナルトは、今度は笑みを浮かべなかった。静かにうなずいて階級章をクウィルから引き取り、雨音を払うように強く宣言した。

「クウィル・ラングバート。本日この場をもって、貴公を騎士団から除籍し、王太子近《こ の》衛《え》隊にて預かるものとする」

広場にざわめきが起き、王太子妃を乗せた馬車の横で待機していたマリウスがぽかんと口を開いた。

クウィルは身体に馴染《なじ》んだ騎士礼で返そうとして、ぐっと踏みとどまった。強く拳を握りしめ、貴族式の礼でレオナルトに頭を下げる。

すると、レオナルトがクウィルに耳打ちしてきた。

「一度屋敷に戻って準備を整えろ。その間に、こちらから王立図書館に、禁書庫の案内人を用意しておく」

「案内人、ですか？」

「行けばわかる」

レオナルトに背中を押され、クウィルはラングバートの屋敷に向かって走り出した。

＊　＊　＊

青ざめる聖堂官らには目もくれず、雨に打たれたリネッタは回廊を濡《ぬ》らしながら歩く。門前で騒ぎを起こした聖女をまるで腫《は》れ物《もの》のように見る彼らに、いつもどおりの微笑を投げ掛けると、皆気まずそうに目を逸《そ》らした。

リネッタは知っている。彼らのうち幾人もが、聖剣の間の扉の向こうでリネッタの声に耳をそばだてていたことを。尊き者と口々に褒めそやしながら、その内側で、汚れた贄《にえ》を憐《あわ》れみながらも嗤《わら》っていたことを。

背後から追いかけてきた聖堂官がリネッタの隣に並んで、こちらと歩みを合わせながら頭を下げた。

「聖女様、ご出立の日取りをお伝えします」

「なりません」

リネッタがぴしゃりと言葉を遮ると、聖堂官が虚を衝《つ》かれたような顔をした。

「聖剣は王都にとどまることを望んでいます。巡礼に出るようわたしが説き伏せるまで、どなたも手出しなさいませんよう」

「しかし！」

「聖剣を怒らせて、アイクラントを焦土にするおつもりですか」

聖堂官がびくりとして口を閉ざす。その驚きはリネッタの告げた言葉にか、あるいはリネッタが口ごたえしたことにだろうか。

その間抜け面に溜飲《りゅういん》を下げて聖剣の間に入ると、聖剣の鍔《つば》にはまる赤い石が鈍く光った。以前、リネッタはこの石の冷たい輝きをクウィルの瞳《ひとみ》と重ねたことがある。今は似ているとすら思わない。彼の瞳はいつからか、凍てつく冬を溶かす日差しのような優しさをもって、リネッタを見つめてくれるようになった。

『またあの男のことを考えておるな』

聖剣の苛立《いらだ》った声を聞いて、リネッタは無意識のうちに浮かべていた笑みを消す。

『面白うない。今すぐ巡礼に出よ。神殿に向かえ。我が花嫁として正しくあれ！』

嗄《しわが》れた声で我儘《わがまま》な子どもの駄々のようなことを言う聖剣に、リネッタは長い髪からほたほたと雨の雫《しずく》を落としながら冷ややかな目を向けた。

聖女には聖女の戦いかたがある。

胸の中に、怒りと痛みがあることを確かめる。

大丈夫だと、何度も自分に言い聞かせる。クウィルのくれたこの感情があれば決して、自分は負けないのだと。

＊＊＊

逸《はや》る気持ちを抑えながら、クウィルはタウンハウスに戻った。驚いた顔で出迎えた義《あ》姉《ね》と適当な言葉を交わして、自室に入って騎士服を脱ぐ。いつもの癖で替えの制服を探そうとして苦笑いで私服を摑《つか》むと、濡れた髪を雑に拭《ふ》き手早く着替えを終えて、しまっておいた禁書庫の鍵を手に取った。

そして、急ぎ王立図書館に向かう。

館内でクウィルを待っていたのは、ここの官職についている兄のラルスだった。

「ようこそ」

心配そうなラルスの顔を見るなり、クウィルは察した。

「どうやら……兄上も、いろいろご存じのようで」

クウィルだけが何も知らないままリネッタと接していたのだと思うと、悔しいやら腹立たしいやらで、つい兄相手に当たるような言い方をしてしまう。

「職場はここだけれど、内密ながら私も殿下の近衛に名を連ねているものだから」

「え!?」

二十年も弟をやってきて、全く知らなかった。今さら明かされる兄の肩書に仰天すると、慌てたラルスが静かにと身振りで示す。

「……内密に、ね」

「心得ました」

つまり、この兄が王太子の言っていた案内人なのかと、子ども時分のようにその背中を追って広い館内を歩く。クウィルの背より遥《はる》かに高い本棚が整然と並ぶ。時おりすれ違う管理者に会釈しながら進み、奥の管理書室へ通された。ここは重要な本の保管庫になっているらしく、戸のついた棚には全て鍵がかかっているという。

ラルスは鍵束をじゃらりと鳴らしながら奥の棚を開けて、そこから本を五冊ほど取り出した。棚の向こうには背板がなく、石造りの壁が見える。ラルスは壁の一部をぐっと押し込み、ガコンと何かが嵌《は》まるような音を確かめてから、今度は棚を横に滑らせた。

棚を退《ひ》かせた壁に、扉がある。

「ここからはクーがどうぞ。私は禁書庫の鍵《かぎ》を持っていないからね、くれぐれも失《な》くさないこと」

いかにも兄らしい忠告に少し緊張をほぐし、父から受け取った鍵を扉の鍵穴に差し込んで回す。重い扉をギッ、ギと音をたてて開いた先にはすぐに、地下へと降りる階段があった。階段の先は暗く、壁のランプの火だけが遠くに点々と灯《とも》っている。

ラルスは近くの戸棚を開けて小型のランタンを取り出すと、火を点《つ》けてからクウィルに寄越《よこ》した。

「それじゃ、気をつけて」

案内はここまでなのだろうかと疑問に思っている間に背後の扉が閉まり、クウィルは果ての見えない階段を前に一度大きく息を吐いた。


ランタンの灯《あか》りは心もとなく、慎重に階段を下りていく。入り口からの印象どおり、ずいぶん深さがある。振り向いても入り口が見えなくなり、行きも帰りも闇の中になる。やや不安になりながらさらに進んでいくと、壁についたランプの間隔が狭まり、徐々に明るくなってきた。

階段を下りきると、手にした鍵と同じ王家の紋が入った扉がある。その扉の隙間から、灯りが漏れ出ている。

押し開けようとした扉は、中から開かれた。

「よ、お疲れさん」

「……ザシャ？」

今頃第一隊を率いているはずのザシャが、余裕たっぷりの笑みで片手を上げた。

「なぜ……ここにいるんだ」

「王太子殿下からクウィルの案内係に任命されたもんで。あ、さぼってるわけじゃないぞ。ちゃんと団長に許可してもらってるからな」

「ザシャが、案内人？　兄ではなく？」

クウィルが怪訝《けげん》な顔をすると、ザシャは緊張感のない声で「そーよ」と答えた。

「オレ、騎士になれって団長に連れ出されるまでは、ここに入り浸ってたから」

「こんなところに、なぜ」

なぜ、なぜとクウィルが次々に疑問を重ねると、ザシャは襟足の短い栗色の髪をくしゃっと掻《か》いて苦笑した。

「古代魔術の関係者だから、だな。オレはリングデル王の傍系の子孫の子孫の子孫の、あー、まぁそんなやつ」

「リングデル……って、あの？」

「そう。あの、ひとりで魔獣百体を従えた伝説の魔王様だ」

手にしたランタンを取り落としそうになった。その場にしゃがみこんで、つきつきと痛みだした額を押さえる。これまで自分の見てきた世界がたった数日で一気に塗り替わっていくような気分だ。

「無知でいたのは、私だけなのか」

父も兄も王太子も、ザシャまでもが、何かしらの真実を知っている。ザシャの口ぶりからして、団長ギイスもそうなのだろう。

湧き上がる感情を、悔しさと呼んでいいのか、あるいは惨めさか。消化しきれない思いを抱えて、クウィルはくつくつと声を喉《のど》の奥深くに張り付かせるように笑った。

ザシャがクウィルの向かいにしゃがんで、顔をのぞきこんでくる。

「まぁその。複雑なのはわかる。けど、好きで黙ってたわけじゃなくてな」

「いい。秘匿義務があるんだろう。わかっている」

「それもあるけど、それだけじゃなくて。少なくともオレは、クウィルがこんな部屋のことなんか一生知らずに済めばいいと思ってた。それぐらい、おまえを友と思ってるオレの気持ちも、わかってくれると嬉《うれ》しかったりする。オレだけじゃなくて、団長もラングバート家も、あと殿下も、そうじゃないかって……うん、そうだと、思う」

ザシャが語尾をたどたどしくして頭を掻いた。友人の照れ隠しに、クウィルは苦笑するほかない。

「わかっている。そういうことも含めて」

「……あー。いい年した男ふたりでするような話じゃないぞ、これ」

ザシャが立ち上がり、手を差し伸べてくる。クウィルはその手を摑みながら、あらためて禁書庫を見回した。

広さはちょうど騎士団の宿舎一室ほどで、天井は低く、壁には窓も灯りもない。薄暗さが、いかにも禁じられた場という雰囲気を作る。小さな書き物机の上でランタンの火が揺れている。どこかに風の抜け道があるのか、地下特有の湿っぽさはない。

部屋に入って左手はすべて書棚で、高さは天井近くまである。収納されている書はおそらく百や二百どころではなく、どれも厚みがあり、読み解くには時間を要しそうだ。

「これを、全て読み解けということか？」

「いや。ここにはアイクラントが吸収してきた国々の歴史と古代魔術の記録が大量に眠ってるから、全部読めってわけじゃない。厳選して効率よく吸収できるようにオレが案内人として付くしな」

「つまりザシャは……ここにある書を読み切ったのか」

「まぁね。他にやることもなかったからさ」

　ザシャは肩をすくめてそう言うと、十冊ほどの本を棚から選んで書き物机に積み上げた。椅子を引き、強引にクウィルを座らせる。

「クウィルが知りたいだろうことは、まずこのあたり。ところどころ出てくるリングデル旧書体とベツィラフト古語はオレが訳すから、都度聞いて」

「ザシャ……すごいな」

「だろ。オレってけっこうすげぇのよ」

　ザシャの手が机に置いた本をめくる。

「まずは歴史からだな。アイクラント建国期に隠された本当の歴史。呪術《じゅじゅつ》と、もうひとつの古代魔術の話」

　ぱらぱらと頁をめくっていた彼の手は、厚い本の半ばあたりで止まる。そこには、一本の剣と、その剣に祈りを捧《ささ》げる人々の絵が描かれている。

「大国リングデルには、王だけが使える古代魔術があった。転移術って呼ばれてる、人の魂を別の器に移す力だ」

「リングデル王が使ったのは呪術だろう？　かの王がベツィラフトと同じく魔獣を使役したからこそ、ベツィラフトはリングデルへの助力を疑われたんじゃないのか」

だが、ザシャは首を振った。

「結果的には呪術で使役したことになるんだけど、根本が違う。魔王様は転移術によって自分の魂にベツィラフトの魂を取り込んで、その魂に呪術を使わせたんだ」

クウィルが腕を組んで首をかしげると、ザシャは自身の腰に佩《は》いた剣に触れた。

「転移術で取り込まれた魂は、魔王様の剣になるとでも思ってくれ。剣一本につき一体の魔獣を使役できるとして、その剣が百本あれば？」

「百の魔獣を……同時に使役できる」

「と、いうわけ。単純な話だろ。魔王様は自力で呪術に目覚めたわけでも、ベツィラフトに教えを請うたわけでもない。他人の魂を喰《く》って呪術を強奪したんだよ」

忌々《いまいま》しげに眉《まゆ》をひそめて強奪と口にしてから、ザシャは真剣な目でクウィルの顔をのぞきこんでくる。

「そして……冷静に聞いてくれな。聖剣の中にはそんな魔王様の魂が封じられてる。聖女は、魔王様を慰めるための花嫁だ」

ランタンの中で揺れる火が、ジッと小さな音を立てた。

＊＊＊

アイクラントがまだアイクレーゼンという国であった、遥《はる》かな昔。

アイクレーゼンと大国リングデルの長い戦いの中、膠着状態《こうちゃくじょうたい》となった戦況に業を煮やしたリングデル王は、当時すでにアイクレーゼンに下っていた小国ベッィラフトの持つ呪術に目を付けた。王はベッィラフトを強襲して大量の捕虜を得ると、転移術によって彼らの魂を自身の身体に移した。そうして呪術を手に入れた王は、ノクスィラ山脈に生きる数多《あまた》の魔獣を使役し、アイクレーゼンを襲わせ始める。

古代魔術の多くは、強大な力であるがゆえに代償を伴う。転移術もまた例外ではなく、大量の魂を自身の中に取り込んだ王は、徐々に正気を失っていった。思考は日増しに衰え、血に飢え、身体は取り込んだ魂の重みに耐えられず崩れていく。

いつしか、王の使役する魔獣はアイクレーゼンのみならずリングデル領土内をも脅かすようになり、このまま耐え忍べば、いずれリングデルは自滅するだろうと思われた。

しかし長引く戦いに疲弊したアイクレーゼンには、それまで持ち堪《こた》える力がない。この国はリングデルとともに、かの王の手で滅ぼされるのだろう。誰もがそう考えた。

だが、転機は突然に訪れた。

リングデルの王はその欲望のままに、自身を慰める花嫁をアイクレーゼンに求めた。

求めに応じれば魔獣を鎮め、同盟を結ぶ。応じなければ、ノクスィラ山脈に生きる魔獣の長をアイクレーゼンに差し向けるという。

アイクレーゼンはこれを勝機と捉《とら》え、すぐさま王家の娘が差し出されることになった。選ばれたのは、王家の血筋とは似つかぬシルバーブロンドの髪を厭《いと》われ隠されてきた、十六歳の娘だった。

この娘は奇妙なことを訴えた。自分にはどうやら特別な魔術が宿っている。この力を使えば、リングデルの王を討ち、転移術を消し去ることさえ叶《かな》うかもしれないと。

厭われてきた娘の言葉を信じる者はなかった。それどころか、この娘の勇猛さを危ぶんだ。もしも娘がリングデルの王に逆らうようなことがあれば、今度こそアイクレーゼンは滅びる。ならば、その勇猛な心を消すべきだと考えた。

王家はリングデル王の手を逃れ生き残ったベッィラフトの者を募り、娘の感情を呪術で消すことができないかと持ち掛ける。集った呪術の使い手たちは深く悩んだ末に、間違いなく戦いを終わらせるためならばと、これを承諾した。加えて、この婚礼に当たって呪術による契約を結ばせ、かの王をより強固に縛ってはどうかと提案した。

そうして、娘とリングデルの王。ふたつの魂に契約が刻まれる。

娘は、永遠に王の魂とともにあることを。

王は、娘の魂がともにある限り、魔獣を鎮めることを。

十六歳の娘は、感情を封じられた人形となってリングデル王の元へ嫁いだ。

ところが、事はそれだけでは終わらなかった。

数多の魂を取り込んで肥大化し契約まで刻まれた魂が、もし生まれ変わればどうなるのか。新たな命に宿るその魂は、転移術と呪術とが完全に混ざり合い、おぞましいほどの力を持つのではないか。

未知の事態を恐れたアイクレーゼンは、ベツィラフトの者らに命じ、あらゆる呪術を駆使した一振りの剣を生み出させる。永遠の身体を差し上げると偽ると、自らの滅びを恐れていたリングデル王は歓喜して肉体を離れ、身の内に取り込んだベツィラフトの魂もろとも剣に移った。

その剣には、リングデル王の転移術を模倣した新たな術が編み込まれていた。術は王に取り込まれた魂を時とともに徐々に引き剥《は》がし、王から呪術を奪い取っていくはずのものだった。ベツィラフトの術者の命をいくつも散らして、この新たな術は生まれた。同胞の魂を救いたいという、彼らの願いの結晶だった。

王の魂を剣に封じたアイクレーゼンはリングデル領土を手中におさめ、勝利を謳《うた》った。剣に編み込まれた願いは本当に叶うのか、誰にも確かめることのできないまま。

やがて娘の肉体が尽きたのちに、アイクレーゼンはようやく大きな過ちに気づいた。王を剣に封じるならば、花嫁もともに剣に封じねばならなかったのだと。

娘を失った王の魂は怒り狂い、魔獣を呼び寄せた。アイクレーゼンはわずかに残ったベツィラフトたちの力で剣を鎮めようとした。民の中から次なる花嫁を選び差し出しもした。それでも、王の魂は鎮まらなかった。

魔獣の脅威に耐え忍ぶ長き時の果てに、ついに人々は、永遠の契約が正しく『永遠』であったことを知る。

十六歳になったある娘のもとに星が降り、始まりの娘と同じ瞳《ひとみ》と髪の色に塗り替えた。

新たな聖女となったこの娘を聖剣に差し出して得た加護が、国に再び平穏をもたらす。

この娘を剣に封じられれば、後世まで聖女が名を連ねることはなかったかもしれない。

だが、リングデル王の魂は拒んだ。花嫁は生身だからこそ美しいのだと王は嗤《わら》った。

やがてまた聖女の命が尽き、加護の切れ間が訪れる。

空白の十六年が終わるとき、契約を星に乗せ、王は花嫁を迎えに行く。

＊＊＊

クウィルが薄暗い書庫で朝から晩まで禁書に没頭して、すでに五日が経つ。

ザシャは毎日書庫に顔を見せた。頼れる友はずいぶん禁書を読み込んでいて、おかげでクウィルの理解は早かった。

　クウィルの知る歴史とは全く違う、おとぎ話のような信じがたい記録だ。もっといい解決法がなかったのかと言えるのは、自分があとから生まれた者だからだ。

　歴史から、リングデル王の魂に刻んだ呪術による契約には、大きな欠陥があったことがわかる。それが加護の切れ間、空白の十六年の存在だ。魂の契約が完全なものなら、新たな聖女がこの世に誕生した時点で、王は魔獣を鎮めているはずだ。

　生まれ変わりという未知への恐れもわかる。王を聖剣に封じたのは、当時の人々が選び得た最善策だったのだろう。

　だが、全ての積み重ねの結果を今、リネッタひとりが背負わされている。明らかになった現実は、クウィルの胸に重くのしかかった。

　リネッタが聖堂に戻った日から魔獣の群れは動きを鈍らせ、王都周辺に騎士団が張った前線を警戒するように遠巻きに徘徊《はいかい》しているという。巡礼が始まったのだろう。リネッタが今何を強《し》いられているか容易に想像がつく。それが耐え難い。

　疲れた目を閉じて、こめかみをぎゅっと押さえながらため息をついた。そこへ、ザシャがクウィルの肩を揉《も》みつつ尋ねてくる。

「どう、クウィル。呪術《じゅじゅつ》、使ってみたくなった？」

「解呪は欲しい」

　ベツィラフトの書には呪術研鑽《けんさん》の歴史が記されている。しかしその中に解呪についての記述はほとんどない。ラングバートの父が希少だと言っていたとおり、使い手は少なかったのだろう。

『血を結び、他者を想え』

このわずか一文だけが手がかりだ。

実母であるオルガから受け継いだ解呪の力は、すでにクウィルの中にある。ラングバートの父の言葉が真実ならば、北の神殿に張られている呪術によってリネッタの感情は封じられ、それをクウィルが無意識のうちに解いたことになる。

クラッセン侯爵邸に突入してマリウスを伸したあと、クウィルは血の付いた手でリネッタに触れた。彼女の震えを止めたいとも思った。血を結び他者を想ったと言えないことはないが、解呪という特殊な力を発動したにしては、行為がささやかすぎる。

これが解呪だと確実に言える手順を知りたい。

「……ただ、仮に解呪の力を使えたとしても、今使うわけにはいかないが」

娘は、永遠に王の魂とともにあることを。

王は、娘の魂がともにある限り、魔獣を鎮めることを。

この契約の呪術を解けば、リネッタを自由にできる。だが同時に、契約から解き放たれたリングデル王は、王都に魔獣の群れを呼び寄せるだろう。王に喰《く》われたベツィラフトの魂がすべて解放され、王が呪術を失わない限り、簡単には契約を解けない。

そこで、ザシャが何か思いついたように、拳《こぶし》をポンと手のひらに打ちつけた。

「よし。聖剣を粉砕しよう。そしたら、身体がなくなった魔王様は即刻生まれ変わる」

なんとも軽い口調で言うから、クウィルは噴き出しそうになるのを堪《こら》えた。

「その後、王の生まれ変わりである赤ん坊からセリエス嬢の所有権を主張されるのか？」

ザシャが怪訝《けげん》な顔をして、しばし考え込むように視線をくるくると動かした。

「……そう、なるか。なっちゃうか！　魂めんどくせぇなぁ……ほんとにあんの？　全員だまされてるなんてこと、ない？」

「聖女が今なお星に選ばれているからには、魂は実在して、巡っていくものなんだろう」

そうでなければ、始まりの娘が亡くなった時点で契約も消えているはずだ。

「それに、転移術の実態もわからないんだ。移れる器の大きさも、どんなものにでも移れるのかも、どうやって移るのかも。聖剣を破壊した瞬間に他の何かに移られたら、ベツィラフトが命がけで剣に編み込んだ術が無駄になる」

聖剣にとどまり続けているからには、王の魂は転移術を簡単に使えない状態にあるか、あるいは発動に条件があるのだろう。

あれこれと考えるうちに、クウィルの口から盛大なため息がもれた。この禁書庫へ来てから、もう何度ため息をついたか。得体の知れない転移術と、目に見えない魂というものを相手に、だろうだろうの推測ばかりだ。

思案に暮れるクウィルのこめかみに、左右からザシャの拳がぐりっと押し付けられる。

「いざ契約を解いてみたら、意外となんとかなるかもよ？　団長いわく、加護の切れ間に出没する魔獣の群れが、昔の記録よりずっと小さくなってるって話だし。ベツィラフトの魂、けっこう解放されてんじゃない？」

楽観的な友の言葉に笑って、クウィルは目の前の書を閉じた。禁書庫の薄暗い天井を見上げ、ふっと息を吐く。

「かも、では駄目だろう。もしも魂の解放が進んでいなければ、魔獣を相手にする黒騎士たちを危険に晒《さら》すことになる」

「オレらに遠慮すんなって言っても、クウィルだからなぁ」

クウィルの閉じた本を棚に戻しながら、呆《あき》れ交じりにザシャが笑う。

「それでも呪術を使いたい、とはならないんだ？　最強魔王様とおそろいの魔獣使いになるとか、魅力的じゃありません？」

「ならないな」

ベツィラフトの書の中に、魔獣を使役するという言葉は出てこない。魔獣と調和し、その魂を鎮めると書かれている。呪術が魂に作用し他者の精神を強引に掌握するものだと認識してきたクウィルは、調和という穏やかな言葉選びに驚いた。

困ったことに、魔獣といかにして調和するかは、ベツィラフトの血が生まれながらに知っているとある。どうやら亡国ベツィラフトの人々にとっては息をすることと変わりないようなものだったらしいが、クウィルにはさっぱりわからない。ただ、ふと頭をよぎったのは、王都でオルトスと対峙《たいじ》したときのことだ。あのとき唐突にオルトスが戦意を消したように見えたのは、クウィルが無自覚に調和を為したからなのかもしれない。

けれど、自覚をもって使える力でなければ意味がない。それに、十の魔獣が襲い来る戦場で、魔獣一体の戦意を喪失させたところで何が変わるというのか。

「窮地に運良く使えればありがたいだろうが。戦場にいる魔獣すべてを掌握できないなら、皆の危険がそれほど減るとも思えない。逆に状況を混乱させる恐れもある」

「そこで、騎士団にとって必要かどうかを真っ先に考えるところがクウィルらしい。さすが、聖女相手に必要性だけを考えて安物の誓約錠を買う男は違う」

「……ザシャ」

苦い経験を引き合いに出してきた気の置けない友をじとりと睨《にら》む。するとザシャはこちらを向いて、書棚にもたれかかり腕を組んだ。

「なぁ、クウィル。もし、オレが転移術を使えるとしたら、どうよ」

「転移術はリングデルの王だけが使っていたという術だろう？　単純に血で受け継がれるかどうかはわからない」

ザシャらしい少々悪趣味な冗談だと、適当に受け流したときだった。

「困ったことに。それが、わかるんだなぁ」

返ってきた声にクウィルは眉《まゆ》をひそめた。いつもの彼らしい飄々《ひょうひょう》とした口調ではない。

ザシャは苦笑して書棚を離れ、クウィルの隣の椅子を引いて座った。

「禁書に触れてると、オレにも使えるなって、胸に火が付いたような感覚が湧く。だからさ、面倒なご先祖さんのことは、オレが転移術を使って餌《ルビ不明》ってやろうか」

「……待て、ザシャ」

「全部まとめてオレがなんとかするよ。魔獣も使役させないし、リネッタ嬢に手出しもさせない。騎士団も安全安心、いいことずくめだ」

「待ってくれ」

クウィルはザシャの腕をぐっと摑《つか》んだ。

「古代魔術は代償をともなう。リングデルの王は正気を失ったんだ。そんなものに手を出してどうする」

しかし、ザシャは難しい顔をして唸《うな》る。

「そろそろ本気でどうにかしなきゃまずい気がするんだよ。王都にオルトスが出ただろ」

「それは……」

クウィルも引っ掛かりを覚えていたことだ。契約により王の魂が魔獣を鎮めているのなら、なぜオルトスのような大型魔獣が王都の城壁の中までやってきたのか。それに、この半月ほどの魔獣の動向も妙だった。ノクスィラ山脈からまっすぐに王都だけを目指してくる動きは、まるで、何者かに呼び寄せられていたかのようだ。

「魂の契約が、限界に来てるんじゃないか？」

ザシャのその言葉に、重い決意を固めたようなその目に、クウィルの心臓がどくりと強く脈打った。

「初めっから、加護の切れ間ができるような不完全な契約なんだ。それが何百年と経ったら、大きなほころびができても不思議じゃない」

「だとしても、なぜザシャがすべてをかぶる必要がある！」

思わず声を張り上げてから、クウィルは荒らげた息を落ち着かせるために肩を上下させた。ザシャの腕を掴んだままの手に、ぐっと力をこめる。

するとザシャは「いてっ」とおどけて見せてから、なだめるようにクウィルの手を叩《たた》いた。

「オレはね、陛下が用意した新しい器だったんだよ」

何を言われたか理解できず、クウィルはうろたえてザシャの腕から手を離した。

「器……？」

「クウィルの母さんの力で魔王様にくっついたベツィラフトの魂を削って、できるだけ小さくしたところでオレに移すはずだった。そうしたら、転移術と呪術の両方が、オレを介してアイクラントのものになる」

「しかし！　それでザシャが自我を保てなければ――」

「そのときはオレを処分して終わりだ。陛下はいにしえの王家と違って、生まれ変わりを恐れてないからさ。どう転ぶかわからない明日《あした》より、今、古代魔術を手に入れることに夢中なんだ。ここまで異変が起きてるなら、遅かれ早かれ陛下はオレを使うことを考えると思う」

目眩《めまい》を覚えて額に手を当てると、ザシャは眩《まぶ》しいものでも見るように目を細めた。

「何の恩義もない王家の駒で終わるのは癪《しゃく》だと思ってきたけど、騎士団とか……まぁその、友のためとか、そういうのなら悪くない気もしてきた。ただ、オレがあっさり正気を失くしたら、そんときは悪いけど、団長とクウィルでどうにか頑張れ」

いつも飄々として、明るく気さくなザシャ・バルヒェット。クウィルは十年も隣にいた友のもうひとつの素顔を初めて見る。自分を王家の駒と言う彼は、いつからこの禁書庫に出入りして——いや、させられていたのか。

クウィルが黙り込んでいると、ザシャがにかっと笑って背中を叩いた。

「そんな重い顔すんなよ！　クウィルと違ってオレは古代魔術に手を出してみたかったりもするんだから」

「……は？」

「いやー、長年こんな部屋にいたからさぁ。オレも陛下と同じで転移術に魅せられた」

参ったと自嘲《じちょう》のようなものを顔に浮かべ、ザシャは軽い口調で続けようとする。

「だからクウィルは気にしないで、ややこしいことはオレに任せ——」

「ありえないだろう、それは」

クウィルが口を挟むと、ザシャは目の前で泡でも弾《はじ》けたかのような顔をして、ぱちぱちと目をしばたたいた。

そんな軽口でごまかせるものかと、クウィルは呆れ心地で十年来の友を見る。

「ザシャは、炎魔術も、それから剣術も、基礎訓練がいちばん好きだろう」

「へ⁉　え、まぁ、ねぇ。地味だけど、積み重ねると突然何か摑める瞬間がくるのが癖になるようなとこは、ある」

クウィルはこっくりとうなずいた。

「そういうことだ」

「どういうことだぁ？」

同じ日に見習い騎士になり、十年をともに歩んできた。地道な努力を愛してやまない彼の姿を、クウィルは騎士団の誰よりも長く見てきた。

魔術ではクウィルが勝っても、剣術では一歩遅れをとる。隊を任されたのはザシャが先だった。黒騎士団第一隊の長を務めるのは、団長に次ぐ誉れだ。並大抵の努力で成せるものではない。

何より。

――他人の魂を喰《く》って呪術《じゅじゅつ》を強奪したんだよ。

忌々《いまいま》しげにそんな言葉を口にするほど、ザシャは転移術を疎んでいる。

禁書に触れれば、自分に転移術が使えることがわかると言った。そんなザシャは、転移術について最も詳しく記された書を、椅子を踏み台にしなければ届かない一番高い棚にわざわざ収める。まるで、おいそれと触れたくないというかのように。

だから、クウィルは自信を持って言う。

「ザシャに転移術は必要ない。そんなものは、似合わない」

「なに、似合うとか似合わないとかの話なの」

「魂を、人の積み上げた研鑽《けんさん》を奪い取って満足するような男じゃない。私が粘るからもう少し待て。似合わないものに手を出すな」

クウィルがきっぱりと言い切ると、ひと呼吸分の沈黙を挟み、ザシャがけたけたと笑いだした。腹を抱え、足を踏み鳴らし、最後にはぺたりとふたつ折りになって苦しげに笑い続ける。

人が真剣に話しているのにその反応はないだろうと、クウィルはむっとして尋ねた。

「そんなに可笑《おか》しいか?」

「いや、クウィルだなぁと思ってさ」

目尻《めじり》に涙まで浮かべた友は、笑いの波を乗り越えて「あー」と天井を仰ぎながら両腕で顔を隠した。

「似合わないって言うなら、黒騎士の制服着てなくて剣のないクウィルこそ、オレは落ち着かない」

「実は私もそう思う」

「だから、うまく片付けてさ。全部終わったら、クウィルも騎士に戻って。そしたら飲もうなぁ。飲んで騒いで、くだらない血筋に悪態ついて夜明けまで歌う。オレ、そういうの大好き」

腕で顔を隠したザシャの、笑う口元が見える。クウィルも笑って友の肩を叩いた。

「私も嫌いじゃない。肉がつくとありがたい」

「とびきりイイ肉な。殿下におごってもらおうぜ」

腕を下ろしたザシャは、いつもの彼らしい、あっけらかんとした口調に戻っていた。

＊　＊　＊

王立図書館を出て、騎士団詰所に戻るというザシャと別れる。ザシャの照れとクウィルに蓄積した疲労により、いつもより早い解散となった。

まだ日が高い。薄暗い禁書庫とは別世界の明るさの中にいても、クウィルの気持ちは晴れない。リネッタを解放する良案が見つからないまま五日が過ぎてしまった。まっすぐラングバートの屋敷へ帰ればいいものを、クウィルの足は今日も聖堂へ向かった。すでに彼女はそこにいないだろうとわかっていても、訪ねずにいられない。

門前広場に立ち、聖堂を見上げる。

ここで、リネッタの独白を幾人もが聞いた。彼女が何を課され、巡礼の二年をどう生きてきたのか、安寧の陰に何が隠されていたのかを知った。アイクラント建国前からずっと秘されてきた真実を前に、皆、どうしていいかわからずにいる。

聖女の力を讃《たた》える声の中に、今は違うものが混じるようになった。

同情と、そして非難だ。

門番がクウィルに気づいて目を逸《そ》らす。悪意の渦の中心から一転、今は腫《は》れ物《もの》のように扱われている。雨の中のリネッタの叫びがそう仕向けたからだ。

あの日を境に、クウィルは聖女に振り回された憐《あわ》れな男になり、リネッタは運命を呪い他人を踏みにじった悪女となった。そうやって彼女は大胆に、ひとり勝手に突き進む。

婚約者として初めて顔を合わせた日からずっとそうだ。

「ラングバート、卿《きょう》！」

突然の呼び掛けに振り向くと、ややこしい色男が立っていた。

「クラッセン卿？」

マリウス・クラッセンに会うのは、リネッタに婚約を破棄されて以来となる。彼が謹慎処分の影響で今回の略式巡礼の護衛から外されたのなら、文句のひとつでも言われるかもしれない。クウィルが少々身構えていると、マリウスは以前よりも敵意のない顔で近づいてきた。

「……よく、聖堂前に現れると聞いたもので」

「それはつまり。私をお捜しだったということですか？」

クウィルの問いに、ああいやそのなんだとしばらく手足をばたつかせてから、マリウスはダンッと足踏みしてその奇怪な動きをようやく止めた。

「ラングバート……卿、には、報《しら》せるべきだと思ったのだ」

慣れない敬称をつけ、もったいつけた言い方をする。クウィルは戸惑いながらマリウスとの距離を一歩詰めた。

するとマリウスはクウィルにだけ聞こえるよう、さらに距離を詰めて小声で話し出す。

「巡礼に、出られていない」

クウィルが眉《まゆ》を撥《は》ね上げると、マリウスは慌てたように周囲を確かめてから続けた。

「聖女さ……リネッタ様がここで聖剣を鎮めていると聞く。我々白騎士にも一向にお呼びがかからないし、魔獣も鎮まっているなら、このまま略式巡礼の話は立ち消えになるかもしれない」

クウィルは聖堂を振り仰いだ。

あれからすでに五日だ。まさかその間ずっと、リネッタは感情を持ったまま聖剣と向き合っているというのか。

穢《けが》れを寄せ付けないような真白な聖堂の中で、ひとり、彼女が戦っている。

「……行かせてやってくれ」

「なに？」

思わずマリウスの肩を摑《つか》み、強く揺らしながらクウィルは声を張り上げた。

「頼む！　セリエス嬢を巡礼へ連れ出してくれ。卿ならできるだろう！」

「お、おい！　落ち着け、ラングバート！」

巡礼は呪いだ。あの笑顔も涙もベツィラフトの呪術がすべて消し去って、ラングバート家の屋敷に迎え入れた日の、人形のような彼女に戻してしまう。

けれど、その巡礼こそが彼女を守る。理不尽な運命に、心を踏みにじる暴力に、彼女のすべてを食いつくされてしまわないための残酷な救済なのだ。

マリウス相手にすがりついてしまいそうになる。そんなクウィルの手を丁寧に肩から外したマリウスは、咳払《せきばら》いを挟んでまた口を開いた。

「巡礼を止めているのはリネッタ様ご自身だと聞いている。私は、その……貴公のいる王都を、離れたくないのだろうと、思ってだな。こうして、伝えに来た」

「は……」

口の中でもごもごと言葉を結ぶマリウスを見て、クウィルは三つ数える間、思考を止めた。すると驚くことに、マリウスはクウィルに対し騎士式の礼をしてみせる。

「ラングバート卿には数々の非礼を詫《わ》びねばならない。貴公のことも、リネッタ様のことも、私には何ひとつ真実が見えていなかった」

目の前にいるのは本当にあのマリウス・クラッセンなのだろうかと、頬をつねりたい心境である。それでも、騎士の礼をもって謝罪を述べられたからにはと、使い慣れない貴族式の礼でクウィルも応じる。

顔に安堵《あんど》を滲《にじ》ませたマリウスは一度聖堂を振り仰いでから、世の令嬢に黄色い声をあげられるあの微笑までをもクウィルに向けてきた。彼は父親であるクラッセン侯爵に顔面の造形がよく似ているのだと、今さらになって気づく。

「せっかくここまで来ているのなら、面会を求めてはどうだ？　聖堂官に私から口添えすれば、今からでもお会いできると思うが」

今度は何を言い出したのだろうかと、首をかしげる。マリウスの口調が聞いたことも
ないほど穏やかなせいか、今ひとつ頭に入ってこない。

「大々的に誓約錠を切られた身で面会を求める男は、いないと思うのですが」

するとマリウスはなぜか目を瞠《みは》り、彫像のように美しく腕を組んだ。

「そう、だった……どうもリネッタ様が婚約を破棄されたという実感が湧かないが。と
なると、ラングバートがいるから王都にとどまっているわけでもないのか」

敬称が付いたり外れたりと落ち着かないところが、やはりマリウスらしい。ぶつぶつ
と独り言で思考を垂れ流してから、マリウスは整った思案顔でクウィルを見た。

「では、なぜ巡礼に出ようとなさらないのだ?」

「私に訊《き》かれましても」

「ラングバートをおいて、他の誰に訊けと言うのだ」

マリウスは呆《あき》れたようにクウィルの胸を叩《たた》く。

「私には聖女であったリネッタ様のことしかわからない。今のリネッタ様を一番わかっ
ているのは貴公だろう?」

とん、と胸を打たれたまま、クウィルはマリウスを凝視した。

「わかって、など……」

聖女リネッタ・セリエスが抱えるものなど、何も知らなかった。クウィルが知ってい

るのは、婚約者として迎え入れたリネッタだけだ。

夜這《よば》いをかけ、修練場に押しかけ、クウィルを守って勝手に誓約錠を断ってしまった彼女のことしか。

――そうだ。

聖女という肩書を最大限に利用する、強《したた》かなリネッタのことしか、クウィルは知らない。

その強かな彼女があえて聖堂にとどまると決めたなら、クウィルのそばに残りたいなどという感傷的な理由であるはずがない。

「……なんだ？　何を隠している？」

「お、おい。ラングバート。大丈夫か？」

冷静さを取り戻した頭は、芋づるを引くように大切なことを次々と思い出していく。

禁書庫に眠る記録が全てではない。クウィルにできることはまだ他にある。

「クラッセン卿！」

「お、ほぅ!?　どうしたラングバート！」

「クラッセン卿は素晴らしいかただ。私の霧を晴らす力をお持ちだ。貴殿を見込んで、頼みたいことがあるのです」

クウィルが肩を撫《な》でると、マリウスは照れ顔で目を逸らした。

「き、貴公には、私闘で済ませてもらった恩もあるからな。聞いてやろうとも！」

「侯爵家のご令息ともなれば、やはり宝飾の商いに顔が利きますか？　探していただきたいものがあります」

「……なぜ今、宝飾？」

不審げに眉を寄せるマリウスだが、その表情もやはり整っている。この美貌《びぼう》を損ねずに済ませておいたおかげで無茶な頼みごとができる。クウィルは過去の自分に感謝した。

＊　＊　＊

マリウスのおかげで霧の晴れたクウィルは、王立図書館に引き返しラルスを連れ出した。そのまま王城に向かい、ラルスの持つ正式な近衛《このえ》の肩書にすがって王太子を呼び出す。礼を欠いた呼び出しはあっさり叶《かな》い、王太子専用の応接室に通された。

豪奢《ごうしゃ》でやたらと尻《しり》の沈むソファにラルスと並んで座り、待つことしばし。

現れたレオナルトの姿に、クウィルは顔をしかめた。

「なぜ、殿下おひとりなのですか。妃殿下にもお尋ねしたいことがあったのですが」

「おまえな……王太子妃というものは、呼び出してほいほい出てくる存在じゃない。俺だって相手がラルスでなければ即座には会わん。声はかけてあるから、手が空きしだいくるはずだ。おとなしく待て」

今日のうちに会えるならいい。王太子妃を待つ間に、クウィルはひとつめの疑問を片付けることにした。

「では、先に殿下と兄上にお尋ねします。子どものころ、聖剣に触れて魂が捕らわれたことがあったと、ラングバートの父から聞きました。私の実母、オルガがおふたりを助けたのだ、とも。そのときのことを教えていただけますか」

レオナルトとラルスは顔を見合わせた。ふたりしてあごに手を添え似たような姿勢で考え込んでから、先にラルスが口を開く。

「闇の中にいたのは、なんとなく覚えているかな。うねうねとした黒いものが殿下と私を引きずり込もうとした。そこに光が差して目が眩《くら》んで、気がついたらもう、オルガ様の腕の中だった」

「俺も似たようなものだな。あの闇が、聖剣の内側……なんだろう」

聖剣には転移術を模倣したベツィラフトの術が編み込まれている。だが記録によれば、その術は新たな魂を聖剣に取り込むものではなく、聖剣の内にある魂――リングデル王に喰《く》われたベツィラフトの魂を王から引き剝《は》がし、剣の外へ導くためのものだ。

ならば、ふたりの魂を引きずり込んだのは、リングデル王の転移術をおいて他にない。

そして、オルガは王の転移術によって聖剣に捕らわれたラルスとレオナルトを救った。

解呪《かいじゅ》――呪術を解くための力を使ってだ。

「オルガ様は、自分の血を俺たちの口に含ませたのだそうだ。ベツィラフトのまじないだとかでな」

ここでも血が関与するのかとクウィルは考え込む。こうなると、クラッセン邸でリネッタの傷口にクウィルの血が付着したことが、いよいよ無関係ではない気がしてくる。

「他にも何か覚えておられますか？」

「そうだなぁ。レオがあとで水責めみたいに口を洗われて大変だったことぐらいしか」

「ラルス、そこは思い出させるな……」

兄が王太子を愛称で呼んだ。相変わらず私的な場でこのふたりがそろうと、子どもの頃のように雰囲気が緩む。そんな緩みに乗って肩の力を抜き、クウィルは冷静に尋ねた。

「やはり転移術は、解呪の力で破ることができるんですね？」

隣に座るラルスが、ぴくりと肩を震わせた。

「クー。それは駄目だ」

テーブル越しのレオナルトはラルスに同調するように首肯し、前のめりになってクウィルとの距離を詰める。

「転移術には挑むな。おまえの命が削れる」

強い言葉に、クウィルは長い吐息だけを返した。

魔獣の脅威を最大限に抑えつつリネッタを解放する方法が、これで明白になった。オルガがそうしたように、解呪で転移術を破ればいいのだ。

クウィルが解呪を使い、リングデル王の転移術で取り込まれているベツィラフトの魂を聖剣からすべて引き剝がす。そうすれば王は呪術を失い、魔獣を使役することができなくなる。これならリネッタにかけられた契約を解いたとしても、大規模な魔獣の襲撃は回避できるはずだ。

「他に、道がないでしょう。それとも、このままセリエス嬢ひとりにすべてを背負わせ続けろとおっしゃいますか」

「まだ五日だよ。クーが焦る気持ちはわかるけれど、そう結論付けるには早すぎる」

ラルスがクウィルの手を強く握《し》ってくる。

「その道は、陛下がオルガ様に強いたものだから。そうなって欲しくなくて、父上はクーを呪術から遠ざけてきた。私も、殿下もそうだよ。父上が禁書庫の鍵《かぎ》を渡したのだって、何も知らないまま陛下に利用されるのを避けるためだ」

「俺がおまえを近衛で預かると決めたのも同じことだ。俺の直接の配下となれば、陛下においそれと手を出されることはなくなる」

ありがたい言葉だが、それが余計に苦い。なぜリネッタではなく自分が、こんな風に手厚く守られているのかと思う。

「クー、わかって欲しい。オルガ様でさえ命がけだったのだから。他に道を探そう」

あまりに分の悪い賭《か》けだということは、クウィルにもわかっている。

王命で聖剣の——転移術の解呪を試みたオルガは、一年で命を落としたという。

クウィルには今、知識としての呪術しかない。それに、すでにベツィラフトの民の命は失われ、教えを乞《こ》うことも、他者の呪術に触れることもできない。この状況でオルガを上回る解呪の使い手になるなど、とんだ夢物語だ。

「これから、クウィルにはザシャとともにあらゆる古代魔術を研究してもらうつもりでいる。それが、リネッタ嬢を救う道につながるはずだ」

気の遠くなるような王太子の話に、クウィルは拳《こぶし》を握りしめた。

「ですが、セリエス嬢は聖堂にとどまっています。このままでは彼女の心が持ちません」

「わかっている。彼女には、無理にでも巡礼に——」

そこでガタンと荒く扉が開かれ、王太子妃ユリアーナが部屋に飛び込んできた。

レオナルトが慌てて立ち上がる。ユリアーナは入ってきた勢いそのままに、レオナルトに詰め寄った。

「どういうことです、殿下。リネッタはちゃんと巡礼に出たと、わたくしにおっしゃったではありませんか」

「……伝えれば、リアが心配するだろうと思った」

「わたくしに嘘をついたのですか。では……ではリネッタはずっと聖堂に？」

「そうだ。この五日、リネッタ嬢は聖剣の間にいると聞いている」

ユリアーナが顔色を失《な》くし、その場にへたりこんだ。

「止めて、ください」

「リア？」

「止めて。お願いです！　リネッタを止めて！」

クウィルは立ち上がり、レオナルトの身体にしがみついて叫ぶユリアーナに駆け寄る。

「やはり、妃殿下は何かご存じなのですね？」

王太子夫妻から夜会を提案されたあの夜、リネッタは言った。

——妃殿下の前では子どもに戻って何でもお話ししたくなってしまいます。

もしも、リネッタが何か策を秘めているなら。それを誰かに明かすならば、彼女が姉のように慕い、最後の望みを託すほどに信頼を置いたユリアーナしか考えられない。

「教えてください。セリエス嬢は何をする気ですか」

「あるのです、ひとつだけ。全てを終わらせる術《すべ》が。でもっ！」

ユリアーナの手は、華奢《きゃしゃ》な身体からは想像もつかない強さでクウィルの腕を摑《つか》んだ。

「卿、どうか今すぐ聖剣と聖女の契約を解いて……リネッタが死んでしまう！」

そして、ユリアーナは語りだした。巡礼の終わりに南の神殿でリネッタから明かされたという、聖女の秘密を。

＊　＊　＊

四つの神殿を巡る二年の巡礼。その始まりの地である北の神殿で、リネッタの全ての感情は削ぎ落とされた。残る三つの神殿はお飾りだ。聖女がアイクラント全土を巡るのは、聖堂の存在意義を示すためでしかない。

聖堂にとってか、王家にとってか、都合の良いものとして使われる聖女。正しく自分の立場を理解したのは、何の感慨も抱けなくなってからだった。

逃げる意思も、壊れるための嘆きもない人形となったリネッタに、聖剣はここに至るまでのおとぎ話を語った。聞けば聞くほど、始まりの娘と自分を同じものと結びつけるのが、どうにも腑《ふ》に落ちなかった。

本当に魂はそのまま巡るのか。巡ったとして、新たに生まれ落ちたときには、別のものに書き換わるのではないか。抱いた疑問をそのまま投げかけると、聖剣に眠る王は嗤《わら》って答えた。

『人形となった今のおまえにならば聞こえよう。おまえの内にいる憐《あわ》れな娘の声が』

王に言われるまま、リネッタは自分の内側へと意識を向けた。

初めは微《かす》かに。しだいにはっきりと。

誰も、自分を信じなかったのだと。この力があれば、王の術を破り、王を討つことができるはずだったのだと、湿っぽく泣いてばかりの声が聞こえてきた。

この五日間、リネッタは自分の内ですすり泣くその娘に、何度も呼びかけてきた。心優しき聖女らしさをもって、時に押して時に引いて、悲嘆にくれる十六歳の娘を慰め、呼びかけ続けてきた。

だというのに、娘はリネッタを無視して、やれ悲しい、やれ寂しいと泣き続ける。しまいには、かの王すら憐れなのだと言い出すから呆《あき》れてしまった。

人をこれほどに蹂躙《じゅうりん》しておいて、こんなにも汚しておいて、それを憐れとは。

「笑わせないで」

ベッィラフトの解呪《かいじゅ》の力などという奇跡に期待をしたことはなかった。この運命から救ってくれとねだるつもりもなかった。

けれどクウィルはリネッタに、抗《あらが》うための怒りを取り戻してくれたのだ。

「あなたの持つ力は、わたしが使います」

ベッィラフトに呪術があり、リングデルに転移術があるように、アイクレーゼンにもまた、魂に作用する古代魔術があった。王の子でありながら厭《いと》われ隠された娘だけが持っていた力――いかなる魂をも焼き尽くす、強き炎だ。

この炎は怒りの感情を火種にせねば働かないのだと、娘はすすり泣きの合間で言った。だから、この魔術は名前すらないまま聖女の魂の内に封じられた。そうして、歴代の聖女が粛々と使い捨てられてきた。誰ひとり抵抗せず、上品な人形として王家に引き取られ、死んで、生まれて、また踏みにじられてきた。自分の内にこれほど強大な武器が眠っているというのに、皆、その武器に手を掛けることもなく終わってしまった。

クウィルに出会えなければ、リネッタも彼女らと同じだったかもしれない。

けれど出会えた。だから、戦ってみせる。

血で受け継がれるという古代魔術を、王家の血を持たない身体で満足に扱えるかどうかはわからない。それでも、クウィルと出会い、感情を取り戻したこの奇跡に賭けると決めた。

「寄越《よこ》しなさい」

リネッタは、内に眠る始まりの聖女に命じる。押しても引いても動かないなら、交渉はしない。慈愛の聖女の仮面を捨て、強《したた》かなリネッタとして要求する。

魂が何者であろうと、ここにいる自分はリネッタ・セリエスなのだから。

「いつまでも泣いていないで、わたしにその力を寄越しなさい！」

＊　＊　＊

ユリアーナの語ったことが真実ならば、おそらくリネッタは今、始まりの聖女が持っていた古代魔術を継承し、自分もろとも聖剣に眠るリングデル王の魂を滅ぼそうとしている。動揺の収まらないユリアーナが侍女に連れられて部屋を出ていく中、クウィルは自分の手首を摑み、聖堂へ走り出したい衝動をじっと堪《こら》えていた。

焦りの中にいるクウィルの肩に、レオナルトの手が置かれる。

「俺は陛下のもとへ向かう。おまえは聖堂へ行く前に騎士団に話をつけておけ」

「殿下、よろしいのですか」

聖堂に行く――つまり、リネッタにかけられた契約を今すぐ解いていいのかという疑問を含ませて問えば、レオナルトはうなずいた。

「今さらリネッタ嬢を止められるとは思えない。ラルス、クウィルが聖堂へ立ち入れるよう許可状を渡したい。用意してくれ。それから、議会に出ている貴族をそのまま議場に引き留めておくよう伝令を出せ」

ラルスがレオナルトの指示を受けて動き出す。クウィルは膨れ上がる焦りで手首に爪を食い込ませながら、レオナルトにもう一度問いかける。

「本当に、よろしいのですか。今、契約を解くということは……」

——娘は、永遠に王の魂とともにあることを。

契約で結ばれたままリネッタがリングデル王を討てば、ユリアーナの危惧《きぐ》するとおり命に関わる可能性が高い。彼女の命を確実に守るためには、先に契約を解くしかない。

だが、今なお聖剣の内側には王とともに数多《あまた》のベツィラフトの魂があり、王は膨大な呪術を握っている。契約を解いて花嫁を奪えば、現在王都周辺を徘徊《はいかい》している大量の魔獣を激昂《げきこう》したリングデル王が蜂起《ほうき》させ、騎士団にとって過去最大規模となる総力戦を引き起こす可能性がある。

「では、リネッタ嬢ひとりが命を賭《と》して王を討ち、かつ命を取り留めるという奇跡に期待をかけるか？」

レオナルトに問い返され、クウィルはぎちりと奥歯を噛《か》み締めた。理性で考えれば、おそらくそれが、アイクラント王国にとってもっとも危険の少ない道だ。

クウィルが返答に詰まっていると、レオナルトが険しい表情で言葉を続けた。

「アイクラントの王位を継ぐ者としては、それが正解なのかもしれん。だが、俺はここで王家の罪を清算する道を選ぶ」

「罪、ですか？」

「聖女がどうやって国を護《まも》ってきたのか、もはや王都の誰もが知っている。その聖女が命を落としたとなれば暴動が起きる恐れもある。リネッタ嬢には無事に聖堂を出て、王家からの謝罪を受けてもらう」

王家のために彼女を利用すると言わんばかりの口ぶりに、クウィルはふつふつとした怒りを覚えて顔を歪《ゆが》めた。それでも、レオナルトは淡々と続ける。

「陛下は古代魔術を手にする夢に魅せられている。その先に待つのはリングデルと同じ滅びだと俺が何度言ったところで、鼻であしらうだけだ。ならばこの機に、古代魔術の恐ろしさをすべて白日のもとに晒《さら》す。そうして民意を動かせば、陛下の夢に多少の足踏みをさせることはできる。聖女への謝罪は、そのための舞台にさせてもらう」

結局リネッタは道具かと、クウィルはきつく拳《こぶし》を握りしめる。

するとそこへラルスが戻ってきて、向かい合うクウィルとレオナルトの間に割って入った。用意した許可状をテーブルに置き、ペンをレオナルトに差し出しながら少々呆れた口調で兄は言う。

「私たちしかいない場でまで、そう為政者ぶらずとも」

「……ぶってなどいない」

「レオ、ここは素直になって良いところだと思うよ」

子どもを諭すようなラルスから、レオナルトは荒っぽくペンを奪い、許可状に素早くサインを走らせた。そして大きくため息をつき、サインの終わりにインクの溜《た》まりを作りながらぼそりとつぶやく。

「いつか必ず聖女の枷《かせ》を外してみせると、リネッタ嬢と約束をしたからな。それに……リネッタ嬢とクウィルが並ぶ姿は……なかなか……面白いじゃないか」

「は……」

クウィルが口を半開きにすると、レオナルトはペンを置いて許可状を突き付けてきた。

「聖剣も、聖女も、すべてここで終わらせる。俺はおまえの解呪に賭《か》ける」

クウィルの肩に、レオナルトの期待がずしりとのしかかる。その重みを感じながら、許可状を受け取ったクウィルは深く一礼して走り出す。

何百年と動かなかったものを、今、突き崩そうとしている。大きく渦巻く嵐の中心にいつの間にか自分は立っていた。

王城を出たクウィルは黒騎士団の詰所に飛び込み、まっすぐ団長ギイスの部屋へ向かった。すれ違う元部下たちが何事かと追いかけてきて、団長室にたどり着く頃には後ろに集団ができていた。

「団長！」

　ノックも挨拶《あいさつ》も忘れ、ザシャのような無礼さで扉を開ける。力加減を誤ったせいで古びた扉の蝶番《ちょうつがい》が外れて、扉はおかしな角度で床を削って止まった。

「元気そうだな？」

　目を丸くしながら言うギイスに、クウィルは頭を下げた。同時に、大きな躊躇《ためら》いがクウィルの胸をよぎった。

　婚約者ひとりと、アイクラント王国。理性で考えれば天秤《てんびん》にかけるべくもないものを比べ、感情で選ぼうとしている。黒髪赤目の自分を受け入れてくれた仲間たちに、もう仲間ではなくなった身で、恐ろしいことを頼もうとしている。

「ギイス・キルステン侯爵閣下……騎士団の力を、私にお貸しいただきたく参りました」

「ほお。何がしたい？」

　ギイスが愉快なものを見るように問う。頭を上げたクウィルの眼裏《まなうら》に、どうしてかリネッタの背中が見えた。雨の中で、一切の迷いを振り切るように背筋を伸ばすあの姿が。

　クウィルは襟を正し、両足に力を込めて立つと、ギイスを見据えた。

「私の婚約者を迎えに行きます。現在王都周辺域を徘徊している魔獣が一斉に動きだすと予想されますので、黒騎士の皆様にはその襲撃に備えていただきたい」

　途端、クウィルの背後で割れんばかりの歓声が上がった。ぎょっとして振り向くと、黒騎士らが皆そろって満面の笑みで動き出す。

「さすが、我らが隊長！」

「そうこなくちゃなぁ！」

「おい誰か、隊長の騎士服持ってこい！」

熱気に圧倒されるクウィルをよそに、いつもの黒騎士らしいお祭り騒ぎが始まる。

「待ってくれ……私は騎士を辞した身で」

「階級章は外しますって！　騎士服の防護も剣もなしじゃ、いざってときにお姫様を守れませんよ！　そうそう、お姫様奪還のあかつきには前線へのお力添えもお願いします」

「いや、しかし──」

焦るクウィルの目の前に、見慣れた剣がぬっと現れた。騎士を下りたときに騎士団に返納したその剣をクウィルに差し出して、ザシャがにっかりと笑う。

「まぁ、皆お待ちかねってことだ」

そうだそうだと、拍手と歓声がザシャを支持する。ギイスは見逃すと言わんばかりに目を閉じ、クウィルの肩には黒い騎士服がばさりとかけられた。

「ほーれ、臨時騎士見習いのクウィル・ラングバート殿。我ら黒騎士、返り血浴びても金銀降らず？」

ザシャにうながされ、仲間に背中を押されて、クウィルは剣を手に苦笑混じりで応《こた》えた。

「……ただ絆《きずな》のみが、永劫《えいごう》の富」

第五章　騎士、クウィル・ラングバート

馴《な》染《じ》んだ黒の騎士服を纏《まと》い、腰に剣を佩《は》いて、クウィルは聖堂の門前に立った。

門番らが浮き足立ち、庭園に出ていた聖堂官らが慌てて飛び出してくる。

何事かと問おうとする聖堂官の眼前に、クウィルはレオナルトから渡された許可状を突きつけた。

「セリエス伯爵令嬢、リネッタ殿の元へお通し願う」

略式とはいえ王太子の印が入った立ち入り許可状だが、門の向こうの聖堂官はうなずこうとしない。

「聖女様はただ今、聖剣のもとで鎮めの儀を努めておいでです」

「承知の上でお願い申し上げる」

「何びとも近づけるなと。わたくしども聖堂官は聖女様のお言葉を優先いたします」

クウィルは腰に佩いた剣に手を添えた。聖堂官はその動きに目を留めるなり、嘲笑《ちょうしょう》を浮かべる。

「聖女様のおられる場を、血で汚すおつもりですか。やはり赤目のベツィラフトのお考えになることは、わたくしどもには到底――」

聖堂官はその先の言葉を失くし、半端に口を開いたまま動きを止めた。クウィルは腰

から剣を外して門前に置き、その場に片膝《かたひざ》をついていた。

「お通し願いたい。今すぐに」

広場を通りかかった者が、何事かと好奇の目を向ける。聖堂官らが聖堂からひとり、またひとりと現れ、動揺のざわめきがクウィルの耳まで届いた。

「何をしている」

跪《ひざまず》くクウィルの後ろから、硬い靴音を響かせて男がやってきた。白を基調とした騎士服にアイクラント伝統のプラチナブロンドの髪を揺らす色男である。

「……クラッセン卿《きょう》？」

「父上の予想したとおりだな。聖堂は王家に歯向かう意志をお持ちのようだ」

マリウスはクウィルの肩を軽く叩《たた》き、いつもより低く張りのある声を聖堂官に向けた。

「騎士が剣を下ろし膝をつく意味をお分かりでないのか」

「し、しかし！」

「聖堂に立ち入る程度のことに剣を賭《と》す覚悟を、貴公らは軽んじるおつもりか！」

一喝すると、マリウスはクウィルを半ば強引に立たせた。剣を拾い上げてクウィルの胸に軽く押し付ける。

「こういうときこそギイス団長の侯爵位を使えばいいのだ。貴公はもう少し貴族の立ち回りを学ぶと良い。ひいてはそれが、リネッタ様を守る力になる」

リネッタを攫《さら》った男に言われるのは複雑な心境ながら、クウィルは剣を腰に戻す。マリウスは白騎士一隊を率いて門前に並ばせると、その先頭に立ち書状を広げた。

「王都にて大規模な魔獣戦が予想される。聖堂はこれより民の救護救援態勢に移り、庭園を解放されよ。これは貴族院より聖堂への要請である」

宣誓のような声に広場がざわめく。呆気《あっけ》にとられるクウィルに、マリウスがぱちんと片目を閉じて耳打ちする。

「陛下から議会に話があったそうだ。白騎士は民の保護と聖堂の護《まも》りを命じられた。何か、おおごとなのだろう？」

「かなり、おおごとになろうかと」

「そうか。では我々も心してかかろう」

彼は本当にマリウス・クラッセンなのだろうかと思っているうちに、聖堂官らが慌ただしく門を開いた。同時に、マリウスがクウィルの背中を押す。

「聖剣の間は三階の東奥だ」

言われるなり、クウィルはマリウスに首肯のみを返して駆け出した。

＊　＊　＊

リネッタがユリアーナと出会ったのは、十歳になった頃のことだった。

セリエス伯爵家の娘の義務だと強《し》いられた子どもの茶会はあまりにもつまらなくて、

会場を抜け出し木登りにいそしんでいたところをユリアーナに見つかった。ユリアーナは目を輝かせ、自分も登ると手を伸ばした。のちの王太子妃は、リネッタに負けずお転婆だった。

それから茶会で会うたびに、ふたりでこっそり会場を抜け出した。まるで姉妹のように、いつも手をつないで走り回った。彼女といる時間だけがリネッタの喜びだった。最後に同席した茶会で、ユリアーナはリネッタにあの手帳をくれた。望みが叶《かな》うなどという夢物語も、ユリアーナの言うことなら本当になってしまいそうな気がして、リネッタは手帳を大切に抱きしめた。のちに巡礼に出るとき、リネッタが持ち込みたいと思ったのはこの手帳ひとつだけだった。

手帳の最後の一頁とともに、始まりの聖女が持つ力を、南の神殿でユリアーナに打ち明けた。決して使わないこと、最後まで諦《あきら》めないことを、強引に約束させられた。

そんな大切な姉との約束を、リネッタはここで破る。

リネッタの内ですすり泣いていた娘は、この力を炎だと言った。その言葉どおり、身体の奥深くで熱が膨れ上がっていくのを感じる。リネッタは堪《たま》らず、握りしめたシーツを乱してベッドから転げ落ちた。

真白な聖女の装いは汗で濡《ぬ》れそぼち、脚にまとわりつく。シルバーブロンドの髪はもつれ、足取りはおぼつかない。

それでも、青い瞳《ひとみ》は前を向いた。

『その力を使うつもりか？　我が魂が消えればおまえも消える。それが契約だ。恐怖に耐えられまい』

二年間、毎日のように聞き続けた耳障りな声に、リネッタは虚勢の笑みで返す。

「どうでしょうね。先に契約を違《たが》えてみせたのはそちらでしょう」

聖女がともにある限り魔獣を鎮めるという永遠の契約を、王こそが破った。歴代の聖女と違う異例の婚約を結んだリネッタに不満を抱いたこの王は、アイクラント王都に黒狼を、そしてオルトスを引き入れた。

聖女の装いの上から、胸元に手を当てる。星が焼き付けた聖女の証《あかし》である忌々《いまいま》しい花びらのあざは、いつの頃からか少しずつ薄くなっていった。何百年という時を超えたこの契約は、すでに大きくほころびているのだとリネッタは信じる。

『確証もなしに、愚かなことよ。それほどあの男が欲しいか。命を賭すほどのものか』

「ええ。だって、とてもいい男なのです。わたしの選んだかたは」

重い足を引きずり、前へ進む。

聖剣に嵌《は》め込まれた赤い石――ベツィラフトの呪術《じゅじゅつ》の結晶に、クウィルの瞳を重ねる。

――……いい男、だろうか。

あうためて自問すると、つい笑ってしまう。

大きな魔獣から自分を守ってくれた王子様だった。物語のようだと思っていた出会いを語るとクウィルはなぜか気まずそうに口を曲げたけれど、十二歳の彼があの場に現れてくれなければ、間違いなくリネッタは命を落としていた。五歳のリネッタの目に、彼の背中は大きく、力強く見えた。

だからこそ、命の恩人であるはずの彼を恨みもした。雨の中で彼に投げつけた言葉は、まったくの嘘ではない。降りかかった運命は耐えがたく、あの日すべてが終わっていればと何度も思った。消せない恋と憎しみの狭間《はざま》で、感情が消えるまでの間に何度も心が裂ける音を聞いた。

だから、せいぜい頭の痛い婚約にしてやろうと思った。我ながら子どもじみた復讐《ふくしゅう》だ。クウィルを振り回し、何度も試すようなことをした。自傷も、夜這《よば》いも、詰所への急な訪《おとな》いもそうだ。それで彼が音を上げて逃げ出したとしてもかまわなかった。

手帳には誓約錠が欲しいとしか書かなかった。その先にあるべき指輪は望まない。この恋は初めから、婚約で始めて破棄で終えるつもりでいた。

リネッタはさぞ面倒な女だっただろうが、クウィル・ラングバートもなかなかのものだった。

初日には出迎えもなく、安物の誓約錠を淡々と手首に巻き、これで良しみたいな顔をして、まるでリネッタに関心がなくタウンハウスに放置した。手紙の返事は三行しかない。贈り物どころか、花の一輪も届かない。

貴族として、婚約者として、彼は決して褒められる態度ではなかった。夜会や縁談から逃げ出したかっただけなのだという本心が随所に透けて見えていた。

本当の姿は夢見た王子様のものとはかけ離れていて、不器用であまりにも素っ気ない。けれど彼は、社交用に作る笑顔より、一瞬でも抱いた本音がいいと言った。たった三つを数える間に消えるような、リネッタの些細《ささい》な想いを拾おうとした。

心が伴わなければ身体は痛むのだと、リネッタの誘いをすげなく躱《かわ》した。あのときリネッタが、三つ数える間にどれだけ胸を震わせたかを彼は知らない。

セリエスという厭《いと》わしい伯父《おじ》の家名も、彼の声で呼ばれるときは悪くないと思った。雨の中、その声がリネッタの名を強く呼んだ瞬間。快を伝える左手を、空高くまで上げたいほどに心が泣いた。

――この人と、憂いのない恋をしたい。

だから彼を悪意から守るために、悪女を演じた。

きっと今頃、王都で彼に向けられる視線は好転したことだろう。リネッタがそう仕向けたのだから。あの美しい琥珀《こはく》の瞳を、穢《けが》れた赤などと呼ばせない。

いずれアイクラント王がクウィルの解呪に気づけば、彼を配下におさめようと必ず動き出す。その前に、自分が全てを終わらせる。彼を誰にも渡しはしない。

今度はこの聖剣を、亡国の王を滅ぼし、自分が真の聖女になる。そうして、誰にも後ろ指を指されることなく、あらゆる祝福を受けて彼の隣に立ってみせる。

魂を焼き尽くす不可視の炎を右手に宿す。この手が示す思いは、不快だ。

　この身に刻まれた契約はすでに解かれたと信じて、炎を宿す右手を聖剣へと伸ばす。同時に、胸のあざが何かに貫かれるように痛み出す。

『ついに気が触れたか。ともに朽ちるつもりか！』

「いいえ！　わたしはクウィル様の元に帰ります！」

　その瞬間、荒っぽく扉を開く音がして、リネッタの身体は後ろから抱きしめられた。

「まったく。貴女《あなた》という人は」

　耳元で彼の声がする。不意に訪れた温かさにリネッタの全身の力が抜け、そのまま彼の胸に倒れ込んだ。

「クウィル、さま？」

「セリエス嬢が豪胆で向こう見ずだということはよくわかりました」

　クウィルの琥珀の瞳が、リネッタの無事を確かめるように顔から全身へと動いた。

　途端に、頭から水を浴びせられたような心地がした。ここでリネッタが聖剣に何をされてきたのか、彼はもう、全て知ってしまっている。

「あ……ぁ」

　焦って目を逸《そ》らした先には乱れたベッドがある。そこからさらに視線を逃がすと、今度は汗にまみれた自分の身体に気づいてしまう。

　リネッタはクウィルの手を振りほどき、自分の身体を抱きすくめた。そんな惨めな聖女を、憐《あわ》れ、憐れと聖剣が嘲笑《あざわら》う。

彼を誰にも渡したくない。あらゆる祝福を受けて彼の隣にいたい。

憂いのない恋をしたい。けれど。

――わたしに、それが許されるのだろうか。

どれだけ心を侵されようと自分には一片たりとも瑕《きず》はないのだと、精一杯張り続けた虚勢が剝《は》がれる。リネッタが思う高潔な聖女の顔が砕けてしまう。

「お目汚しを……お詫《わ》びします」

「セリエス嬢?」

「どうか、目を閉じていてください。こんな、汚らしい」

「リネッタ!」

両肩を摑《つか》まれ、強引にクウィルと向き合わされる。

瞬時にリネッタはきつくまぶたを閉じた。彼に同情を向けられるぐらいなら、このまぶたを縫い付けてしまうほうがいい。憐れみを聞くのも耐えられない。耳を塞《ふさ》ぎたくて、自由にならない両腕を暴れさせる。

すると、クウィルから聞いたこともないほど巨大なため息が飛んできた。

「申し訳ないが……貴女の頼みでもそれは承諾しかねる。いかに堅牢《けんろう》な氷壁などと呼ばれている私でも、大切なものを目で追いたい欲はあります」

思わずまぶたをぱちんと開いた。

目の前にある深い琥珀色の瞳が、まるで焦がれるようにリネッタを見ている。太い指がまぶたを撫《な》でて、リネッタの睫毛《まつげ》に留まった焦燥の涙を掬《すく》う。そしてその一滴は、彼の唇へと運ばれた。

「もし貴女の不安を消せるというなら、今すぐベッドにお連れして、汚れなどひとつもないと証明したいぐらいだ。この場所で貴女に触れるのは腸《はらわた》が煮えくり返りそうだから、どうにか耐えていられる」

いったい自分は今、何を言われているのだろうか。

頭の中で何度も彼の声を反芻《はんすう》する。焦りで潤んでいた視界が少しずつ晴れて、身動《みじろ》ぎもできず彼の顔を見つめた。

すると、クウィルが頰に朱を走らせ、悔し気に目を逸らした。

「我ながら品のない……忘れてください」

そう毒づいた彼は、軽く頭を振って雑念でも払うようにしてから、何かを探すようにリネッタの顔や手を見る。

「傷口はなさそうですね……そうだ、聖女の証というのはどちらにありますか？」

「証でしたら、ここに」

そういえば、彼にこのあざを見せたことは一度もなかった。リネッタが聖女の装いの胸元を押さえると、クウィルは面食らったような顔をした。

「そんなところとは……少し、見せていただけますか」

「それは、かまいませんが」

意図がわからないままリネッタがボタンを外して胸元を軽く開くと、クウィルは少しの躊躇《ためら》いを見せてから聖女の証《あかし》に視線を落とした。続いて彼は剣を抜き、自身の親指の腹に傷をつけ血をぷくりと湧かせる。

「クウィル様、いったい何を」

「呪術《じゅじゅつ》を解くには、血を結び他者を想えとありましたので。以前も貴女の傷に触れたのがきっかけでしたし、とにかくやってみます」

「え？」

リネッタが聞き返す間に、クウィルは傷ついた親指を聖女の証に押し当てた。指はすぐにリネッタのもとを離れて、あざには彼の血が残される。

少し待ってからクウィルは騎士服の袖《そで》で血を拭《ぬぐ》い、すぐに難しい顔になる。

「証は消えませんね。やはり、母のように直接口に送り込むほうが……」

胸のあざを凝視しながらクウィルがぶつぶつとこぼし、今度は右手をリネッタのあごに添えつつ、親指の傷をぱくりと口にくわえた。

「すぐに終わらせます。ご辛抱いただけますか」

呆気《あっけ》に取られていたリネッタは、そこでやっと彼が契約を完全に解こうとしているのだと理解し、慌てて首を左右に振った。

「駄目です、クウィル様。解呪は命を削るかもしれないのでしょう？」

強大な古代魔術は代償をともなう。クウィルの生母オルガが、王とともに聖剣に封じられたベッィラフトの魂を解放するために命という代償を払ったことを、リネッタは聖剣から聞かされている。

では、魂に刻まれた契約を完全に解くのに払う代償はどれほどのものか。

誰も試したことがない、聖剣に宿る王ですら知らない未知の解呪だ。そんな恐ろしいものをクウィルに使わせたくない。

賭《か》けに出るなら自分がいい。だからこそ、クウィルが解呪を完全に手にする前に聖女の力を手に入れ、その炎ですべて終わらせようとしたのだ。

「わたしなら、大丈夫です。もうこの契約はほどけかけていると、そんな実感があるのです。ですからわたしにすべて任せてください」

うつむいて表情を隠し、クウィルを突き放そうとした。けれど突き出したリネッタの手は強い力で掴まれ、伏せた顔は彼の手で強引に上向かされた。

どうしてか、悔しげにクウィルが眉《まゆ》を寄せている。琥珀の瞳《ひとみ》の奥に、燃え盛るような熱があるのがわかる。

「なぜそうやって、貴女おひとりで何もかも背負おうとなさるのですか」

「それは……聖女の運命を課せられたのは、わたしなのですから。わたしの手で――」

「貴女のその運命に、私を巻き込んでくださるのだろう！」

嚙《か》みつくように口を塞がれる。クウィルの赤琥珀の瞳はすぐそばにある。半分ほど伏せた彼のまぶたにリネッタが鼻からもらした息がかかり、彼の長い睫毛が揺れた。

そうして、彼の血の味を知る。

「ん、ぅ」

漏れ出た自分の声がリネッタの羞恥《しゅうち》を撥《は》ね上げる。腰に添えられたクウィルの手が、声に呼応して力をこめるのが伝わってくる。

は、と彼の吐息が聞こえると互いの唇が離れ、リネッタは息のしかたを思い出す。

ふわりと胸が温かくなった気がして視線を落とすと、そこにあったはずのあざがない。

「解けた……？」

十六歳からリネッタを縛り続けた聖女の証が消えた。思わず視線を上げると、心底から安堵《あんど》したようなクウィルと目が合った。彼の頭がぐらりと揺れ、リネッタの肩にとすりと降りる。

「クウィル様っ」

「平気、です。セリエス嬢、早く……王の魂を」

びしり、と聖剣の刃にひびが入る。

『お、お』

鍔《つば》に嵌《は》め込まれた赤い石に、ビキビキと亀裂が走っていく。

『おおおおおおおおおっ!!』

石がはじけ、聖剣が台座ごと祭壇から転げ落ちる。落ちた衝撃で台座から抜けた聖剣はクウィルのそばで床を軽く跳ね、黒い霧をごうっと噴き出した。

瞬時にクウィルが身をひるがえす。彼の手で弾《はじ》き飛ばされたリネッタは、床に倒れ込みながらそれを見た。

闇が、真っ黒な悪意が、クウィル・ラングバートの身体を呑《の》み込む瞬間を。

「クウィルさまあああっ！」

霧が聖剣に吸い込まれると、闇から解放されたクウィルの身体が、糸の切れた人形のようにその場に倒れ伏した。

リネッタは駆け寄り、重い身体を摑んで引き起こす。

うっすらと開いたまぶたからのぞく彼の琥珀色の瞳は、光を失くしていた。

＊　＊　＊

強い西日の射す中、王都を囲う城壁の上でギイス・キルステンは北平原を見据えた。

王都の城壁外に広がる平原の広範囲に張った前線の向こうで、じりじりと黒い影がうごめいている。

そのうごめくさまはまるで時代のうねりのようだと、ギイスは愉悦に目を細めた。堅苦しい侯爵位を今日まで持ち続けてきたのは、この光景を最前線で見るためだったのかもしれない。

黒い影のうごめきはやがて波のようになり、少しずつ前線に迫る。

いよいよかと構えるギイスの元に、ご機嫌な鼻歌が近づいてきた。見れば、ザシャが城壁の階段を陽気に上がってくる。

「町の様子はどうだ？」

「白騎士が先手を打って住民を避難させてます」

「聖堂は？」

「行ってません。聖堂にはぜーったい近づくなって、クウィルが何っ回も言うから。別に転移術使ったりしねぇのに」

口ぶりからして、どうやら自身の身の上をすべてクウィルに明かしたらしい。不満げに口を尖《とが》らせるザシャの子どもじみた顔は、ギイスが彼を禁書庫から連れ出した当時には見られなかった。ギイスのもとでクウィルとともに騎士を目指している間に、この部下もずいぶん人間らしくなったものだ。

自分の中にある親心のようなものを感じて、ぱんっと首裏を叩《たた》く。まるでそれが契機だったかのように、魔獣の遠吠《とおぼ》えがひとつ、天を穿《うが》つように上がった。

ザシャがちらりと聖堂のほうへ顔を向ける。

「気になるなら、散歩に出てもいいぞ？」

「いや、大丈夫です」

ザシャは両手に火を灯《とも》し、空に打ち上げた。上空で花のように咲いた火は、城壁外の各所に配備した騎士に始まりを告げる。北平原全域を揺るがすように次々と遠吠えが上がり、小型の魔獣が群れをなして駆けてくる。

剣を手に、ザシャは首をひねってぽきりと軽い音を鳴らした。

「婚約者との逢瀬《おうせ》をのぞき見とか、悪趣味でしょ」

この緊迫した前線にあって実にザシャらしい言葉に、ギイスは肩を揺らして笑った。

「あのクウィルに頼られたんだしね、いいとこ見せてやりますよ」

「……確かに、こんな機会、そうそうあるもんじゃあないな」

誰にも頼らずひとりで騎士として身を立て生きるのだと意固地になっていたクウィルが、命を張ってくれと仲間に頭を下げた。いつの間にか大人になったものだと感心する。

ギイスは前線に待機する黒騎士らに向けて、声を張り上げた。

「無事に帰るまでが狩りだ。我らがクウィル・ラングバートの恋に、思う存分華を添えてやれ！」

おおおと、地を揺るがすほどの鬨《とき》の声が上がる。

結構な威勢だと、その声にギイスはしばし酔いしれる。今ここに至るために、アイクラントの魔術と剣術は研ぎ澄まされてきた。

剣を抜く前に一度だけ、ギイスもまた聖堂へと視線を投げ、真白な聖堂の奥に今なお君臨する亡国の王を睨《にら》んだ。

遥《はる》か彼方《かなた》、苔《こけ》むした勝利の上で、いつまでも胡座《あぐら》をかいていられると思うなと。

＊＊＊

石を投げられた。それは額にガツンと当たって、ころころと足元を転がった。

「ベッィラフトの黒毛」

また、石を投げられた。

汚い汚いと謗《そし》られるから、鋏《はさみ》を持ち出して手当たり次第に切ってみた。何度も繰り返し刃を閉じるうちに、じゃくじゃくと散った黒い髪は、ラングバート家の美しい絨毯《じゅうたん》に積もっていった。

「かあさま、かあさま」

途方に暮れてラングバートの母を呼ぶと、にこにこと駆けてきた母は蒼白《そうはく》になり、手にしたマーガレットの花を落とした。母の悲鳴を聞きつけて飛んできたラルスが、絨毯を汚す黒とクウィルの頭を見て号泣した。あまりにも兄が泣くから、この絨毯はもう駄目になってしまったのかもしれないとクウィルも泣いた。

どうして自分はこんな色をしているのかと鏡を割った。何度も伸びた髪を切った。ラングバートの家族をずいぶん困らせた。

――ラングバートとは、誰のことだ。

両親はクウィルと同じ真っ黒な髪をして、暗赤色の瞳で笑いかけてきた。

深い森の中に住んでいた。森は瘴気《しょうき》に満ちたノクスィラの山裾《やますそ》にあって、クウィルの住む小さな家のほかに家はなく、村からも遠く、人の寄り付かないところだった。家のまわりにはいつも小さな獣たちがいて、毎日その獣たちと遊んで泥だらけになった。

ある日、森に村人が押し寄せた。魔獣を使い村の貴重な家畜を襲わせただろうと言って、村人らはクウィルの家を囲った。クウィルの友である獣を見ると、村人らは悲鳴をあげ、クウィルにも嫌悪の目を向けてきた。

ベツィラフトの悪魔と指さされ、両親はクウィルをかばいながら村人を説得し続けた。

そこに、大きな獣が来た。三つの頭を持つ獅子《しし》だった。

クウィルはいつものように、父が連れてきてくれた新しい友だと思った。父の手にかかれば、どんな獣もおとなしくなるのだからと思って、獅子の前に飛び出した。

あとのことは、何も覚えていない。

——嘘だ。覚えている。

母の腕に抱きしめられたことも、吹き飛ばされた父の身体も、足元に落ちた父の手も。

——それは、誰の記憶だ。

「あ、あ、ああああああああああああああ！」

——私は。俺は。ぼくは……誰だ。

闇だけがあった。

彼我の境界が定まらないほどの黒だ。油断すれば自分の輪郭さえ見失うような闇の中で、誰だ、誰だと這《は》いまわる。

無意識に腰に手を伸ばし、何がしたかったのかと手を止める。自分は何者かと顔に手を伸ばすが、その手は何にも触れずにすり抜ける。

手は、どこにあるのか。足は、腕は、身体はあるのか。

確かめようとした先から溶けていく。闇にずぶずぶと呑《の》まれて、自分という形が消えていく。

「どうだ。魂を晒《さら》す心地は」

闇の中で、何かがうごめいた。途方もなく大きな存在が遠くにあるような、それでいて自分の身の内側にあるような気がする。困惑していると、その大きなものが頬を撫《な》でてきた。

「やはりベツィラフトの魂は美しい」

駄目だ、と闇を払いのけた。だがその感触もすぐに不確かなものに変わる。あらゆる感覚がおぼろげで、正しく自分を描けない。

「よい、よい。恐れることはない。我となれ。さすれば、お前の欲したあの娘も手に入る。我となり、存分に啼《な》かせてやればよい」

大きなものが愉《たの》しげに語るその言葉に、ぱちんと両目を見開いた。

「……あの娘、だと？」

ふと見れば、自分の左胸に光がある。そこに触れようとした途端、指があることを実感した。確かになった指で触れた光は、青い石になった。

雨の中で誓約錠から外れてしまった青い石が、淡く優しい光を放っている。

クウィルを象徴するような安っぽい石が明滅するから、はは、と笑いがこぼれた。石を握りしめて目を閉じる。そうだ、到底褒められたものではない婚約者、それが自分だと、手の中に収めた感触で確かめる。すると腰に馴染《なじ》みのある重さが戻り、手で触れればそこには剣があった。

闇に呑まれるなと自分を叱咤《しった》した。疎んできた黒髪を、血のような暗赤色の目を取り戻し、この身は何者かとあらためておのれに問う。

ラングバートの次男。ギイスの部下。ザシャの友。ベツィラフトのオルガと、名も知らぬ父の元に生まれた子。

そして、リネッタ・セリエスの婚約者。

左手にぬくもりが宿る。その手の向こうにリネッタを感じて、クウィルは唇で甲に触れた。

すると、闇の中に拍手の音が響く。

「なかなか上手《うま》く立て直すではないか」

クウィルが自身を正しく認識すると、周囲の闇が薄まった。うごめく闇でしかなかったものが男の姿に成っていく。

精悍《せいかん》な男だった。かと思えば、年若い青年にも、やせ衰えた老人のようにも見える。

「リングデルの、王か」

「いかにも」

男の脚に幾つもの身体が纏《まと》わりついている。いずれも苦痛に顔を歪《ゆが》ませて、涸《か》れ果てた涙の痕《あと》をその頬に残す。王に付き従わされているようなそれらの身体が皆ベツィラフトの魂なのだと悟り、クウィルはぐっと眉根《まゆね》を寄せた。

右足に絡みついていた者が離れた。王から剝《は》がれたその魂は砂のように崩れ、最後に一瞬だけ穏やかな顔をして消える。そして、ふわりとした小さな光の集まりになる。だが、生まれた光たちはまた闇に絡めとられ消えてしまう。

ここは魂を引きずり込む王の転移術と、それを模倣して編み出された、魂を解放するためのベツィラフトの術、そのふたつの術がせめぎ合う場だ。

クウィルは王を見据え剣を抜いた。すると、王はほう、と感心したように眉を動かす。

「よい威勢、それによい目だ。ベツィラフトの赤い瞳《ひとみ》よ。だが、理解しておるか？」

王はせせら笑い、右手で顔を覆った。手を離すと、そこに――クウィルの顔があった。

「我をここで害すことの意味。今、おまえが誰の魂の内にいるのかを」

やはりあの一瞬で王に取り込まれたのだと理解し、クウィルは視線だけで、自分が今立っている魂の庭を見回す。

クウィルの逡巡《しゅんじゅん》に、王がにたりと笑みを浮かべる。王の下から無数の腕が伸び上がり、クウィルの両足首を摑《つか》んだ。

「跪《ひざまず》け。首を垂れよ。誰の許しを得て王に刃を向ける」

いつかの御前試合を思い出す。リネッタがクウィルにくれた、あの日の激励を。

——婚約者であるクウィル様は聖女の守護者です。相手が侯爵子息様であろうとも、軽くあしらえて当然なのです。

そうだろうと、怖気《おぞけ》を振り捨てクウィルは剣を構えた。

「私の婚約者の許しだ」

彼女がこの王を滅ぼすと決めたなら、クウィルは剣を取る。聖女の守護者たるクウィル・ラングバートは、彼女を縛り続けた悪辣《あくらつ》なる王を、軽くあしらえねばならない。

足元にまとわりついた腕を蹴《け》り払い、クウィルは駆けだす。王は闇から漆黒の剣を生み出し、愉悦に顔を歪ませた。

互いの剣がかち合い紅《あか》い火花が散ると、王の瞳がぎらつき、弓のように細まった。

「無謀な若者よと称賛せんでもない。娘ひとりのために我に挑むその意気を」

ギンと鈍い音を立てて剣が弾《はじ》かれるが、足を踏みかえて体勢を保ち、クウィルは再び剣を構え直す。

剣に魔術を通す自分を思い描けば、剣身が氷を纏う。外界から隔てられ、魔術の素など存在しないこの異質な空間に、クウィルの魂は馴染んだ力を構築する。

「氷槍」

詠唱が通れば、足元に描かれた弧から氷の槍《やり》が噴き出し、四方から王を貫く。瞬時に、王の負った傷と同じものをクウィルの魂が写し取り、受けてもいない傷から血が滲《にじ》んだ。

――この傷は、自分のものではない。

王とのつながりを否定して、剣術と氷魔術で作り上げた騎士クウィル・ラングバートという自己を正しく認識する。周囲の悪意を退け、息する術《すべ》を、生きる場所を与えてくれたこの研鑽《けんさん》は、クウィルが自分の手で魂に刻んできたものだ。

――奪われるものか。

斬撃《ざんげき》は幾度も王の剣に弾かれ、剣身から剝がれた細かな氷のかけらが舞う。刃こぼれのように欠けた剣に、すぐさま新たな氷の鎧《よろい》を纏わせる。王の漆黒の剣がクウィルの頬を掠《かす》め、腕を裂こうとも、構うことなく剣を振るう。

「あの汚れた娘がそれほど欲しいか？　我が手で愛《め》で、啼かせた娘が」

「汚れてなどいない」

強《したた》かなリネッタの凜《りん》とした背中を、まっすぐにクウィルを見つめる青い瞳を思い浮かべる。この男が損ねたものなど、ひとつもない。

「虚勢を張るな若造。怒りに沸く魂が透けておるわ！」

「当然だろう」

強く踏み込んで放ったクウィルの一撃は、王の剣を弾き飛ばす。

「感情を伴わない身体で、彼女は二年の間、痛みに耐えてきた」

二撃で王の腕を、三撃で王の右足を斬り、氷塊で王の右目を潰《つぶ》す。叫びをあげながら王の身体が大きく傾《かし》いだ。

「彼女のために怒りを抱くことの何がおかしい！」

渾身《こんしん》の一刃が王の腹を刺し貫く。

直後、王とクウィル双方の口からごぼりと血がこぼれ落ちた。王の耳障りな嗤《わら》い声が薄闇を震わせる。気づけば、クウィルの脚には王と同じように、ベツィラフトの魂たちが纏わりついていた。救いを求めるように見上げてくる彼らの顔に、クウィルのあごを伝った血がほたりほたりと落ちる。

「まだ認められぬか。どれほど足掻《あが》こうと、この場に在る限りおまえは我が身の一部だ。その脆弱《ぜいじゃく》な魂ひとつでどこまで耐えられる？」

だがそれでも、クウィルは歯を食いしばり、リネッタを縛り続けた枷《かせ》を砕くために剣を握り続ける。

「どこまでも、耐えられる」

「強情なことだ。意地を捨て、我が魂に収まれば、あの娘の全てが手に入るものを」

「……全て、か」

クウィルは口端から血を流したまま笑った。彼女の美しさを何ひとつとして理解していない、全てを摘み取るしかできない欲深な王に向かって。

リネッタは誰かの手に握られる人形ではない。三つ数えてねじ伏せられてきた彼女の心を守るために、今、この剣はある。

全てなど、いらない。

「私には、彼女の左手だけでいい」

その瞬間、クウィルの周りに光が湧いた。

＊　＊　＊

倒れたままのクウィルの左手を、リネッタは両手で包んだ。呼吸も、鼓動も聞こえている。けれど身体は冷たく、あれからすぐにひたりと閉じた彼のまぶたは、まだ開く様子がない。

「クウィル様」

クウィルの傍らの床には、石が砕け台座から外れたままの聖剣がある。クウィルはきっとこの聖剣の内にいる。今ここでリネッタが聖女の炎を使えば、彼がどうなるかわからない。

もう一度鼓動を確かめようと重い身体を強く引き寄せた拍子に、クウィルの騎士服の胸元にあるポケットから何かが転がり出た。咄嗟《とっさ》に摑んでから手を開くと、見覚えのある青い石がそこにあった。

ハッとして石の出どころである胸元のポケットを探ると、そこにはリネッタがこの手で断ち切ったあの誓約錠が入っていた。婚約を破棄した今、たった一本の革紐《かわひも》などとっくに捨てられたものと思っていた。

唇を噛《か》み、彼のポケットに元どおり革紐と石を押し込む。

そこでふと、何か物音のようなものが聞こえた気がした。慌ててクウィルの顔を見るが、彼の唇が動く気配はない。外からだろうかと扉に目をやるが、誰かが呼びかけてくる様子もない。気のせいだったかと首を振ると、また、音ともつかない微《かす》かなものをリネッタの耳は拾った。

注意深く耳を澄ませると、それは聖剣のほうから聞こえてくる。左手でクウィルの手を握って慎重に聖剣へと近づくと、鍔《つば》の中心にひとかけらだけ残った赤い石がぼんやりとした光を放っている。

『……る』

音は、そのひとかけの小さな石から聞こえた。リネッタがじっと石を見つめていると、それはしだいにはっきりとした声になっていった。

『聞こえているかしら？』

二年の間ずっと聞いていた、あの耳障りな王の声ではない。まるで幼い子に語りかけるような、柔らかい女声だ。リネッタは緊張に小さく喉《のど》を鳴らしてから応《こた》えた。

「聞こえて、います」

『良かった。早速だけれど、あの子のためにその炎の力を貸していただける？』

じわりと涙が滲んだ。初めて聞くその声が誰のものか、会ったこともないのにわかる。

『大丈夫。最後は必ず私が導きます。だからともに願って。あの子を、想って』

「でも……今この炎を使えば、クウィル様まで」

「クウィル様を、想う……」

目を閉じて浮かべるいくつもの顔は、もう、十二歳の王子様ではない。深い赤琥珀色《こはくいろ》の瞳《ひとみ》をした、不器用で無愛想で正直すぎる、リネッタの婚約者のものだ。

クウィルとつながる左手をしっかりと握りなおし、もう一度リネッタは胸中に炎を描く。先程は耐え難いほどに熱かった聖女の炎が、今度は温かく柔らかい。

『さぁ、ここへ。あなたの想いを届けてあげて』

声に導かれるままに、リネッタは右手で聖剣を握った。

＊　＊　＊

闇の中に突如湧き出た光は膨れ上がり、クウィルを守るように全身を包み込んだ。温かな光に撫《な》でられるたび、傷が塞《ふさ》がり、喉奥からこぼれていた血が止まっていく。

ふと視線を落とせば、クウィルの脚を摑《つか》んでいたベツィラフトの魂が、微笑みを浮かべてこちらを見上げている。穏やかな笑みのまま砂のように解けていき、新たな光の集まりとなってクウィルの傷を癒やしにやってくる。

「ベッィラフトどもが！　我の邪魔をするか！」

王が怒声をあげ、髪を振り乱し血をほとばしらせながら、腹を貫いたままのクウィルの剣から逃れようとあがく。だがその動きを、王の脚にしがみつくベッィラフトの魂たちが押さえる。

「おのれぇ、忌々《いまいま》しい！」

王の腕が再生し、両手でクウィルの首を摑んできた。ぎりぎりと絞めつけられ、足がゆっくりと浮き上がる。クウィルの剣先はずるりと王の腹から抜け出た。

『王の子』

『王の子よ』

光がささやく。

王の子とはなんだと問い返そうにも、気道を押さえられた声は声にならず、クウィルの視界が霞《かす》みだす。

『王の子。滅びの炎が来る』

『強い、強い、炎が来る』

『王の子よ。剣を』

痺《しび》れだした指に力を込め、両手で剣を握りしめた途端――剣身がどぅと燃え上がった。

剣は炎を纏《まと》い、赤い火花をほとばしらせる。火花はしだいに長い尾を引いて、意思を持ったように王の手首に絡みついた。

「な、あッ！」

火に捲《ま》かれた王の手がクウィルの首から離れる。闇にどさりと落とされたクウィルは、呆然《ぼうぜん》として燃え上がる剣を見つめた。

剣を握ったままの手に、包み込む温かさを感じる。まるで、ともに剣を振るおうとでもいうかのようなその温《ぬく》もりに、クウィルは微笑んだ。

「貴女《あなた》は本当に……強いひとだ」

リネッタから贈られた鮮やかな炎の花を手に立ち上がる。大きく一歩を踏み込み、王の身体を下方から肩へ斬り上げる。

「があああああああああああッ！」

王の悲鳴が闇を揺らす。王の身体に縛られたベッィラフトたちが魂を焼き尽くす炎に巻き込まれ、ひとつ、またひとつと、剝《は》がれ落ちながら燃えていく。聖剣から解き放たれるという願いが果たされないまま焼かれていく彼らの顔には、満足げな笑みが浮かんでいる。

クウィルを守る光もまた、少しずつ群れから剝がれ、燃えあがりながらささやく。

『悔いずとも良いよ、王の子』

『我ら果てるまで、滅びの炎より王の子を護《まも》ろう』

『だからどうか討っておくれ。すべてを終わらせておくれ』

ここで解呪《かいじゅ》によって魂を解放するなどという奇跡は起こせない。リネッタもきっと、それを承知ですべてを焼き尽くすこの炎を届けてくれた。ともに運命に巻き込まれ、ともに背負い、ともに戦うために。

クウィルは炎を纏う剣を構える。

「亡国の王。その魂、ここで潰《つい》えていただく！」

振り抜いたクウィルの剣が王の胴を分断する。

王の上半身が音もなく闇に落ちた。苦悶《くもん》を浮かべた王の顔が痩《や》せぎすの男のものへと変わる。切断された断面から炎があがり、じりじりと王を焼き尽くしていく。

「は、は」

乾いた笑いが王の口からこぼれる。それはしだいに強くなり、闇の中を響き渡った。

「ならば、ならばアイクレーゼンよ。約定を違《たが》えた報いを受けよ！　貴様らもともに終《しゅう》焉《えん》の焔《ほのお》に焼かれるがいい！」

足元の闇が揺れ、王の叫びに、遥《はる》か遠い彼方《かなた》でギィィィという遠吠《とおぼ》えが応えた。

「何をした！」

「呼んだのだ。決してノクスィラの瘴気《しょうき》の山を離れてはならぬものを」

「呼んだ……？」

そこで初めて、クウィルは違和感を覚えた。

──呼び寄せるとは、なんだ。

禁書庫で詰め込んだ、ベツィラフトの呪術研鑽《けんさん》の歴史が頭の中を駆け巡る。

燃え尽きながらも勝ち誇るような王の表情がただ魔獣を呼び寄せただけで浮かべるものとは思えず、クウィルの中に芽吹いた違和感が膨れ上がる。

「なぁ、ベツィラフトの遺児よ。この地に縛られた我が、なぜ遠きノクスィラより魔獣を呼べると思う？」

「それは、使役の呪術を――」

使ったからだろうと当然のように答えかけて、即座に自分のその答えを否定した。

クウィルがかつてギイスから呪術についての基礎知識を学んだときも、アイクラント王国の表向きの記録においても、小国ベツィラフトは呪術によって魔獣を使役したとされていた。だが、繙《ひもと》いた禁書の中に、魔獣を使役するという言葉は一度たりとも出てこず、魔獣と調和し魂を鎮めるのだと何度も記されていた。その調和という、まるで魔獣と通じ合うかのような言葉にクウィルは驚いたのだ。

では、この王が使っていた、魔獣を意のままに操るような力はなんだ。

クウィルが黙り込んでいると、けは、けはと王の嗤《わら》い声が響いた。

「呪術では足りぬ。あれは魔獣と対峙《たいじ》せねばならず、鎮めるばかりで気を荒らすことができぬ。つまらんだろう？　ゆえに我は数多《あまた》の呪術を喰《く》らい、新たな術を編んだ」

「術を、編む？」

「呪術も転移術も、根を辿《たど》れば同じ。あらゆる魔術を知れば、この程度、造作もない。魔術とはいかようにも膨れ上がるものよ、人間の欲のままになぁ」

そこで王はにまりと歪《いびつ》な笑みを浮かべた。

「希少なベッィラフト。おまえはいずれ、欲深なアイクレーゼンに喰われるぞ。幾人ものアイクレーゼンの王をここから見てきたが、今の王ほど我に物欲しげな目を向けた者はおらぬ」

現王は古代魔術に魅せられている。ラングバートの父も、王太子レオナルトも、ザシャも、口をそろえてそう言った。レオナルトからは、聖剣と聖女に関わる気がなければ国を出てでも逃げろとまで言われた。

たとえ王太子の近衛《このえ》隊として匿《かくま》われても、アイクラント現王がクウィルを狙ってくることに変わりはない。その手に落ちれば、この命は現王の夢のために削られていく。かつて、実母オルガがそうであったように。

背筋を、すぅと冷気が下りていくような心地がした。そんなクウィルに、炎の中で滅びゆくリングデル王は甘やかな声をかけてくる。

「なぁ、我の手を取れ。賢くあれ」

「……何を言う」

「我が朽ちる前にこの手を取れば、ノクスィラに巣食う魔獣のすべてがおまえのものになる。アイクレーゼンに喰われる前に、おまえがこの国を――」

耳障りな甘言を遮る。生身であればそこにあるはずの王の心臓めがけて剣を突き立て、クウィルは自分の戸惑いごと断ち切った。

確かに、ベツィラフトの因縁は永遠について回るのだろう。けれど、そのクウィルに向けて差し伸べられる手があることを、もう知っている。

人を想う。今日までクウィルを呪術《じゅじゅつ》から遠ざけ、守ってくれた人たちを。くだらない血筋に悪態をついて飲み明かそうと、笑いあった友を。

こんな誘いに、自分の積み上げたものを消されはしない。

「おまえの手など、必要ない」

「……愚か者め。ならばここで我とともに朽ち果てよ」

王から離れ走り出そうとしたクウィルの前に、炎の壁が立ちはだかった。闇を朱《あか》く染め、この場全てを聖女の炎が支配していく。このままでは王とともにクウィルも炎に捲かれる。出口を求め見えない壁を剣で薙《な》ぐが、手ごたえがない。剣を振る滑稽《こっけい》なクウィルの背に、王の嘲笑《ちょうしょう》がかかる。

だが、まだクウィルの周りにわずかに残った光がささやいた。

『王の子。迎えだ』

今にも消えようとしている魂たちが、喜びに湧いた。その逆に、炎に捲かれもはや顔半分だけになった王は、歓喜の渦の中で醜く表情を歪《ゆが》める。

「つくづく……強《した》かなことよ。よもや我が身の内に潜んでいようとは」

王の視線が、焼け落ちていく自身の下半身を睨《にら》みつける。じりじりと焼けていくその下半身から突然、クウィルの手のひらに収まるほどの大きさの光球が飛び出した。

光球はゆらゆらと舞い上がり、ちょうどクウィルの眼前で止まったかと思えば――頬に体当たりをかけてきた。

『いけない子ね。大切なひとを泣かせるなんて』

「は？」

思わず返したクウィルの声は上品とは程遠く、その声に光球が笑うように震えた。

『けれど、くだらない甘言に揺らがないのは立派だわ……急ぎなさい。あとはきっと、あなたが持つもう半分の血が導いてくれるから』

光球がクウィルの足元の闇を叩《たた》くと、その闇めがけて天から光の階段が伸びてきた。果てなく見える階段の向こうから、クウィルの名を呼ぶ声がかすかに聞こえてくる。

クウィルはその声を聞きながら、光球の中心へと目を凝らした。当然、そこに何も見えはしないのに、この光球が何者なのか知っている。

かつて遠い日に、この聖剣というリングデル王の魂の内側から、ラルスとレオナルトを救い出した者。自身の魂を削られながら、最期まで同胞の魂を解放するために転移術に挑み続けた、解呪の担い手。

『ごめんなさい。ベツィラフトの血は、きっとこれからもあなたを苦しめるわ』

「いいえ！」

クウィルは叫んだ。目の前の光球――母、オルガの魂のかけらに。

この血がなければ、もっと自由に生きられたかもしれない。まったく違う道が選べたのかもしれない。

けれど、この血があったからクウィルは騎士になり、そして、リネッタを呪縛から解放することができる。

「感謝申し上げます」

『あら、紳士みたいなことも言えるのね』

茶化すような口ぶりに、クウィルは苦笑で応じた。そして、深く一礼する。

頰に温かいものが触れたような気がした。その温《ぬく》もりを指でなぞり、闇に射しこんだ光の階段を駆け上がる。心で別れを告げながら、迷うことなく、帰るべき場所だけを見据えて。

やがて、王の身体が燃え尽きる。空になった魂の庭を、聖女の炎が満たしていく。

最後に残ったひときわ大きな光が名残を惜しむように揺れて、炎の中に消えていった。

＊＊＊

リネッタが声に導かれるまま聖女の炎を届けると、聖剣はゆっくりと砕けていき、ひとかけらだけ鍔《つば》の中央に残っていた暗赤色の石が外れ落ちた。石は、すでに弾《はじ》けて散らばっていたかけらと同じように時間をかけてさらさらと崩れ、小さな赤い砂山を作った。

耳を澄ませても、もうあの優しい声は聞こえない。

クウィルが倒れてから半刻《はんとき》あまり。リネッタの契約が解かれてしばらくしてから、断続的な地鳴りが聖堂まで届くようになった。

今、王都の北平原では黒騎士と魔獣の大群が交戦状態だと聞く。報告は白騎士マリウスがくれた。この聖剣の間での異変に気付いた聖堂官が警護に当たっていた白騎士を呼び、そこで彼が代表して駆けつけたのだという。彼は以前よりずっとリネッタと話が嚙《か》み合うようになっていて、この場をリネッタが預かることにすんなりと承知してくれた。

また小さく、けれど長い地鳴りが起きる。不安に胸を締め付けられながら、ぐっとクウィルの手を握ったときだった。

これまでリネッタが聞いたどんな魔獣のものよりも猛々《たけだけ》しく、怒りに満ちた遠吠《とおぼ》えが聞こえた。何かが近づいてきている。声はまだアイクラント王国から遥《はる》か遠く、けれど、リネッタの胸を強く騒がせる。

「……クウィル様」

左手は快を示すと、クウィルが決めてくれた。だから、互いの左手同士をしっかりとつなぎ、彼の生母がくれた言葉を信じてひたすらに彼を想い続ける。

「大丈夫です。わたしが戻れると言えば、戻れます」

クウィルの胸にはまだ誓約錠があった。リネッタが彼を選んだその証《あかし》を捨てずにいてくれたのなら、聖女として彼に渡せる言葉がある。

「聖女の守護者であるクウィル様は……亡国の王ぐらい、軽くあしらえて当然なのです」

するとつないでいた手がくっと握り返された。リネッタがびくりと肩を震わせて見れば、クウィルの睫毛《まつげ》が微《かす》かに震えた。

「……は、い」

うわ言のような返事とともにまぶたが開かれると、赤琥珀《こはく》色の瞳《ひとみ》には光が戻っていた。

直後、クウィルが激しくむせ返った。慌てて彼の身体を横に向かせ、背中をさする。

「セリ……ス……嬢」

「はい。ここにおります」

荒い息遣いの間で紡がれる呼びかけに答えると、クウィルの目は鋭さを持ってリネッタを捉《とら》えた。前線を見据える黒騎士の目だ。

「王都の状況は……いえ、すみません。私が自分で」

「いくらか、把握しております」

クウィルが目を見開いた。リネッタは構わず、今持っている情報を伝える。

「北平原にて、交戦開始より半刻ほど。魔獣は北門に集中していましたが徐々に東へと範囲を広げているそうです。市街への侵入は少なく、今のところは白騎士の一隊で対処できる数だと、クラッセン卿《きょう》よりうかがいました」

簡潔に伝えると、クウィルはばつが悪そうに目を逸《そ》らした。

「先に貴女《あなた》のお加減を聞くべきでした。炎を届けてくださったのに」

「クウィル様なら、目覚めたらそうおっしゃると思いました。わたしはオルガ様のお力添えで、たいへん健やかです」

目覚めれば真っ先に現況を確かめるだろうと、マリウスに定刻の報《しら》せを頼んでおいて正解だった。リネッタが胸を張って答えると、クウィルは一瞬呆気《あっけ》にとられた顔をしてから、眉尻《まゆじり》を下げて可笑《おか》しそうに微笑む。そのほぐれた表情にリネッタはほっと息をついた。

「リングデルの王を……討ってくださったのですね」

「はい。ただ、面倒な置き土産をされたようで。おそらくノクスィラ山脈から大物が来ます」

クウィルの言葉に、リネッタも先ほど自分が聞いたものを思い出す。

「遠吠えが聞こえました。とても、大きな……」

うなずいたクウィルがぎこちなく立ち上がり、腰の剣を確かめる。

「このまま、私は前線に合流して正体を確かめます。セリエス嬢は――」

そこへ、荒々しいノックの音が響いた。続く声はマリウスのものだ。

「リネッタ様、聖堂前に動揺した民が押し掛けています。聖女を出せと……穏やかな状態とは言い難く。どうかご避難くださいませんか」

聖堂の外に集まる人々の声が、わずかながらもこの部屋まで聞こえる。王都に魔獣が姿を見せれば、当然人々が目指すのは聖女の元だ。まして、あえて悪女を装ってみせたあとのリネッタ相手ならば、糾弾する声が上がるのも当然だろう。

まだ床に座りこんだままのリネッタに、クウィルが手を差し伸べてきた。

「先に、貴女を王城までお送りします」

「いいえ。わたしはここに残ります」

「……セリエス嬢」

今リネッタが王城へ向かえば、民衆からの責めが王家にまで波及するだろう。

現王を守る気はかけらもない。アイクラント王国の犠牲にされたという思いは、胸中に強く濁り渦巻いている。

けれど、王太子とユリアーナのこととなれば話は別だ。いつか必ず聖女の枷《かせ》を外すとリネッタに告げた次代の王と王妃を守りたい。

その戦場に選ぶなら、真白な檻《おり》にすべてを隠してきたこの聖堂がいい。

クウィルの視線がふと、何かに気づいたようにリネッタの全身をたどった。その視線に応《こた》えるように、リネッタは微笑んで見せる。

クウィルの目覚めを待つ間に、身支度は整えた。薄い寝衣のような聖女の装いの上に、公開礼拝や巡礼の顔見せの時にだけ使うドレスとケープを重ねている。

最後の聖女として、おのれの戦いに向かうための正装だ。

差し伸べられたままのクウィルの手を強く握って立ち上がる。すると強く腕を引かれて、リネッタの身体はぼふりと彼の両腕の中におさまった。抱きしめてくる力は強く、とくとくと打つ彼の鼓動がすぐそばで聞こえる。

「貴女と話したいことが、たくさんあります」

「はい」

「必ず無事で」

「……クウィル様も、ご無事で」

互いの身体が離れる。ここで別れるのかと思えば、クウィルはリネッタの手を摑《つか》まえたまま歩き出した。

「聖堂に残るというご意志は尊重します。が、この部屋に貴女を残しておくのは嫌です」

どこか拗《す》ねたような口調でそう言って、クウィルが扉を開けた。廊下で待機していたマリウスが、一瞬の驚きと、それから安堵《あんど》を顔に浮かべる。

「ラングバート卿、目を覚まされたか！」

嬉々《きき》として飛びつきかねない勢いのマリウスから、クウィルはさっと身を躱《かわ》しつつ会釈で応じる。マリウスは少々残念そうな表情を見せてから、すぐに気を取り直して姿勢を正した。

「では、卿とリネッタ様を今すぐ王城へお送りしよう」

「いえ、私はすぐに前線へ向かいます」

「わたしはこのまま、聖堂に残ります」

一瞬呆《ほう》けたマリウスは、動揺を滲《にじ》ませた両手を忙《せわ》しなく揺らしながら反論する。

「しかし、下には民がどんどん押し寄せているんだ。到底安全とは言えない」

クウィルがちらりとこちらに視線を向ける。決意は変わらないかと問われている気がしてリネッタが首肯すると、クウィルはマリウスへと視線を戻した。

「危険は、承知の上で。ですから彼女を白騎士の皆様に……」

そこで、リネッタの手を引くクウィルの手が硬く緊張をはらんだ気がした。彼の中にある葛藤《かっとう》が伝わってくる。遠い昔のように思えるが、クウィルとマリウスの間で起きた私闘騒ぎからそれほど日は経っていないのだ。

リネッタはクウィルの手をくいっと引っ張った。赤琥珀の目をまっすぐ見上げ、自分は大丈夫だと微笑む。

クウィルの目が一度閉じ、決意を宿して開いた。リネッタの腰に彼の手が添えられ、マリウスの方へと歩みを促される。

「……クラッセン卿。どうか、セリエス嬢を頼みます」

任されたマリウスはぱっと目を輝かせた。だが、すぐにその顔を引き締めて、騎士礼の姿勢をとる。

「武運をお祈り申し上げる」

リネッタは慌ててマリウスの隣に並び、彼の騎士礼を真似た。

すると、クウィルが今までにない柔らかさで笑った。そして胸のポケットから、断ち切れた誓約錠を取り出す。石が外れ革紐《かわひも》一本きりになってしまった錠を手に、彼はリネッタの左手をすくい上げた。

「手帳に書かれた最後の望みは、まだ貴女のお心にありますか」

一瞬、呼吸を忘れた。ユリアーナに預けたはずの『琥珀石の誓約錠が欲しい』という欲深な望みが、彼の手に渡っていたことを知る。

夢のような言葉に喉《のど》の奥がきゅっと締まる。けれど涙を堪《こら》え、何度もうなずいた。

一度切れてしまった誓約錠を、クウィルの大きな手が強引に結ぶ。こういった作業は苦手らしく、革紐は大胆な結び目を作ってリネッタの左手首にきつく結ばれた。二度と離れないとでもいうような、そんな強さで。

「必ず戻ります」

「大丈夫です。クウィル様。あなたは……わたしが選んだ、婚約者なのですから」

互いに強くうなずきあい、誓約錠を結びなおした左の甲に、無事を願うかのように彼が額を押し当てる。

そして、窓の外の日が傾き始める中、リネッタの英雄は戦場へと走り出した。

＊　＊　＊

開戦から一刻半を越えたあたりで魔獣の波が穏やかになり、いよいよ終わりが見えたかとギイスが思ったときだった。

魔獣の遺骸《いがい》を積み上げて疲弊した戦場に、斥候《せっこう》の声がこだまする。外壁に上がった騎士たちが声を張り上げ、負傷して戦線を離れていた者たちが救護所を飛び出して日の大きく傾いた空を見上げた。

それは北の空、遠いノクスィラ山脈から急速に王都へと近付いてきた。

翼を持つ魔獣ならばグリュプスかと、対空戦に向け指示が飛ぶ。鷲《わし》の頭部に獅子《しし》の身体を持つ大型獣で、黒騎士団に所属して一年も経てば一度は経験する相手だ。

だがギイスはひとつの予感に胸をざわつかせ、ザシャを呼び寄せた。

「団員全員に、手を出すなと伝えてくれ」

「は？　団長、何言ってんですか」

「あれは駄目だ。絶対にこちらから手出しするな」

まだ全貌《ぜんぼう》を捉《とら》えられないこの距離ですら、羽ばたきの音が届く。

その翼は鳥のものではない。近しいものをあげるならば蝙蝠《こうもり》だろう。獅子の身体にはない、鋭い鉤爪《かぎづめ》が夕日を跳ね返す。全身は深紅で、ふたつの頭部に炎のような鬣《たてがみ》をなびかせる。長い尾の先は針のように鋭く、鱗《うろこ》の生えた胴は刃も魔術も通さない鉄壁の鎧《よろい》だ。

「団長……あれ、なんです？」

いつも飄々《ひょうひょう》とした態度のザシャが、今ばかりは身震いして空を凝視する。ギイスでさえ一度もその姿を見たことはなく、空想の産物だとまで思っていた。

出会ってはならない。決して触れてはならない。

運命が顔を背ければ、明日を見ることなく国がひとつ滅びるだろう。

その魔獣が吐く炎は、骨のひとかけまでをも残さず焼き尽くす。爪は城壁をものともせず国を砕く。尾の一打が大地を揺らし、あとには瓦礫《がれき》しか残らない。

出会ってしまったならば、ただ祈るしかない。

双頭の竜――ドゥオイグニシア。

それは魔獣の長。ノクスィラ山脈を統べる王の名である。


あらゆるものを畏怖《いふ》させ圧倒する王の咆哮《ほうこう》が空を揺らす。両翼を持ち上げるドゥオイグニシアに向け、ギイスは両手を構えた。

「風壁！」

上空に風を巻き上げ広域に展開した風の壁に、わずか一度の羽ばたきがどぅと重く圧《お》し掛かる。城壁を踏みしめる足元に亀裂が走り、ギイスはぐっと顔をしかめた。

「散！」

風の壁を弾《はじ》けさせると、北門の先に広がる草原を嵐のような風が吹き抜けた。

「いかんな。小手調べでこの圧か」

両腕にしびれを覚えながらギイスは笑い、愉快愉快と軽口を叩《たた》いた。

「ザシャ。全員退《ひ》かせてくれ。ここは俺ひとりでいい」

「ひとりでって……団長、らしくないですよ」

ギイスに家族はない。加護の切れ間の内に、魔獣に襲われ喪《うしな》った。この手に残っているものは、城壁の下で畏怖に耐え、戦意を灯《とも》し続ける騎士たちだけだ。

必ず、ひとり残らず帰す。

「人生で一度あるかないかの大物だ。年長者に譲るのが礼儀ってもんだろ」

だが、その虚勢を魔獣の王は許さない。

ドゥオイグニシアの左頭部が開口する。唾液《だえき》を滴らせた犬歯がびっしりと並んだ口の奥で、ちかりと光が生まれた。

「っ、氷術を張れ！　早くッ！」

運命は背を向け、退避の隙も与えられない。竜が大きく胸を膨らませれば、その喉奥に宿った火種は燃え盛る炎となる。

ギイスが作った風の渦に騎士たちが氷塊を放ち、氷を纏《まと》う嵐の盾を生む。炎と氷風の盾が激突し、吹き飛ばされかけたギイスの背をザシャが押し戻した。突風を巻き起こしながら盾もろとも炎が散っていく。

その刹那《せつな》に、王の右頭が終焉《しゅうえん》の焔《ほのお》を放つ。

赤く燃える焔が迫り、誰もが終わりを見た。ノクスィラの王の火が、この騎士団の前線も王都も呑み込み、全てを焼き尽くす様を眼裏《まなうら》に抱く。

命の終わりは時の流れをひどく緩やかにして、焔に捲《ま》かれるまでの、それこそ三つほどを数えるだけの猶予が与えられる。

ひとつ目を数え、畏怖と、嘆きと、愛《いと》しいものへの情を胸に抱いた。

ふたつ目を数え、せめて最後まで騎士らしくあるように、剣を構え、前を見据えた。

そして終わりの三つ目を数え、誰もがそこに——焔を喰《く》らう、堅氷の盾を見た。

ギイスは平原に立つ男の背に、言葉を失くした。

おのれの血を厭《いと》い、周囲の目を厭い、憤りのままに剣を振ったいつかの少年をそこに懐かしく重ねる。堅牢《けんろう》な氷壁。その名にふさわしい男が、そこにいる。

竜の焔もろとも、氷の障壁が爆散する。

霧が立ち上る中、騎士クウィル・ラングバートは、ノクスィラの王ドゥオイグニシア・と対峙《たいじ》した。

＊　＊　＊

ドゥオイグニシアの全身がけぶる。いまだ火炎の余韻を残したノクスィラの王は、四つの眼全てでクウィルを捉えた。その柘榴《ざくろ》石のような暗赤色の瞳《ひとみ》は、やはりクウィルの持つベツィラフトの瞳によく似ている。

クウィルは顔をあげ、怯《ひる》むことなく王と相対する。王の前足が上がりクウィルのすぐそばに着地するが、風圧に足を取られぬよう力を込め、揺るがずその場に立ち続ける。

クウィルは、今、自分が試されているのだと感じた。

それは直感でしかないが、これほどの王が、あの亡国の王に屈してノクスィラの居城を離れたのだとは思えなかった。

「見事な巨軀《きょく》だ」

思わずつぶやいたクウィルの声に、竜が応えた。

『かつて、同じ言葉を我が身に寄越《よこ》した者が居た』

ぐる、と耳で拾った音が、頭の奥で言葉に変わる。その異様もすんなりと受け入れる。

クウィルの心は凪《な》いでいた。あまりに穏やかで、ただ、目の前にいる雄大な王に惚《ほ》れ惚《ぼ》れするような思いだけがある。

『ベツィラフトの王の血を引く者か』

ドゥオイグニシアの声が問う。

王の子と、クウィルは聖剣の内側でそう呼ばれた。それが真に王の血筋を示しているのかはわからない。ただ、知る必要もないことだと、クウィルは笑って否定した。

「クウィル・ラングバート。アイクラントの騎士だ」

そして、剣を構える。

『……良かろう。騎士よ。かの狂王よりも清く猛《たけ》き呪力《じゅりょく》を持つ者よ』

竜は咆哮し、開戦を告げるように尾を大地に打ちつけた。

『証明せよ。その血が本物であると』

＊＊＊

王都の大地が揺れる。

北の空に姿を現した巨大な竜に誰もが圧倒され、言葉なくその場に崩れ落ちた。沈みゆく西日よりも赤い光が二度、空を染めた。あの光がいつ自分たちを焼くのかと恐怖に身を震わせる。

なぜと、誰かが問い、それは、と誰かが継ぐ。

そして、幾つもの声が答える。聖女が罪を犯したせいだと。

憐《あわ》れな騎士を食い物にし、雨の中で呪うように言葉を吐いたリネッタ・セリエスが、清廉な心を失い災いを呼んだのだと。

聖堂前の広場に、門を開けて聖女を引きずり出せと叫ぶ人の群れが膨れ上がっていく。声はやがて、真白な聖堂を揺らさんばかりの圧となって押し寄せる。震えあがった上位聖堂官らは、聖女を引き渡すべきではないかと人目も憚《はばか》らずに話しながら、聖堂上階の部屋へと逃げていく。

そんな騒ぎの中、リネッタは聖堂一階にある大礼拝堂で、集められた医師らを手伝い、負傷した民の救護に当たっていた。感謝されることもある。だが、リネッタが近づくと目を逸《そ》らす者や嫌悪をあらわにする者もいる。

礼拝堂には白騎士をひとり残して、あとは王都内部の魔獣討伐に向かってもらった。マリウスには大変渋られたが、今リネッタのために人を割くべきではないと説得した。そんな我儘《わがまま》を通してしまったから、クウィルにあとでこってりと叱られることだろう。

「聖女さま。なぜ、アイクラントをお守りくださらないのですか」

足を負傷して運ばれてきた老女がそう言えば、老女に同調するように、リネッタを責める視線が集まってくる。

「初めから、わたしにそのような力はなかったのです」

「そんな……」

「今、北平原に集っている魔獣を騎士団の皆様が討伐してくださっています。その波さえ乗り切れば、必ず状況は落ち着きます」

リネッタがそう伝えたところで、老女の失意を拭《ぬぐ》うことはできない。裏切られたような顔をして目を伏せる老女から離れて、まだ手当ての終わっていない負傷者の元へ向かおうとすると、「詐欺師め」というささやきが聞こえた。

それでも、驚くほどに心は静かだった。感情を取り戻したはずなのに、怒りも悲しみも湧かない。

今、自分を支えるものはひとつだ。

リネッタが隠してきた全てを知り、その上で再び誓約錠を結んだ騎士の顔を浮かべれば、自然と震えが止まる。左手首にきつく巻かれたなんの飾りもない革紐《かわひも》ひとつで、背を丸めて縮こまることなく、堂々としていられる。

聖堂の外から響く怒号がまた威力を増して、礼拝堂の隅に座り込む子どもたちが肩を震わせ両耳に手のひらを押し付ける。外の様子を確かめるべくリネッタが礼拝堂の入り口へ向かうと、ちょうど扉が開き、マリウスが入ってきた。

「クラッセン卿《きょう》、状況はいかがですか？」

「竜の出現以降、王都内にも北平原にも新たな魔獣の姿はなくなりました。これより白騎士は広場にいる民の対応に当たります」

リネッタはうなずいて、さらに尋ねる。

「広場には、どれほど人が集まっていますか？」

「それは、もう……王都中から押し寄せているのではないかというほどで」

「では、頃合いですね。参りましょうか」

リネッタが礼拝堂の扉に手をかけようとすると、ぎょっとした様子のマリウスが目の前に立ちはだかった。

「まさか、外に出るおつもりですか」

「ええ。今アイクラントに何が起きているのか、皆様にお伝えして参ります」

「ご冗談を！　リネッタ様のお言葉を聞き入れるような状態ではありません。それに、ここでリネッタ様に何かあれば、ラングバート卿に到底申し訳が立たない！」

焦り顔のマリウスに向かって、リネッタはドレスをつまみ、カーテシーを披露する。

「これが、聖女であるわたしの最後の務めです。どうか、快く送り出してくださいませ」

マリウスが握った拳《こぶし》を震わせ、悔し気につぶやきを落とす。

「リネッタ様は……なぜ、そんなにもお強いのですか」

問われたリネッタが答えようとしたとき、ひときわ大きな怒号と争うような音が外で響いた。直後、礼拝堂の扉が開かれ、目を血走らせた男たちが入ってきた。マリウスが咄嗟《とっさ》に腰の剣に手を添えながら、リネッタを背後に隠しつつ男らに問う。

「負傷者というわけでは、なさそうだな？」

「白騎士様、どいてくれ。その聖女に裁きを受けてもらう」

「ふざけたことを」

民に剣を向けることはできず、マリウスは剣から手を離して応戦の構えを見せる。そんなマリウスの肩に、リネッタはそっと手をかけた。

「卿、手出しなさらないでください。わたしは大丈夫」

マリウスが動揺を見せた隙に男ら数人が飛び掛かり、彼を礼拝堂の床に押さえ込む。

「ぐっ……このっ！」

「その騎士様に乱暴をなさらないでください！」

強く呼びかけたリネッタの左手首を、男がぐっと摑《つか》んだ。

力任せなその手を思い切り振りほどくと、男は顔面にさっと怒りを走らせた。

「抵抗する気か！　この悪女めが！」

「いいえ」

リネッタは男に右手を差し向けた。

右手は、不快を抱いたときに。左手は、快と心が騒いだときに。

「この左手は、クウィル様ただおひとりとつなぐためにあります」

なぜか怯《ひる》んだように動かなくなった男から視線を外し、礼拝堂の外へと踏み出した。

門は破られたようで、前庭にもリネッタを捜す民の姿がある。その中を、前だけを見据えて歩き、怒りと混乱が渦巻く広場を目指す。

聖堂を出たリネッタに気づいた人々が一瞬口を閉ざし、けれどまたすぐに怒鳴り始める。広場の鎮圧にあたろうとしていた白騎士らがこちらに駆けつけようとするのに気づき、リネッタは小さく首を振ってその動きを止めた。

聖堂の門を一歩出ると、群衆が雄叫《おたけ》びを上げた。髪も服も人の手に摑まれ、腕や頬を掻《か》かれながら、広場の中心へと引きずり込まれていく。

気が付けば、リネッタの周りには幾重にも人の輪ができていた。

一方的に聖女と讃《たた》えてきた娘を、今度は悪女だと謗《そし》る。そんな悪意に取り囲まれる。

輪の中にひとつ小石が投げ込まれれば、もう、悪意を止められる者はない。皆が罵声《ばせい》を上げ、美しく整った広場にあるわずかな石つぶてを、我こそはと怒りを宿した目で探し出す。石を構える大人の腕に何かの紙束を握りしめた少年がしがみつくのが見えたが、彼の小さな手はすげなく振り払われ輪を追い出されていった。

悪意は増長し、白騎士はこちらに近寄ることすら叶《かな》わない。小石のひとつがリネッタの頬を掠《かす》め、ひりひりとした痛みをもたらす。

「どうか、わたしの話を聞いてくださいませんか」

マリウスの言うとおり、この悪意の中でリネッタの声など誰の耳にも届かない。それでも決して顔を伏せることなく、何度も何度も群衆に呼びかける。

クウィル・ラングバートが剣を手に悪意を退けてきたように、リネッタ・セリエスは社交のために磨き抜いた、自分を聖女たらしめる笑みを浮かべる。

この微笑みこそが、リネッタの剣だ。

輪の最前列にいる男がふと手を止め、自身が手にした悪意に視線を落とすのが見える。けれど、男の迷いは周囲の怒りにかき消され、その手は再び小さな石を摑む。

どうしても届かないのだろうかと、リネッタが思ったときだった。

輪の中心へひとりの少女が飛び込み、リネッタをかばうように立ちはだかった。少女に気づいた人々がざわめきながらも投石の手を止めると、額に血を滲《にじ》ませた十歳の少女は屹然《きつぜん》と群衆を見据えた。

「……アデーレ様」

クウィルの愛する妹は、悪意のうねりを前に臆《おく》することなく口を開く。

「こんなの汚いわ。皆のために戦ってきたリネッタさまが、どうして石を投げられるの」

アデーレは両腕を広げ、リネッタの盾になる。

「兄さまもそうだったの。どんなに魔獣を倒して皆を守っても、兄さまのことを皆ひどく言うのよ」

リネッタはアデーレの小さな身体を守るように抱き寄せた。しかし、腕の中のアデーレは身をよじり顔を上げて、人の輪を見回しながらあらん限りの声を張り上げる。

「兄さまもリネッタさまもお優しくて怒れないから、わたくしが代わりに怒るわ。わたくしはこんな汚い人間には絶対にならない！」

水を打ったように静まり返った広場に、ガラガラと車輪の音が響いた。リネッタを囲う輪の向こうでざわめきが起き、やがて車輪の音が止まると、そのざわめきはさらに大きくなった。

リネッタとアデーレが何事かと顔を見合わせているうちに、人の輪が崩れて切れ目ができる。一本の通路のようなその切れ目の向こうに止まる馬車からまず降りてきたのは、なぜかクウィルの兄、ラルスだった。

図書館管理役の制服ではなく、近衛《このえ》隊の制服を纏《まと》ったラルスが馬車の脇に控えると、今度は王太子レオナルトが姿を現す。レオナルトは王太子妃ユリアーナをともない、群衆に目を向けることなく輪の中心へ向かってくる。貴賓を招いた式典の場でのみ身に着ける礼装の長い裾《すそ》をひるがえし、次代の王と王妃がリネッタの前に立った。

レオナルトは、リネッタの腕の中にいるアデーレに驚嘆の眼差《まなざ》しを向けた。十歳とは思えぬほどの鋭さをそなえた双眸《そうぼう》が、レオナルトをねめつけている。

「アディ！」

妹の不敬に気づいたラルスが慌てて駆けつける。

「妹が申し訳ございません……アディもなぜこんなところに」

「かまわない。ただ、ひとりで屋敷を抜け出してきたのなら、あとで母君からこってり叱られるといい」

レオナルトにぐしゃぐしゃと髪を掻き乱されて、アデーレがふくれっ面を見せる。

そこでリネッタがふと崩れた人の輪に目を向けると、左手にハンカチーフ、右手にくしゃくしゃの紙束を持って落ち着きなく立っている少年と目が合った。まじまじとその顔を見て、先ほど投石を止めようとしていた少年だと気づく。リネッタがうなずいてみせると、アデーレと同い年ぐらいだろうその少年は、いくらか躊躇《ためら》ったあとに勢いよく人の輪を飛び出して駆けてきた。

少年がアデーレにハンカチーフを差し出すと、きょとんとした顔のアデーレはリネッタを見上げてくる。急に十歳の少女に戻ったアデーレに、リネッタは微笑みかけた。

「受け取って差し上げてください。小さな騎士様から、アデーレ様への贈り物です」

目を丸くしたアデーレはほんのりと頬を染めて、少年からハンカチーフを受け取る。ひょこりと頭を下げて走っていく少年の背中を見て、彼の握りしめる紙束が、クウィルへの中傷が書かれたあの貼り紙だったのではないかと気づいた。小さな少年が大切な婚約者を守ろうと走り回ってくれていたことが、胸をじわりと温める。

レオナルトは走り去る少年をしばらく見守るようしてから、アデーレに目を向け、もう一度彼女の頭をくしゃりと撫《な》でた。

「子どものほうがよほど勇敢だな。まったく、情けないことだ」

そう自嘲《じちょう》のようなものをこぼし、レオナルトがリネッタを前に片膝《かたひざ》を突いた。その隣にユリアーナが続くと、ラルスがアデーレの手を引いて後ろに下がる。

「聖女リネッタ・セリエス。過去から今まで、アイクラント王家に名を連ねてきた者を代表して、ここにお詫《わ》び申し上げる。この謝罪は、同じく過去から今までの、すべての聖女に向けるものだ」

最後の聖女として王家から謝罪を受ける。リネッタはぐっと胸を押さえ、全身に走った喜びとも悲しみともつかない震えを鎮めた。

「もう、よろしいのですか。この荷をおろして……かまいませんか」

尋ねれば、レオナルトがうなずいた。耐えかねたようにユリアーナが立ち上がり、リネッタの両手を取る。

「もっと。もっと早くこうしてあげられたら」

涙ぐむユリアーナを見て、左手の誓約錠に一度目を落とした後、リネッタは口元に精一杯の笑みを作った。

「いいのです。今でなければ得られなかったものが、あるはずですから」

けれど、人の輪の向こうには夕日に塗られた聖堂がある。聖女の顔見せにあつらえられたバルコニーで、十六歳の自分が子どもみたいに大声を張り上げて泣いている。

その涙も、ぐずぐずと燻るような痛みも、きっと永遠に消えることはない。

群衆に向けて続くレオナルトの口上を聞きながら、夕暮れへと染まり出した北の空を見上げる。

彼方《かなた》から響く地鳴りはまだ止《や》んでいない。まだ、彼の戦いが続いている。

知らず知らずのうちに、リネッタの足は北へ向け走り出していた。

今すぐ、彼に会いたい。

＊＊＊

気がつけば、戦場は王都の城壁からずいぶん遠くなっていた。

竜の首が激しく大地を打つ。土が抉《えぐ》れ、砂礫《され き》に崩れながら吹き飛ぶ。細かなつぶてが時おりクウィルの肌をかすめ、そのたびに傷ができていく。

誇り高きノクスィラの王は、魔獣と人の個体としての圧倒的な差を理解している。王が空へ上がることなく、炎による攻撃も一切使おうとしないのは、クウィルへの手心なのだろう。

これが、魔獣の王か。

知れば知るほどに、クウィルはドゥオイグニシアに魅せられる。これまで魔獣と対峙《たいじ》する中で抱いたことのなかった想いが、胸を高鳴らせていく。

『よく似ている』

ぐるる、と攻防の合間でドゥオイグニシアが語りかけてきた。自分を誰と比べているのだろうかと思いながら、クウィルは汗に滑る剣を握りなおした。

ギィンッと硬い音が響き、剣身に纏わせた氷が砕けて散る。鱗《うろこ》で覆われた竜の躰《からだ》は鋼より遥《はる》かに硬く、そのままの剣であればとうに折れている。

撥《は》ね飛ばされた身体を空中でひねって着地し、すぐさま地を蹴《け》って竜の脇腹へと剣を突き立てる。だがやはり剣は弾《はじ》かれて、舞い散った氷塊が熱を帯びた巨軀《きょく》にじゅわりと溶けて霧を立ち上らせる。

疲弊した騎士たちを退《さ》がらせてひとり立つ戦場では、風魔術による補助が受けられない。風の盾も、追い風によって生まれるあり得ないほどの跳躍も叶《かな》わない今、クウィルひとりで取れる手は限られる。

額から落ちる汗が目に染みて、ぐっと騎士服の袖《そで》で拭《ぬぐ》う。この服に掛けられた防護魔術がなければ、骨の一本や二本は折れていてもおかしくない。

「氷槍、爆！」

鱗の少ない腹部めがけて氷の槍《やり》を投擲《とうてき》する。竜の肌に触れた端から槍は爆散し、衝撃を受けた巨軀が傾《かし》いで片足が浮いた。大地に倒れかけた竜は羽ばたきで体勢を立て直し、足を地にどぅと打ち付ける。その衝撃と翼が起こす風に煽《あお》られて、今度はクウィルのほうが大きく体勢を崩した。

そんなクウィルの背中を、ぐっと支える大きな手がある。振り向けばそこに、王都へ後退したはずのギイスが立っていた。

「な、団長っ!?」

まさかと思ってあたりを見回すクウィルに、ギイスは疲労のうかがえる顔で笑って見せる。

「安心しろ。皆は退がらせた」

そう言って、「さて」とドゥオイグニシアのふたつの頭を見上げた。

「ノクスィラの王。この身の参戦をお許し願いたい。彼は今しがたリングデルの王と一戦交えたばかりだ」

堂々としたギイスの言葉に、竜の喉《のど》が鳴って応《こた》える。

「王はなんと？」

「……許すと」

「実に寛容だ。懐の広い王だな」

ギイスがクウィルの背後を守るように陣取る。

「だったら、オレも入れてもらえる？」

今度はこの場にそぐわない飄々《ひょうひょう》とした声が背後から近づいてくるから、クウィルは一瞬、怒声をあげそうになった。

「ザシャ……おまえまで」

「無理だってー。王を二体も友に押し付けたんじゃ、オレの人としての矜持《きょうじ》がもたんね」

剣身に炎を纏《まと》わせ、ザシャが涼しい顔でクウィルの隣に立つ。

『ほう。少々薄くはあるが、リングデルの血筋か？』

「……違う。彼もまたアイクラントの騎士だ」

ザシャが忌まわしく思っているだろう血筋のことを持ち出され、すぐさま否定した。

これほどの王でも血筋ばかりを重んじるのかと、胸にささやかな失望を抱く。すると、ドゥオイグニシアの眼が細まった。

『そう血を沸かせるな。おまえが思うより遥かに、ベツィラフトの血と魂は、我らに必要なものであったゆえな。失われた古き血が、我には懐かしい』

完全にこちらの思考を読み取っているかのような言葉に戸惑っていると、クウィルの頭上から竜の前足が降ってきた。

すかさず前に出たザシャが竜の鉤爪《かぎづめ》を剣で受ける。

「ぐっ、重い！」

「そのまま耐えろ！　私が上に行く！」

クウィルはギイスの風を受け、ザシャの止めた前足を駆け上がり竜の背に乗る。

十二歳からずっと、ギイスにこうした共闘術を叩《たた》きこまれて騎士になった。剣術、氷魔術、異なる属性の魔術との融合、受ける風魔術の活《い》かし方。積み上げてきたそれらすべてを使い、ノクスィラの王に挑む。

氷を纏うクウィルの剣に、ギイスの風が渦を巻く。

「氷刃、雪花」

風に乗せた氷の細かな粒子が、竜の胴に少しずつ、だが確実に損傷を与えていく。クウィルの氷魔術だけでは生み出せない大きな力が、じりじりと竜の躰に届き始めた。

「炎輪、爆！」

ザシャの放つ炎の輪が竜の双頭を下から撥ね上げ、大きく仰《の》け反《ぞ》った首にクウィルが氷の刃を突き立てる。わずかに開いた傷口にありったけの魔術を叩きこむ。

「グゥルアアアァッ！」

叫声を上げる竜の首を、ザシャの炎を纏う斬撃《ざんげき》が真横から捉《とら》えた。

氷と炎という相反する魔術を内と外から受け、ドゥオイグニシアの鱗が硝子《ガラス》片のように剝《は》がれて舞い散る。クウィルは突き立てていた剣を引き抜き、深紅の鎧《よろい》を手離して剝《む》き出《だ》しになった淡い橙色《だいだいいろ》の肌めがけて剣を振った。

竜の橙色の肌は大きく斬り裂かれ、深い暗赤色の血がクウィルの目の前を舞っていく。その華のようなしぶきを右目に受けた瞬間、クウィルの鼓動が大きく鳴った。

記憶が揺さぶられる。

――あれは、いつだ。

こんな華のような赤を見たことがある。この両目に魔獣の血を浴びた十二歳の日かと思い、すぐさま否定する。それはもっと遠い、まだベツィラフトの両親とともにノクスィラの山裾《やますそ》に近い森にいた頃の記憶だった。

幼いクウィルの足元に、魔獣に食いちぎられた父の手が転がった。手首から血を華のように噴かせながら、父は最期にクウィルに言った。

──クウィル。よく、聞きなさい。

優しく諭す父はあの日、息絶える前に何と言ったか。物心つく前に聞いた、覚えているはずのない声が、今になって鮮明に聞こえてくる。

──耳を澄まし、目を開いて。ベツィラフトの血は、彼らの心に寄り添うためにある。

どっと風が吹き抜け、父の幻影を消し飛ばした。

記憶との一瞬の邂逅《かいこう》は戦場においてあまりにも長く、ずくりと鈍い音がクウィルのごく近い場所で響く。

ドゥオイグニシアの鋭く長い針のような尾の先端が、クウィルの右肩を貫いていた。

そのまま宙に吊《つ》り上げられて、クウィルの手は耐えきれずに剣を離す。騎士としてのクウィルを象徴する剣は大地を跳ね、竜の重い前足に踏みつけられて砕けた。

竜はそのまま、何者をも近づけぬように羽ばたきを繰り返す。振動はクウィルの右肩に激しい痛みを呼び込んだ。

「ぐ、ぁッ！」

痛みに思考が焼き切れる。ザシャの、ギイスの呼び声が遠く聞こえる。意識がかすみ視界がぼやけて、あらゆる感覚が自分の身体から離れていきそうになる。

——駄目だ。

必ず戻ると、薄汚れた革紐《かわひも》ひとつでリネッタに誓った。彼女は怖れることなど何もないかのように、強くクウィルにうなずいた。こんなひどい婚約者を信じているのだと、揺らぐことのない青い瞳《ひとみ》が告げた。

折れるものかと、右肩に突き刺さる尾を摑《つか》む。薄れかけた意識を手繰り寄せ、竜の大きな赤眼と向き合う。

痛みにわななく唇を嚙《か》み、氷術を唱えようとしたときだった。

クウィルを射殺すかのような竜の眼の奥深くに、失意がある。感情など読めないはずの魔獣の瞳を前に、唐突にそんな想いを抱く。

——ベツィラフトの血は、彼らの心に寄り添うためにある。

遠い記憶の中にあった父の言葉が、クウィルの中に染み込んでいくような心地がした。

痛みと焦りが遠のいて、心が静かになる。すると、くるくるという竜の小さな唸《うな》りに応《こた》えるように、ノクスィラの遠き山々から物悲しい遠吠《とおぼ》えが上がっていることに気づいた。

この北平原にいて聞こえるはずのない遠吠えに耳を澄ませ、これがリネッタの聞いていたものだろうかと思う。

——星に選ばれた夜は、聖女の誕生を祝うような歓喜の声がひと晩中響いていました。

今になってその意味が分かる。リングデル王は聖剣の内側で、魔獣の気を荒らす術を新たに編んだのだと言っていた。ノクスィラの魔獣たちにとって、聖女が失われた加護の切れ間は、精神をリングデル王に踏みにじられ凶化を強要される日々だったのだ。

「そう、か……」

魔獣といかにして調和するかは、ベッィラフトの血が生まれながらに知っている。そこに特別な手順など何もないのだと、亡き父の言葉がクウィルを導いてくれる。

ただ、目の前にいる魔獣の心に触れたいと願えばいい。

眼前の竜に、クウィルはまだ動く左手を伸ばす。竜の突き抜けるような悲しみが指先から飛び込んできて、クウィルの胸を打ち震わせた。

「……ノクスィラの王。あなたは、泣いておられるのか」

竜の唸りが止《や》み、四つの眼が一度閉じた。

次に開いたその眼は、どこか懐かしむような色を浮かべていた。

『認めよう、騎士よ。その血は尊きベッィラフトの赤だ』

竜の左頭がクウィルを口の端で柔らかく咥《くわ》え、ずるりと尾を引き抜く。そのまま竜はゆっくりと首を下げ、クウィルの身体を地面に横たえた。その場に足を折った竜はクウィルを囲うように尾を丸めると、小さく喉を鳴らし眼を閉じる。

『我らは瘴気《しょうき》より生まれ瘴気を喰《く》い、そしてその瘴気に蝕《むしば》まれて理知を失いゆく歪《いびつ》な存在だ。理知をなくせば人も同胞も喰い破り、命果てるまで走り続ける』

大地に寝そべったまま、クウィルは竜の足に左手で触れた。熱を帯びた胴と違って硬い足先は冷たく、火照《ほて》った身体に心地いい。何度か撫《な》でているうちに、王の眼はうっすらと開いた。

『ベツィラフトの血は我らの想いと響きあい、瘴気に蝕まれた我らの魂を癒やし、理知を取り戻させる。呪術《じゅじゅつ》があれば我らに戦を強《し》いることもできたであろうに、ベツィラフトは頑《かたく》なに我らを従えず、ゆえに、アイクレーゼンに敗れた』

幼いクウィルのそばにはいつも魔獣がいた。竜の血に揺り起こされた記憶が、魔獣を友と慕い、ともに遊びともに眠った日々を脳裏に鮮明に描く。

ぐるる、とまた竜の喉が鳴る。

『その血が今やひとつきりとあっては、同胞すべてを救うことは叶《かな》うまい。我らはいずれ、瘴気に冒され滅びよう』

クウィルの頬を、誇り高き魔獣の王の心から受け取ったひとしずくの涙が伝って落ちた。哀切が痛いほどに胸を打つのに、何も返せるものがない。ベツィラフトの民の命はすでにリングデルに屠《ほふ》られ、アイクラントの聖剣に捧《ささ》げられて果てた。この暗赤色の瞳も黒髪も、クウィルが悪意を一身に受けるほど珍しいものになってしまった。

ベツィラフトの呪術の研鑽《けんさん》は、隣り合うノクスィラに生きる数多《あまた》の魔獣を守るためでもあったのかもしれない。だが、歴史は戻ることなく、クウィルひとりでは魔獣たちの魂を救えない。

「だから、リングデル王の呼び声に応えたのか……何もかも終わらせるために」

『あの程度の呼び声ごとき、我には耐えられぬでもない。ただ、かの王が滅ぶさまを見るも良し、アイクレーゼンと共倒れしてみるも良し。少々、興が乗ってな』

「私は単なる興で脅かされたのか」

たまったものではないと苦笑すると、竜もきゅるきゅると笑った。

『だが、来た甲斐《かい》はあった。実に愉快だ』

竜はゆっくりと躰《からだ》を起こし、クウィルを労《いた》わるように鼻先で左腕をつついた。それから、鱗《うろこ》が剝がれ剝き出しになった右首の傷口に、左の鼻を擦り付ける。

鼻面を血で濡《ぬ》らした左頭がクウィルの元へ戻ってきた。

『傷に使え。竜血は良い薬になる』

クウィルが左手をかかげると、竜は鼻を地面の際まで下げてきた。竜の血を手のひらで拭《ぬぐ》い、尾で貫かれた右肩に当てる。

「ふっ、づぅぅッ！」

身が焼かれたかと思った。強烈な痛みに脂汗を噴かせて悶《もだ》えると、『言い忘れた。強く染みる』と今さらな忠告が降ってきた。

『ベツィラフトの子。死ぬなよ』

「死ぬものか。帰らねばならない理由がある」

『良い。己の血を知り、傷を疾《と》く癒やせ。さすれば今しばらく、我らはこの愉悦を抱いて眠れよう』

竜の足が一歩下がると、振動が傷に響いて思わず呻《うめ》いた。その呻きを聞きつけた竜は、もう一度クウィルの左腕をつつく。この動きもなかなか痛い。巨軀《きょく》であることをもう少し自覚して欲しいものだとクウィルは顔をしかめた。

『ここで我が飛びたてば、死ぬか？』

「少なくとも、無傷ではないな。人の身体はあなたのものと違って壊れやすい」

『そうか……そういう、脆《もろ》いものであったな』

懐かしむように笑い、ずず、と小さく地鳴りを起こす。竜なりには静かなのだろう足さばきで巨軀を後ろに引いていく。クウィルの身体から距離を取った王は、何かを誘うように双頭をくっと動かした。

その動きに応えたのか。クウィルの身体は、駆けつけたギイスに抱え込まれた。

ギイスが風の障壁を張る。渦巻く風の向こうで、ドゥオイグニシアはゆっくりと上っていく。

ノクスィラの気高き王は、王都の上空をゆっくりと旋回する。そして、追悼の鐘を思わせる声を強く空に響き渡らせると、夜へと色を変えた北の空に進路を取った。

その雄大な姿を見送り、クウィルは目を閉じようとした。

「美しいですね」

戦場に似つかわしくない柔らかな声に、閉じかけたまぶたを開く。

いつの間にかリネッタがクウィルの傍らに膝《ひざ》をつき、微笑んでいた。その背後には、ザシャに肘《ひじ》でつつかれながら感極まったように涙ぐむマリウスの姿もある。どうやら彼がリネッタをここまで連れてきたのだろう。

藍色《あいいろ》の空を背にしたリネッタの纏《まと》う聖女の正装は所どころ土で汚れ、頬と腕には赤く腫《は》れた傷がある。彼女の戦いもまた苛烈《かれつ》なものだったのだろうと想像がついた。

リネッタの頬の傷へ右手を伸ばすと、クウィルの全身に突き抜けるような痛みが走る。歯を食い縛って呻きを堪《こら》え、どくどくと脈打つ鼓動が静まるのを待った。

「無理に動かすな。腕が駄目になる」

ギイスの声にうなずいて応じた拍子に、汗がこめかみを滑り落ちた。額に張り付いた黒髪をリネッタが軽く撫でてくる。聖女然とした彼女の表情を束《つか》の間《ま》眺め、クウィルはギイスの腕を軽く叩《たた》いた。

「少しだけ、帰還を待っていただけますか」

「傷のことがある……竜血で塞《ふさ》がっているとはいえ、それほど時間は取れんぞ」

渋るような返事を残して、ギイスは再びクウィルを横たえてその場を離れた。ついでにと、マリウスとザシャを引っ張っていく。

残されたクウィルは、リネッタの整った美しい微笑みへと左腕を伸ばした。

リネッタが気遣って腰を折り、顔を近づけてくる。クウィルは彼女の傷ついた白磁の頬に、ぷすりと指をめり込ませた。

「う⁉」

「初めから、やり直しですか」

「な、何のことでしょうか」

ほんのり涙目になって頬を押さえるリネッタに、クウィルは左手をくいくいと動かし、もう少し近づいてくれと要求する。大事なところで満足に動けない自分がもどかしい。

「その笑顔は……いらないと、伝えるところから」

もともと上手《うま》くない口が、回りまで悪い。正しく伝わるよう、休み休み、ゆっくりと言葉をつないで渡す。

「左手は、快です。不快は、右手を」

リネッタは小さく首を傾けて、ごまかすように唇の端を半端に持ち上げた。今までクウィルが見た中で一番不出来な笑みを張り、やがて耐えかねたように、それをくしゃりと崩す。美しい眉《まゆ》をきゅっと寄せ、花びらのような唇を引き結んだ。

そしてリネッタは、手をあげた。

快の左手と、不快の右手。その両方を。

「もう聖女でなくて、いいと。全て終わりにしていいと……それは嬉《うれ》しいことで。でも、どうしても……」

うつむくと、シルバーブロンドの髪がクウィルの胸に下りてくる。強くあろうとする十八歳のリネッタの中に、もうひとりの彼女がいる。

永遠に誰にも救われることのない、聖女リネッタ・セリエスが。

彼女が乗り越えたものと、もう戻らないものを想う。今さら自分に何もできないことはわかっている。それでも、どうか——。

クウィルは左手を伸ばして彼女の頭を撫でた。次いで、頰にできた傷を撫でたあと、その頰に手を添える。

「私のことを、心を分かち合うに足る男と思ってくれるなら。貴女の傷を、どうか……隠さないで欲しい」

その途端、リネッタの両目から、氷が溶けたかのように一気に涙が溢《あふ》れ出た。彼女がきつくまぶたを閉ざしても、こじ開けるようにして涙が頰を滑る。

「……痛、くて」

震える右手が誓約錠のある手首をきつく握り、胸元に抱え込む。

「毎日毎日、痛くて。ずっと怖くて……惨めで。終わりにしたって消えない……消したくても、どうしても消えてくれない」

リネッタが身体をへたりと折り曲げた。潰《つぶ》されてきたあらゆる感情を溶かしこんだ嗚《お》咽《えつ》が、吹き始めた夜風に流れていく。

見上げる空は深い紺に変わりつつある。城壁は遠く、灯《あか》りのない平原では星が瞬き始める。

あの星が彼女からもう何ひとつ奪うことのないよう、クウィルは左腕で、震えるリネッタを自分の胸に引き寄せた。

終章　左手に誓いを

セリエス伯爵はひどく落ち着かない心地で、目の前に座るクラッセン侯爵と向き合った。侯爵は冷えた緑の瞳《ひとみ》を伯爵に向け、にっこりと笑う。

「さて、セリエス伯。貴公、少々若者の恋路に横やりを入れすぎたのではないか」

「閣下。私は娘の幸せを思えばこそ。あのラングバート家の次男が相手では、いずれリネッタが苦労するのは誰が見てもおわかりでしょう。比べてマリウス殿はどうです。二年もの間我が娘をお守りくださった騎士様に預けたいと思うのは当然ではありませんか」

「いや、いやいや。息子の話はいいのだ」

侯爵はテーブルの上に紙の束をざっと撒《ま》き散らした。

『聖女はベツィラフトに汚された』

王都の各所に貼り付けられた、例の紙である。

「これは先日より見かけたものですな。王都のみならず、各領地にも撒かれていたとか」

「そうだ。貴公が熱心に手配しただけあって、実に速やかな流布だった」

「は」

侯爵は撒いた紙から幾つかを抜き出し、束の上に載せていく。

「これだけの量を数日で用意する面倒な仕事のわりに、ずいぶんと金を渋られた、と。

使うなら酒に強く口の堅い者にすべきだったな。貴公は謀《はかりごと》に向かない人柄のようだ」

その穏やかな声が逆に恐ろしく、伯爵は瞳を右往左往させて、こくりと唾《つば》を飲んだ。

「こ、侯爵様の許可なくマリウス殿に婚約を打診したことに関しましては誠に」

「息子の話はいい、と言った。二度言わされるのは好まない」

駄目だ、と察する。このままでは中央復権どころかセリエスの領地まで危うい。

親の手に噛《か》みついた娘か、あの忌まわしい蛮族の男か。どちらの札を差し出すべきかと伯爵は思考し、後者を選んだ。

「……娘は、騙《だま》されたのです」

「ほう」

「あの男がリネッタを魔獣から救った日から、これは仕組まれた筋書きだったのです！私は娘の目を覚まさせるために仕方なく！」

「そうか。目を覚まさせるために、貴公は娘に石まで投げるのだな」

一瞬、喉笛《のどぶえ》を摑《つか》まれたかと思った。だが、まさかあれだけの騒ぎの中で気づかれるはずはないと瞬時に緊張を飲み干す。

しかし目の前の侯爵は、優雅にティーカップに口をつけてから笑った。

「始まりの一投を見ていた少年がいたものでな。貴公はその少年を突き飛ばしたそうじゃないか」

「閣下！」

たまらず立ち上がる。運命がこれほど我が身から背を向けるならば、感情で押し通すより他ない。

「閣下も人の親ならば！　爵位の保証ある、優れた血統に嫁がせてやりたい私の親心がお分かりになるはずだ！」

目を見開いて訴えると、侯爵はいかにも貴族然とした笑みでうなずいた。

「親心ならばわかるとも。ただな、セリエス伯。養女が受け取るはずの遺産全てを強奪した者を、果たして親と呼ぶべきか。私はそういう初歩のところでつまずいている」

ぜひ、意見を聞かせて欲しいのだがという侯爵の言葉に、ついに伯爵は両膝《りょうひざ》を突いた。

侯爵は傍らに控えていた侍従に片手を上げて指示する。侍従が扉を開くと、そこには白騎士がふたり待機していた。

「連れていけ」

伯爵は両脇から騎士に抱えられ、のろのろと立ち上がった。歩き出した伯爵の背中を、ああ、そうだと声が追いかけてくる。

「先ほど、爵位の保証と言っていたが」

振り向いた先では、侯爵が愉《たの》し気に目を細めていた。

「貴公がもう少しおとなしくしていれば、爵位持ちどころかアイクラントの中枢にいる者と縁を結べただろうに」

何の話だと聞き返す間もなく、扉が閉まった。

＊　＊　＊

聖女と聖剣にまつわる一連の騒動から七日後、謁見の間の壇上に座る王太子レオナルトは、式典にあるまじき珍妙な顔で今日の主役を眺めていた。

レオナルトだけではない。王太子妃ユリアーナも、王妃も、厳格と名高い王ですら同じような面持ちをしていた。列席の貴族、文官、近衛《このえ》隊に護衛騎士を含め、この場に集ったありとあらゆる立場の者が、心をひとつにしていることだろう。

なぜ、本人が来たのかと。

王がレオナルトに耳打ちする。

「代理で良いと、伝えなかったのか」

「伝えましたとも。当たり前ではないですか。あの男、肩に風穴を開けたばかりなのですから」

肩に風穴を開けた男、クウィル・ラングバートは緩い足取りで王の前を目指して進む。本人は平静を装っているつもりなのだろうが明らかに動きが硬く、見かねたレオナルトは立ち上がって王に一礼した。

「陛下。私に、授与の任をお与え願いたく」

「許可しよう。おまえの配下だ」

「ありがとう存じます」

壇上から下り、レオナルトは壁際のラルスに視線を飛ばす。はらはらした様子だったラルスは足早に寄ってきて、レオナルトの後ろについた。

謁見の間のちょうど中ほどで、レオナルトはクウィルと対面した。

「ここでいい」

「……ここが、今の私の実力にふさわしい位置ということでしょうか」

「違う！　誰がどう見ても、おまえは今すぐ静養に戻るべきだろうが！」

晴れの式典で、なぜこんな風に声を張らねばならないのか。レオナルトはかくりと肩を落としてため息をつくと、クウィルの耳に顔を寄せて小声で尋ねた。

「代理でいいと、あれほど言ったのに」

「自分の手で受け取りたかったものですから」

「だったら、俺の言うとおり日をあらためれば良かったじゃないか」

すると、クウィルは気まずそうに目を伏せた。

「一日でも早く、皆が納得するような肩書が欲しく……」

生涯一介の騎士で良いと言っていた男の言葉とは思えない。ならばさっさと渡してやるかとレオナルトは苦笑し、右手でラルスに指示を送った。

ラルスが任命書を開いて読み上げる。

「クウィル・ラングバートを王太子近衛、特務隊に任ずる」

クウィルが片膝《かたひざ》を突こうとするのを、レオナルトは押しとどめた。

「このままでいい。全快したら存分に俺の下で働け」

「拝命します」

この男らしい短い返事に笑い、任命の儀の作法を略してクウィルの肩を軽く叩《たた》く。それが負傷中の右肩だと気づいたときには、クウィルの呻《うめ》きが謁見の間に響いていた。

列席の貴族も壇上の王家も、完全に拍手の出しどころを逃す。このあとに同じく近衛隊への任命を受けるべく出番を待っていたザシャが、仕方ないといった顔でクウィルを回収しにやってきた。

これから王太子として自分が率いることになる新しい隊。その主軸となる男のなんとも締まらない姿に、先が思いやられるなとレオナルトは天井を見上げた。

＊＊＊

同日、午後。黒騎士団詰所の物置部屋では、授与式の顚末《てんまつ》を聞いたギイスが腹を抱えて笑い転げていた。報告を終えたザシャは部屋を片付けながら、結局耐えきれずにギイスの笑いに巻き込まれる。

あれほど無欲だった友は、いつの間にか強欲に転身していた。確かに、王太子近衛という肩書は、クウィルを周囲に認めさせるための立派な盾になるだろう。

ただ、このたびクウィルとザシャが得た新しい肩書は、通常の近衛隊とは形が異なる。近衛といえば城に勤めるものだが、新設の特務隊は黒騎士の詰所に部屋を構える。王太子が、クウィルとザシャを現王から遠ざけるために王城入りを回避させた形だ。

そういうわけで、この物置部屋を特務隊の部屋とするために、ザシャはギイスの手を借り、長年にわたって詰め込まれてきた荷物をせっせと片付けている。

この特務隊は、魔獣についての恒久的な解決を目指すという目的で作られたものだ。王の直轄となるはずだった隊を、王太子レオナルトが手に入れた。

この隊に、クウィルとザシャを必ず引き入れること。それが、指揮権を望む王太子に王が突きつけた唯一の条件だ。おそらく王は今も、失われた古代魔術の復活を狙っている。転移術に呪術《じゅじゅつ》、そして、新たに存在が明らかになった聖女の炎もだ。

「ザシャ。気をつけろよ」

ギイスがふいに真面目くさった顔をする。ザシャはいつもどおりの暢気《のんき》さで、ぐっと背伸びしてうなずいた。

「オレは大丈夫です。クウィルが隣にいる限りは」

もしもザシャの見た目が、クウィルのようにはっきりと血筋を証明するものだったら。周囲から石を投げられる人生であったなら、この生を呪い、とっくに転移術に手を伸ばしていただろう。

だが、クウィルはザシャに、人の魂や研鑽《けんさん》を奪う転移術など似合わないと言った。彼は、ザシャ自身が疑ってやまない、ザシャ・バルヒェットの善性を信じているのだ。

「団長。なかなか、外の世界も面白いもんです」

「そりゃあ連れ出した甲斐《かい》があるな」

禁書庫にいた頃は、他人などないに等しかった。友に心からの祝福を贈る日が来るなど、あの頃の自分に言っても鼻で笑うだろう。

珍しく感傷的になったところで、目の前にドンと壺《つぼ》が置かれる。

「……なんです？　これ」

「俺の秘蔵の酒だ。祝いに持っていけ」

全て終わったら夜明けまで飲んで騒いで愚痴を言い合って歌おうという、友との約束にうってつけの壺が登場するから笑ってしまう。あとはここに高級な肉が必要だ。

「んー。せっかくならここに置いときましょ。クウィルが全快したら、快気祝いを兼ねて三人で空けましょうよ。そのほうが絶対旨《うま》い」

なるほどと納得したギイスが、壺を持ち上げる。

「しかし、あれだな。その頃には結婚祝いも兼ねるのか」

「あれ。侯爵閣下ともあろうかたが、ご存じない？」

「なんだ？」

「あのふたり、すぐには結婚できませんよ」

ギイスがつるりと取り落とした壺を、ザシャは間一髪で受け止めた。

＊＊＊

貴族間の婚約を破棄するときは、誓約錠を断ち、証拠として貴族院に届け出る。

素材にもよるが、誓約錠は簡単かつ一方的に、ともすれば秘密裏に断てるような物だ。

そのため過去には大きな揉《も》め事《ごと》も多かった。しきたりの継続を見直すべきとの声はあるが、今日まで永く愛されてきた伝統である。

さて、そんな婚約であるが、簡単に解消できるからには、ただ解消したという届け出ひとつで済ませるわけにいかない。伝統を守るためにも、現在では、婚約の先の婚姻に制限がかけられている。

――婚約を破棄した者は、向こう一年の間、婚姻を禁ず。

リネッタが断った誓約錠はクウィルの手の中にあった。当然、貴族院には破棄を届け出ていない。

だがあの雨の中で大々的に披露してしまった婚約破棄は、王都どころかアイクラント全土にまで瞬く間に広まった。これでは言い逃れの余地がない。

そのことをリネッタは気に病み、何度もクウィルに詫《わ》びてきた。

けれどリネッタには何の咎《とが》もない。本来デビュタントをこなした令嬢が教わるその制限を、聖女となったリネッタが知る機会は設けられなかったのだから。

聖剣騒動から一ヶ月後、王太子夫妻が主催する夜会が王城にて開かれることになった。ユリアーナはクウィルの怪我の具合を案じて、リネッタのための夜会はまた日をあらためようと提案してくれたが、クウィルのほうから是非にとこの夜会への参加を申し出た。そんな夜会当日の昼前、クウィルはまだ動きにぎこちなさの残る右肩を擦《さす》りつつ、ひとり王都の中心街に立っていた。

「クウィル、待たせたな！」

王都でも一番賑《にぎ》やかな通りを、マリウスが駆けてくる。手には小ぶりな木箱を持ち、喜色満面だ。

色男は周囲の目を存分に引き付けながら、クウィルの前で足を止めた。

近頃クウィルはこの色男に懐かれている。かけられる声の高さからしてこれまでと違う。立ち話の最中《さなか》にはやたらと肩を叩かれ、食事や飲みに誘われることもしばしばで、ザシャがその変貌《へんぼう》ぶりを面白がって酒の肴《さかな》にするほどだ。

だが、この男はこれまで散々、腕によりをかけて不愉快を煮込んではクウィルに食わせてきたのだ。まして、リネッタに一服盛った張本人でもある。

マリウス・クラッセンの華麗な転身についていけていない。

それでも、今日ばかりはクウィルも両手を広げて歓待を示す。

「クラッセン卿《きょう》。この度は、なんとお礼すれば良いか」

「堅い！　いい加減、そんな他人行儀な話し方はやめてくれ、な？」

どうもこうも、他人である。クウィルが今日明日でマリウスを旧友のごとく扱えば、それこそ豹変《ひょうへん》も甚だしい。

彼の不満を適当にあしらいながら箱を受け取り、蓋《ふた》を開けた瞬間クウィルは目を瞠《みは》った。マリウスがそわそわと落ち着かない様子でクウィルの手元をのぞき込んでくる。

「どうだ？　納得の品か？　クラッセン家の伝手《つて》で探せた物の中ではこれが一番――」

早口でまくし立てるマリウスに、クウィルは腕一本でがしっと抱きついた。

「おおお!?」

「これ以上ない。素晴らしい。理想どおりです。心よりお礼申し上げます」

「だ、だから堅いっ！」

マリウスの抗議の叫びを聞きつけ、行き交う人々が好奇の視線を寄越《よこ》す。あまりこの姿で長居してはおかしな噂がたってしまうかと、クウィルはさっと腕を離す。

抱擁が解けたのが気に入らなかったのか、マリウスの顔はしょんぼりと萎《しお》れた。


マリウスと別れてラングバート家のタウンハウスに戻る。近衛隊に所属を替え、住まいも騎士宿舎からタウンハウスに移してひと月、屋敷の庭に植わっているマーガレットはそろそろ花の時期を終え、夏を迎えようとしている。

夕刻、夜会の支度を終えたクウィルは、エントランスホールでリネッタを待つ間、何度も服の襟に指をかけてぐいと引っ張った。久しぶりに袖《そで》を通した夜会の装いは相変わらず身体に馴染《なじ》まない。緊張でホールをうろうろし始めるクウィルの姿を見て、妹のアデーレがため息をつく。

「兄さま、大丈夫？」

「大丈夫と思えば大丈夫なんだ」

アデーレの余所《よそ》行きなディドレス姿は、昼間に開かれた子どもの茶会の名残だ。ハンカチーフを介して出会った貴族の子息がいるとかで、近頃アデーレは積極的に茶会に顔を出している。兄と違って社交的な妹が羨《うらや》ましい。

髪の左側をかっちりと後ろに流して目があらわになっているのが落ち着かず、クウィルはどこかおかしいのではないかと何度も自分を見下ろす。

するると、とうとうアデーレに笑われた。

「夜会の花は兄さまではないのだから」

「わかっている、うん」

そのとき、ぱたぱたと階段を下りてくる足音が聞こえた。ニコラがいつもどおり落ち着きのない駆け足でやってきて、したり顔でクウィルの手を引く。

「お待たせしました！　自信作でございます！」

自信があるのは良いことだが、ニコラが引いているのは負傷した肩につながる右手だ。

「ニコラ。痛い」

「ああ申し訳ありません。でもでも、ほら。ご覧になってくださいませ」

ニコラが指し示す先には、義姉《あね》に手を引かれて階段を下りてくるリネッタがいた。その姿にクウィルは目を奪われると同時に、血の気が引いていく気がした。

赤と青。互いの瞳《ひとみ》の色を合わせた薄紫のドレスは襟が広く開いて、彼女の陶器のような白い肌がより際立つ。細い腰を飾るリボンは彼女の瞳と同じ深い青だ。長いシルバーブロンドの髪は上半分を結って、花の銀細工で飾られている。薄桃色をさりげなく刷いた頬も淡い色をひいた唇も、彼女の愛らしさをさらに引き立てている。

そのうえ、裾《すそ》が揺れるたびに内側から顔をのぞかせる布は深紅だ。クウィルの瞳の色をドレスに仕込むという仕立屋店主の粋なはからいが、こめかみを殴打した。

「どうですかっ！」

自信満々なニコラの鼻息に、クウィルは頭を抱えた。

「……いい仕事だ」

ニコラは大変優秀なのだ。隣に立つ男にかかる重圧などまったく考慮しない、素晴らしい仕上がりである。

階段を下りきったリネッタはクウィルと目を合わせ、両頬をほわりと赤らめた。形のよい唇から、ほぅと吐息をもらす。

「とても、素敵です。クウィル様」

今度は眉間《みけん》に、リネッタから痛烈な一矢をくらう。リネッタにあっさり先を越されたクウィルの背には、ニコラの冷たい視線が刺さる。

「貴女《あなた》こそ、よくお似合いです」

ぱっとしないクウィルの言葉でも、リネッタは顔をほころばせる。

エスコートのためにぎこちなく右手を差し出すと、ためらいと気遣いに満ちたリネッタの左手が重ねられた。

彼女の細い手首を見て、ぎょっとする。

細かな刺繍《ししゅう》のあしらわれたショートグローブの上から、薄汚れた革紐《かわひも》の誓約錠が巻き付けてある。一度断ち切ったものを強引に結んだだけあって、紐にはまったくゆとりがない。測ったようにぴたりとして、我が物顔でリネッタの手首を占拠している。

「セリエス嬢、これは……」

「せっかくの夜会ですから、どうしても誓約錠をつけておきたくて」

リネッタはそう言って、飾りひとつない革紐を大切そうに指で撫《な》でる。その愛《いと》おし気な青い目が、クウィルの胸にとどめの一撃を叩《たた》き込んだ。

どうしようもなく不実な婚約者だったことをあらためて思い知らされるとともに、これより先は素晴らしき婚約者たれと自分を叱咤《しった》する。再びの婚約から婚姻まで、一年の猶予が与えられたことにひたすら感謝して、クウィルは彼女の左手を握った。

王城にたどり着くと、クウィルとリネッタは夜会の開かれるホールではなく、王太子専用の応接室に通された。しばらく待っていると主催の王太子夫妻が応接室にやってきて、ユリアーナは部屋に入るなりリネッタの姿に目を輝かせた。

「あぁ……素敵だわ。ふたりのためにあるようなドレスね」

リネッタは美しいカーテシーを披露してから、ユリアーナに微笑みかける。

「お招きくださりありがとう存じます」

「お礼を言いたいのはわたくしのほうよ。リネッタのこんな姿が見られて嬉《うれ》しいわ」

仲睦《なかむつ》まじく手を取り合うふたりの姿を微笑ましく眺めていたら、レオナルトがクウィルの隣に並んだ。

「おまえというやつは、本当に無理ばかりする」

呆《あき》れ顔《がお》のレオナルトは小声でそう言い、クウィルの右肩を軽くつついた。怪我の経過は良好だが、そうやって狙い撃ちされるとぴりりとした違和感が走る。それでも、クウィルは努めて涼しい顔をしてみせた。

「もうひと月になりますし、足は健勝ですから」

「足だけでワルツが踊れるものか。ホールドで悲鳴を上げるなよ」

そこでレオナルトはぐっとクウィルに顔を寄せ、さらに声を落とした。

「で、リネッタ嬢の手首に巻いてあるあれはなんだ。間に合わなかったのか」

「いえ、どうにか今日の昼に受け取ったんですが……その、渡す機会が摑《つか》めず」

リネッタが幸せを溢《あふ》れさせたような顔で、ユリアーナに手首の革紐を見せている。胸に仕込んでおいた薄い木箱が異様に重く、クウィルは治りかけの肩よりもずっと痛む胃を押さえた。

レオナルトは腕組みでしばらく考え込み、何か思いついたように斜め上を見上げる。

「バルコニーを貸し切ってやろうか。ダンスが始まる前に俺が挨拶《あいさつ》を入れてやるから、そのあたりで抜け出して渡してこい」

「しかし、主催のお言葉の最中《さなか》にというのは……」

「その主催本人が許可するんだ。どうせおまえのことだから、衆目が集まると渡しそびれるだろう」

鋭いレオナルトの指摘に返す言葉がなく、クウィルはありがたい提案を受け入れることにした。

ホールに入るなり、リネッタは注目の的だった。

夜会が始まれば次々に人がやってきて挨拶を述べ、リネッタを誉めそやす。初めはリネッタに寄せられる関心が、次は当然ながら隣のクウィルに移ってくる。根っから夜会嫌いの自分の本能が身体の主導権を握り、ついつい足を引きそうになるが、素晴らしき婚約者たれと自分を戒めて慣れない作り笑いでもって耐える。

そうこうしているうちに、レオナルトが予告どおり挨拶を始める。今こそと気合を入れて、クウィルはリネッタに耳打ちした。

「セリエス嬢、少し、ここを抜け出します」

小首をかしげるリネッタの腰にそっと手を添えて、できるだけ目立たないようにホールを抜け出しバルコニーに入る。すると、リネッタの表情がわずかに曇った。

「バルコニーは苦手ですか？」

「……星が降ってきたのが、夜会のバルコニーだったものですから」

星が降ってきた――つまり、十六歳のリネッタが聖女に選ばれたときのことだ。

クウィルは星の瞬く夜空を見上げ、深呼吸を二度繰り返した。彼女の抱え続ける苦い思い出を消すことはできずとも、より大きな喜びで塗り替えることはできるはずだと胸に手を当てる。

そして、リネッタとまっすぐに向き合った。

「セリエス嬢……いえ。リネッタ」

「……はい」

まだ呼び慣れない彼女の名を口にすると、リネッタは少しはにかんでから小さな声で返事をする。

クウィルはもう一度深呼吸を挟み、胸にしまってあった薄い木箱を取り出した。

蓋《ふた》を開けて差し出すと、中を見たリネッタが一瞬息を止めた。

用意した贈り物はふたつある。

ひとつは銀の鎖の誓約錠だ。中央には細やかな細工を施した飾り板があって、そこに小さな石がふたつ嵌《は》め込んである。リネッタの瞳に似た、深い青の蒼玉《そうぎょく》。そしてクウィルの瞳の色に近い、これ以上ないほど赤い琥珀《こはく》石。マリウスに頼んで探し出してもらったものだ。

もうひとつの贈り物に、リネッタの指が触れた。

誓約錠とともに木箱に納めた紙切れは、クウィルが雨の中でユリアーナから託された、リネッタの手帳から破り取られた最後の一頁だ。リネッタはかつての自分が記した望みを開き、懐かしむように目を細めた。

しばらくそうしてから、ハッとしたように紙を裏返す。

瞬間、クウィルの緊張が一気に跳ね上がった。

リネッタの目が何度も左、右と行き来して、そこに書かれた短い一文を確かめる。

『一年後、貴女の左手に指輪を贈りたい』

彼女の望みの裏側に、クウィルの望みを書いた。何日も悩んだのに気の利いた言い回しは浮かばず、あけすけな言葉をそのままに。

リネッタはクウィルの望みに視線を落としたまま、声ひとつ発しない。静けさが苦しく、ホールを満たす談笑が今だけは恋しくなる。

長い沈黙の末、クウィルはとうとう堪《こら》えきれなくなって尋ねた。

「受け取ってくださいますか？」

彼女の小さな吐息が夜風にさらわれる。

リネッタは黙ったまま、左手をクウィルへ差し出してきた。

リネッタをラングバート家に迎え入れた日をやり直す。クウィルの心境はあの日とまったく別物で、緊張に指先が震えた。

もたもたとしながら革紐だけとなった誓約錠を外し、新たな誓約錠を細い手首に留める。銀の鎖が控えめな音を奏でて彼女の左手首を飾ると、クウィルの手にぽつりと雨が落ちた。

雨の主はリネッタだった。薄桃に色づいた頬をほろほろと落ちる涙が、またひとつクウィルの手を打つ。

「ごめん、なさい……止まらなくて」

堰《せき》が切れたように涙をこぼし続ける両目を右手で覆い隠し、リネッタは左手をあげた。新しい誓約錠が揺れて、快を訴える。

クウィルはその手を取り、繊細な布越しの甲に口づけを落とした。優しく、決して彼女の心を摘み取ることのないように。

「縛り付けるための誓約ではないと知っていてください。この錠をかけても、貴女の心も身体も、すべて貴女だけのものです。ですが、ひとつだけ……」

互いの手のひらを合わせる。クウィルの右手と、リネッタの左手。ひたと触れあった手は、どちらからともなく指を絡めていく。

「この手があがるとき、隣にいるのに私でありたい」

絡み合う指に、そっと力を乗せる。つながる手の熱を、その向こうにある心を分かち合うために。

涙を胸元で弾《はじ》かせて、リネッタが唇を震わせた。

「わたし、クウィル様のことが――」

静かにと、クウィルは彼女の唇に指を当てた。積極的に先を越してしまおうとする彼女に、今夜は譲ってもらう。

身を屈《かが》め、額同士を軽く当てる。吐息が触れあう距離で、持てる限りの誠実を込めた言葉を贈る。

「リネッタ。貴女《あなた》が好きだ」

溢れる涙と咲き誇るような笑みで、リネッタが応《こた》えた。

彼女の最上の笑顔を祝福するように、楽団の奏でる音色が広間から聞こえ始める。

涙を拭《ぬぐ》い、少しの気恥ずかしさに笑い合って。

クウィルは左腕でリネッタを支え、ぎこちない足取りでワルツを踊る。

三拍子ごとに、彼女の感情が消えないことを確かめながら。

本書は二〇二三年から二〇二四年にカクヨムで実施された第9回カクヨムweb小説コンテスト〈ライト文芸部門〉大賞を受賞した作品に加筆修正の上、文庫化したものです。

この作品はフィクションであり、実在の人物・地名・団体等とは一切関係ありません。

琥珀色《こはくいろ》の騎士《きし》は聖女《せいじょ》の左手《ひだりて》に愛《あい》を誓《ちか》う

笹井風琉《ささいふる》

令和7年 1月25日 初版発行

発行者●山下直久

発行●株式会社KADOKAWA
〒102-8177 東京都千代田区富士見2-13-3
電話 0570-002-301（ナビダイヤル）

角川文庫 24505

印刷所●株式会社暁印刷
製本所●本間製本株式会社

表紙画●和田三造

●お問い合わせ
https://www.kadokawa.co.jp/（「お問い合わせ」へお進みください）
※内容によっては、お答えできない場合があります。
※サポートは日本国内のみとさせていただきます。
※Japanese text only

ISBN 978-4-04-115523-3 C0193

◇◇◇